拓跋，上马

TUOBA
SHANGMA

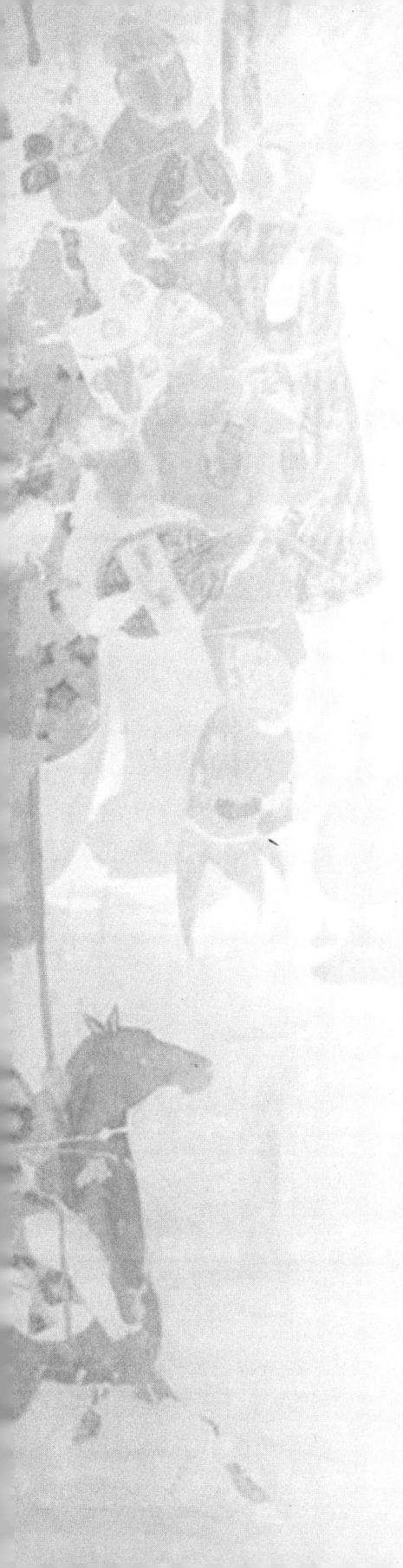

石囡 著

百花洲文艺出版社
BAIHUAZHOU LITERATURE AND ART PRESS

图书在版编目（CIP）数据

拓跋，上马 / 石囡著. –– 南昌：百花洲文艺出版社，2021.10

ISBN 978-7-5500-4352-7

Ⅰ.①拓… Ⅱ.①石… Ⅲ.①散文集 – 中国 – 当代 Ⅳ.①I267

中国版本图书馆CIP数据核字（2021）第150441号

拓跋，上马

石囡　著

出 版 人	章华荣	
责任编辑	蔡央扬	
书籍设计	彭　威	
制　　作	何　丹	
出版发行	百花洲文艺出版社	
社　　址	南昌市红谷滩区世贸路898号博能中心一期A座20楼	
邮　　编	330038	
经　　销	全国新华书店	
印　　刷	江西千叶彩印有限公司	
开　　本	787mm×1092mm 1/16	印张 18.75
版　　次	2021年10月第1版第1次印刷	
字　　数	288千字	
书　　号	ISBN 978-7-5500-4352-7	
定　　价	58.00元	

赣版权登字　05-2021-290

版权所有，盗版必究

邮购联系　0791-86895108

网　址　http://www.bhzwy.com

图书若有印装错误，影响阅读，可向承印厂联系调换。

序

我来自蛮荒，但我梦想着天下大同。

我要讲的不是小说，不是传奇，也不是演义，而是一个故事。

一个部落的故事，一个古老的故事，通过一代一代人传下来的故事。有的夸张，有的细节已经丢失，但重要的是，这是一个基于历史记载与考证的、有趣但不失严肃的故事。

所以在讲这个故事之前，先谈一种历史上有趣的现象。

这个现象，可以称之为"蛮族再造文明"的现象。

一

汤因比在《历史研究》中曾经谈到（我这里只讲个大概，不是原文）：历史上的文明社会遭遇"蛮族"入侵之后，往往会被"蛮族"击败甚至消灭。这就是为什么，四大文明古国会有三个湮没在历史长河中。但是，如果这个文明社会创造的核心文化足够高级，那么，这个核心文化就会变成一种母体，在被蹂躏后反而会孕育出一种新的、更高级的文明。原来的传承还在，但具有了新的基因。新的"蛮族"的血液会融入旧的文明体系，创造出更加灿烂的文化。

这段话比较绕口，所以我决定举几个例子。

古希腊以雅典为中心创造了"唯美"的文明，在遭遇北方马其顿"蛮族"的入侵后，反而发展成一个地跨亚欧非三洲的大文明体系。希腊文明没有消失，马其顿自身和其他被统治民族反而被"希腊化"了。

亚历山大的帝国被边缘的罗马取代后，罗马又继承了希腊文化，而且后来还发展出一种以"基督教文明"为核心的文化。

或许西方的例子不大有说服力，我们来看看中国。

黄帝的有熊氏，是发源于西北的游牧部落，"迁徙往来无常处"。在进入黄河流域后，遭遇了当地的炎帝农耕部落，在与炎帝部落争战与融合之后，吸收农耕文化，反而因此形成了华夏文明。

按照史家考证，事实上伏羲部落和周部族，也是从西北边陲向东进入黄河流域的。

秦人起先是周王朝边缘的附庸，在文化上远远落后于六国，但不断吸收华夏文明精髓后武力统一了中国，承接华夏文化，反而开创了大一统的秦汉时代。

这种"蛮族"对文明的再造，可以总结为八个字：

你蹂躏我，我孕育你。

因为华夏文明根底非常深厚，在被蹂躏后有更强大的力量同化入侵者，成为一种孕育的母体。这也是华夏文明千年不倒的主要原因。至少相比起已经消亡的古埃及文明和古巴比伦文明，是这个样子。

但同时我们也不能否认，那些再造文明的"蛮族"，本身也十分有研究价值。因为，历史上有很多"蛮族"，是并不具备文明的再造能力的。但是，有些"蛮族"（注意，使用"蛮族"这个词，是相对于其周边的文明体系而言），在部落迁徙和扩张过程中，会像海绵一样吸纳接触到的先进文化，甚至放弃自我，改头换面，并因此而孕育出更为繁盛的文化。

这种"蛮族"对文明的再造，到中国两晋南北朝的时代再次上演。这次再造，避免了古老华夏文明的断裂。

上演这幕剧的主人公，叫拓跋，是一个僻居在遥远的大兴安岭森林里的，古老而落后的鲜卑族部落。

二

就是这个部落，在入主中原后，统一北方，建立了强大的北魏王朝，东连高句丽，西接中亚各国。也就是这个北魏，自上而下开展了十分彻底的汉化运动，直到因此而王朝覆灭，直到整个民族融合在华夏民族的大海里。

从一般的视角来看，拓跋鲜卑是失败者。因为，他们亡了国灭了种。

但是，拓跋鲜卑也是最成功的失败者。

他们的失败，仅仅是帝室和部族血统的失败，但在文化、思想和艺术上，是成功的。对于中华历史的延续，是立有大功的。他们放弃了自我，成就了大我。

从这一点上看，拓跋鲜卑和历史上很多游牧民族有很大的不同。

他们有很鲜明的民族性格。或者说，因为鲜明，他们的表现非常特别。

第一奇，拓跋部不把自己当自己。说得好听点叫"华夏文化认同的高度自觉"，说难听点是"数典忘祖"。有的游牧部落来了，会对中原王朝说：我是西北来的好汉，我跟你抢钱抢粮抢女人。或，我是斡难河来的勇士，我来跟你抢地盘。拓跋部来了，却是说：嗨，大哥好，我是黄帝的子孙，现在回家来啦。大哥，谁打你，让小弟帮你干他。

第二奇，拓跋部从不强调自己的优越性。历史上，很多部族抢下中原了，非要把自己跟汉人区别开来。鲜卑拓跋氏呢，则是你南朝汉人文化高，我就全盘汉化，穿汉服、说汉语、改汉姓、娶汉人皇后。在入主中原的各游牧民族中，拓跋氏最能够敞开胸怀，打破壁垒：让民族融合来得更猛烈一些吧。

第三奇，拓跋部对部族和皇室"血统的纯正性"毫不在意。与匈奴通婚，与乌桓通婚，与汉族通婚，甚至还指定要与汉族通婚。我是回归的孩子，我要融入你，反正天下是一家。

这三个奇，不是因为自卑，恰恰是因为一种强大和自信。因为自信，所以有文化的包容，什么印度希腊，什么儒释道，统统能在北魏王朝开花结果。因为自信，所以有平等心，什么胡，什么汉，什么匈奴，什么焉耆，多民族才好开联欢会。波斯人、西域人、印度人，大家一体，不分高低贵贱。这种平等博爱的思想，也彻底被大唐所继承了去。这种自信开明、包容飒爽的民族性格，除李唐外，无出其右者。

这就叫：无我相，无他相，无众生相。

所以拓跋鲜卑的民族性格更加开放、博爱，在文化上更具有

"国际范儿"。因为它敢于放弃自我，改造自我，成为中华民族新鲜有力的血液，主动融入其中，并因此促成了隋唐盛世的出现。

三

拓跋氏在恰当的时候介入中国历史，才避免了一次中华文化可能的覆灭。这不是危言耸听。公元2世纪到5世纪的游牧民族大迁徙，给当时的欧亚各古典文明带来了可怕的倒退。在欧洲，罗马帝国因此瓦解，古典灿烂文化几乎一时荡然无存，在经历了一千年的"黑暗时代"后才缓过神来。在印度，白匈奴的侵略加速了笈多帝国的瓦解，造成了漫长的分裂与文化的分解。然而，只有在中国这片土地上，奇迹发生了。

创造奇迹的是拓跋鲜卑。他们创建的北魏王朝，不但融合了希腊、印度诸文明的营养素，而且以北方草原上刚健、阳光的气象，"一扫南朝的萎靡骄奢，以其彪悍而不野蛮，从容但不拘谨的豁达气质为汉文化注入了一股鲜活的血液"（山西作家朱凯语）。

最难得的是，对于拓跋氏而言，他们更像是以游子的身份回归，他们认了黄帝祖宗，穿起了褒衣博带，说起了汉话，连姓氏也变了。他们以华夏正统自居，当然也包容、发展、促进了中国古典文化的再次发展。由于北魏的影响，分裂后的东魏和西魏，乃至北周和北齐，再难回到不停迁徙抢掠的游牧部落时代。由北而南统一南朝的隋朝，继承的还是北魏的文化血统。最终北朝的恢宏气度，由李唐继承和发扬。

且不说大唐的开国皇帝乃至开国元勋，身上都部分流淌着鲜卑族的血。

这种鲜卑血统，事实上更是一种文化血统：那就是自信、开明、包容的文化血统。

这是一种什么样的民族性格？就是一种自由、平等、博爱的民族性格。

这种自信、开明、包容的一个表现就是：向前看，改造自己无保留，大家一起玩个"嗨"。好的就用，不好的就舍弃，管他是你的他的还是我的。

这又是一种鲜有的外向型性格：不仅为自己而活着，也为别人活着。不仅想成为自己，也想成为别人。

无我无他，天下大同。

如果将拓跋比喻成一个公司，这是一个放眼国际、股东权利平等、面向未来的国际化交流的大公司。至于公司的创始人能否连任董事长，至于公司名将来会不会变，没有多想。

这样一个"奇葩"的部族，我们真的应该好好研究研究，这种文化气质是从哪里来的。

也许，我们应该从拓跋族走出嘎仙洞的历史开始，沿着他们的足迹，寻找他们性格的起源。

目录

拓跋，一个小公众号的崛起

拓跋，原来只是躲在大兴安岭一个小山洞里的一个弱小的部落。

与当时草原上、森林里的大部分部落相比，拓跋不但很弱小，而且也毫无个性，默默无闻。或者说，那时候被称为"拓跋"的这个部落还没有真正形成。如果把一个部落比喻成一个微信公众号，那么，拓跋这个公众号，那时候还没有注册。

我所说的"那时候"，指的是公元元年前后，那个欧亚游牧民族大迁徙，充满了动荡与厮杀，劫掠与饥饿，困惑与迷惘，也充满了激情与理想的时代的开端。

那个时代，华夏中原早已步入文明之列，周王朝八百年，创造了堪与古埃及、古印度、古希腊媲美的灿烂文化。

但是在森林深处，在草原和大漠，那些被寒冷和饥饿驱逐的游牧部落们，刚刚开始他们新的艰难旅程。一个个部落，为了生存，由北而南、由东而西，或者由西而东，纷纷"注册公众号"，不停地"圈粉"，圈人圈地。有的小公众号成了大公众号，有的大公众号成了"大V"。

第一个横行草原的"大V"，叫匈奴。把匈奴带入极盛时期的大单于，叫冒顿。这个冒顿单于有多厉害呢？他不但在"白登之围"差点干掉了汉高祖刘邦，而且统一了大漠南北广袤的蒙古草原，征服西域诸国，使自己的版图达到大汉帝国的两倍。

公元前176年，冒顿单于给当时的汉文帝写信说：现在北方凡是骑马拉弓射箭的部族已经都成为我的家人了，长城以北没有你们的事情了。我曾经欺负过你们的祖宗刘邦，咱们两家也结过亲家。现在我打仗打累了，不如咱们继续和平共处，让民众休息休息，你说如何？

汉文帝回信说：长城以北归你管，长城以南归我管，你牧你的羊，我耕我的田。

两家拉钩。没错，汉帝国不得不承认，自己的北面出现了一个比自己"圈粉"更多的"大V"，而且，还动不了人家一根寒毛。

为什么我们一开始要谈到匈奴？因为他们是北方各游牧部族的毒药，也是北方各游牧部族的母体。

后来叱咤草原的五胡各部，几乎都跟匈奴有着剪不断理还乱的关系。

正是因为匈奴击败了骚扰中国北部上千年的东胡，才导致东胡退守东北，形成了两个重要部族：退守鲜卑山的叫鲜卑族，退守乌桓山的叫乌桓族。

而在史籍中出现的"黄发碧眼"的丁零人，也是受匈奴的逼迫而南迁东进。

至于后来出现的拓跋、铁弗、宇文、独孤、贺兰等部族，也都跟匈奴有着直接的血亲关系。

关于草原各部族的闲话，咱们下回再说。现在继续谈接下来的草原"大V"。

匈奴与汉帝国这样相持大约两个世纪后，遭遇了大转折。从公元一世纪开始，全球遭遇了人类进入文明社会以来的第二次寒冷期。草原北部变得不适合居住。一部分匈奴人主张继续往西走，寻找新的"流奶与蜜的地方"；一部分匈奴人主张南下，到汉人的地盘去。于是内部分裂，分为北匈奴与南匈奴。南匈奴投靠汉朝，他们和新兴的鲜卑人、被奴役的丁零人，联合被欺负了两百年的大汉王朝，一起把北匈奴赶到更远的西方，祸害罗马帝国去了。

于是，茫茫大草原留下了一大片空地。

填补这片空地的，是刚刚南迁到草原不久的鲜卑人。为了跟后来的拓跋鲜卑相区分，我们称之为早期鲜卑。

早期鲜卑来源于大兴安岭的鲜卑山，刚到草原时受匈奴控制。北匈奴西迁之后，鲜卑族出了一个大英雄叫檀石槐。大约在公元二世纪中叶，檀石槐再次统一草原各部族，占领了匈奴原先的地盘，东西长达一万四千余里，南北宽七千余里。这，是草原上出现的第二个"大V"。

檀石槐生前，把草原分为西部、中部和东部，由三部"大人"分别管理。檀石槐死后，帝国很快分裂，原来还成天一起开会喝酒，大呼"檀石槐万岁""鲜卑王万岁"的各部族，瞬间成为一盘散沙，各自为政。除西部大人尚保留着一定实力和地盘，中部、东部几乎成为拉锯战的战场。

也正是这个时候，拓跋鲜卑上场了。

拓跋部进入草原的年代，虽然"大V"时代已经成为历史，但很多著名的新老部族纷纷"争粉丝"，抢地盘。这时候"牛号"很多，比方说檀石槐遗留下来的"西部大人"，比方说鲜卑慕容部、鲜卑段部，比方说披着鲜卑外衣的匈奴宇文部，比方说一直跟汉人交情不错的乌桓部，比方说已经一半汉化、伺机独立的南匈奴。

这些部族，"粉丝"动不动就是几十万上百万，今天你打我，明天我打你。

拓跋部面临的，就是这么一个夹缝中求生存的局面。

关于拓跋部进入草原的时间，最早有确切记载的年代，是公元220年，正是三国时代的开始。

那时候拓跋部还很弱小，在一大批"牛号"互相竞争的夹缝中，还需要再奋战一百六十多年，才会真正成为草原的主宰。

在这一百六十多年的后半截，草原上兴起了很多游牧部族创建的国家，俗称"五胡十六国"。其中还短暂出现了一个"大V"——氐族建立的前秦。呃，这十六国到底是哪十六国，请大家自行查看历史书。但总之，拓跋氏创立的"代国"不在里面。因为，它太小了。

但是，拓跋部终于还是上演了一个凤凰涅槃的故事，代国在被前秦灭国的十年后，忽然破冰而出，从诸多部族的死尸中爬起来复国，并建立了北魏王朝。

北魏王朝不仅结束了"五胡乱华"的局面，立国近一百五十年，而且开启了一个欧亚各民族文化大融合的时代，其文化的结晶，迄今还能在举世闻名的云冈石窟中看到。

拓跋氏的北魏王朝不仅开启了欧亚民族文化大融合时代，还推动完成了华夏文明史上最彻底的一次游牧民族汉化，匈奴人、鲜卑人、羯人和氐人，几乎全部融入华夏民族的血脉之中。

现在，生活在黄河以北的，身份证上民族为"汉"的人们，大多都搞不清自己的祖先是匈奴人、鲜卑人，还是汉人。

这也是多民族血脉融合和文化融合的巨大胜利。因为，正是因为这次融合，"自两晋南朝以来遁世清谈，萎靡骄奢，骨软筋酥的南方士族文化，被注入了一种阳刚、开放、恢宏的新鲜血液"（朱凯）。

令中国人骄傲的大唐气象，其源头正在此处。

回头再看，拓跋这个后起的、小小的公众号，是怎样在激烈的竞争中发展为"粉丝"十万＋、百万＋的？他们将怎样组建核心团队？他们怎样进行理念推广？他们怎样聘请高级人才？他们怎样蹭热点推销？他们怎样借"官方公众号"打压对手？

这正是我们接下来想要探讨的问题。

鲜卑的不同脸谱

公元前3世纪末，著名的匈奴王冒顿击败东胡，迫使东胡退守东北。退回到较南的乌丸山一带的，后来形成了乌桓族。退回到更北的大兴安岭鲜卑山一带的，后来形成了鲜卑族。

有意思的是，鲜卑人从大兴安岭再次南下之后，又前后兴起了不同的部族，常常让读历史的人眼花缭乱，分不清你我。所以，有必要盘点一下这些鲜卑的来龙去脉。这对读懂本书后面的章节非常重要。

公元2世纪，鲜卑占据蒙古草原，领袖檀石槐将鲜卑分为三部管理：西部、中部与东部。

檀石槐的大联盟瓦解后，西部鲜卑中后来较强大的有吐谷浑部、乞伏部和秃发部。最后这个秃发部，其实是从拓跋部分裂迁徙出去的。

东部鲜卑后来脱颖而出的有宇文部、慕容部和段部。

这都是鲜卑各部中比较著名的。抛去非著名的不提，总之，我们在史书中经常能看到的吐谷浑、乞伏、秃发、慕容、宇文、段，以及本书的主人公拓跋，这些都是鲜卑族。有人说柔然也属于鲜卑别部，但北魏皇帝不认，并给他们取了个侮辱性的名字：蠕蠕。

这些鲜卑都独立发展，有时互相合作，大部分时候则是钩心斗角，所以，也可以将他们各自都认为是独立一族。不能因为鲜卑二字，而将他们混同为一体。

那么，为何常常只说什么"部"，而不谈什么"族"？

拓跋是鲜卑之一。鲜卑，是五胡之一。

五胡是哪五胡？匈奴、鲜卑、羯、氐、羌。历史上，以此五个民族称谓，大体上区别魏晋南北朝时，活动在北方的游牧部落。

为什么说是"大体"？因为北方这些民族的族别问题，是非常复杂的。

表面上，他们自称或被称为匈奴、鲜卑，其实呢，往往是匈奴中有鲜卑，鲜卑中有匈奴。

为什么呢？因为不同部落、不同民族之间的相互征服和通婚。

当年，鲜卑人从大兴安岭南下，正赶上北匈奴西迁。北匈奴大部队迁走了，还在草原腹地留下了十万余家群龙无首的普通牧民部落。怎么办？他们有的就投靠鲜卑，相互通婚。匈奴男人和鲜卑女人生的孩子，被称为铁弗，后来就有了铁弗部。匈奴女人和鲜卑男人生的孩子，被称为拓跋。有人说，拓跋部就是在离开大兴安岭、定居呼伦湖，和匈奴接触的过程中，逐渐形成的。

拓跋部与乌桓，与慕容部，与匈奴贺兰部、独孤部世代通婚，也是你中有我、我中有你，早已搞不清谁是谁。

但是，每一个强大的部落和部落联盟，总得有一个统一的名字吧。那些在联盟中被征服的小部落，最后就成为人家那个部族的一部分了。

比方说，拓跋鲜卑征服了丁零，拓跋氏早期的"帝室十姓"中，纥骨氏和乙旃氏就是丁零姓氏。丁零这个民族，属于高加索种族，金发高鼻。丁零在鲜卑中的融入，导致了鲜卑人中有的长相很接近西方人。所以古诗中就有"黄头鲜卑入洛阳"。

拓跋鲜卑的"内入诸姓"中有匈奴的贺赖（贺兰）氏、独孤氏。东部鲜卑中有匈奴姓氏的宇文氏族。所以宇文这个称谓出现在史书中，有时候是匈奴，有时候是鲜卑。

最有趣的是铁弗部的刘虎父子，称谓更加奇怪。在《魏书》中，称刘虎为"铁弗刘虎"，但在《资治通鉴》的胡注引文中，却称"乌丸刘虎"（乌丸，是乌桓的另一说法）。到刘虎的儿子刘卫辰，则在《晋书》中被称为"匈奴"。大概原因是，铁弗本来源出匈奴，后独立发展成"铁弗"。但直到刘虎的儿子刘卫辰时，仍号称匈奴的左贤王。但晋人对于北方"杂胡"又常常不予分辨，有时会统称乌丸、乌桓。比如"护乌桓校尉"一职，针对的就不仅仅是乌桓。

貌似是，各部相互通婚之后，本来就称谓比较乱，再加上当时很多联盟都不可靠，有时候跟这个好，有时候跟那个好。跟谁叫谁的名儿，谁势力大叫谁的名儿。

匈奴西迁后，留下来的十万余户匈奴，有很多就自称"鲜卑"。至于在檀石槐的大联盟时期、拓跋鲜卑的大联盟时期，有多少外姓外族的被称为"鲜卑"，更是不可计算。

大概，他们本来就应该是一家吧。

所以，我们在谈到北方五胡的时候，有时不能以"什么族"区分，只能以"什么部"区分。

当然，谈"什么部"，也是相当模棱两可的。

其实，分不清也罢，为什么要分清呢？既然是你中有我，我中有你，为啥还非要分个你我呢。因为历史是由活生生的人创造的，所以我们可以仅关注活生生的人，讲活生生的人的故事，看活生生的人的血泪与豪情、爱恨和哀愁，理想与奋斗。

至于什么内外分类、族称溯源之类的，就留给史学家去做吧。

匈奴，拓跋氏的第一个老师

本来想，故事的第一章就该讲拓跋部第一位大英雄拓跋力微。

可是，拓跋力微不是从天上掉下来的神灵，他也有祖宗。所以，我们还是有必要从头讲起。

但是，有点难。拓跋氏从鲜卑山南迁呼伦湖，不但史料有限，考古证据凌乱，而且史学界众说纷纭，一团乱麻。不得已，在下只好删繁就简，走走流水账。

起初，有个山洞。这个山洞里住着一群人类。

一个声音说："要有肉！"于是他们便打猎。

白天，他们拿着骨箭和石器四处猎鹿、猎獐、猎狍，晚上，便回到住处就着篝火烤獐腿、唱山歌。打猎是技术活，也是力气活，于是，他们练就了一身好武艺。

史学家一般认为，这伙人其实就是被匈奴击败退守鲜卑山的东胡（当然，也包括已经在此地居住了两千多年的当地人）。但是，这伙人从未想过"我们从哪里来，我们是谁，我们到何处去？"这样高深的哲学问题。

这个山洞，就是嘎仙洞。这个山洞所在的山，叫大鲜卑山。于是，他们称自己为鲜卑人。这伙鲜卑人，就是拓跋的祖宗。

拓跋鲜卑喜欢山洞。早先的人类都喜欢山洞（原因不必解释）。比如山顶洞人，住在周口店的山顶洞里；西班牙早期居民，住在阿尔塔米拉洞里；高卢人的祖先，住在拉斯科洞里。这个嘎仙洞呢，比以上洞窟都要宽敞，"主厅"能容纳一千多人。

这就决定了，嘎仙洞除了用来住宿，还有一个重要的功能：祭祀，也就是开人民代表大会。此外，还可以开联欢会。

这也决定了，拓跋鲜卑为什么有那么严重的"恋石情结"，也就是石室崇拜。

这也就决定了，为什么拓跋们后来要开凿云冈石窟，除了把自己的帝王放进去，还要把那么多伎乐天和乐器放进去。联欢会嘛，拓跋氏喜欢联欢，世界人民大联欢。

从今天的内蒙古自治区呼伦贝尔市鄂伦春自治旗阿里河镇往西北行约10公里，就是闻名遐迩的鲜卑人遗址"嘎仙洞"。关于"嘎仙"的含义，学术界尚有争议，有一种说法认为，"嘎"是鄂伦春语，"嘎仙洞"意为"猎仙之洞"。

据说，他们在这里住了大约两千年。

《魏书·序纪》上说，"积六十七世"，大约就是两千年。

这两千年里，勤劳勇敢的他们表现出非凡的繁殖力，人口爆炸啦。《魏书》上是这么说的："积六十七世，至成皇帝讳毛立，聪明武略，远近所推，统国三十六，大姓九十九，威振北方，莫不率服。"此时，大约是汉武帝时。

统国三十六，就是36个部落；大姓九十九，就是99个氏族。也不知道到底有多少人，反正是，地方不够住啦，食物不够吃啦。又赶上地球周期性的寒冷期，简直是末日将临。

历史告诉我们，每当人类遇到紧要关头，必有圣人出现。拓跋鲜卑出现的第一个圣人，被族人称为"推寅"。这是拓跋家族中出现的第一个推寅。推寅的意思，有点像是"先知"。

推寅说："要南迁。"于是率部南迁。

这次南迁时间不会很短，旅程也比较艰难。鲜卑人本是居住于大兴安岭北部，而南迁的路线也分为两路，一路沿着大兴安岭东侧行进，一路翻过高山后，沿着西侧向西南而行。最后，拓跋鲜卑抵达呼伦贝尔大草原的呼伦湖和根河一带。

必须说明的是，大兴安岭的鲜卑山，居住的绝不仅仅只是拓跋部。而率众南迁，拓跋部又是最晚的。也就是说，在此前，已经有很多鲜卑人拖家带口逃离寒冷的深林，抵达草原和辽东。这个时间段，有人说，大约持续了200年。这200年间，鲜卑人已经叱咤蒙古草原，并出了个鼎鼎有名的大英雄，叫檀石槐。只不过，这个檀石槐并不属于拓跋一族。这是闲话不表。

在第一推寅的率领下，拓跋鲜卑南（西南）迁至呼伦湖畔。

与寒冷的大兴安岭相比，这里简直就是天堂，河流纵横、湖泊棋布、水草丰茂、视野开阔。但是拓跋们不这么想。他们认为，此地到处是沼泽地，"厥土昏冥沮洳"，难以生存。本来想继续南徙，结果首领推寅忽然去世，计划被搁浅。

除了水土不服，他们还遇到了两个大问题。

第一个问题是：这里很适合放牧，但他们有技术障碍，只会打猎，不会放牧。

第二个问题是：这里已经有人啦！是北匈奴主力西迁后留下来的牧民。

别急，事实上是，第二个问题正好解决了第一个问题。大家知道，游牧民族有个很大的特点就是"游"。原来不是"有人"吗？但是这个"人"游来游去，总会空出地方来。游牧民族有个很大的性格特征就是"抢"，抢是合法的，跟北欧海盗的情况是一样的。

入乡随俗嘛。于是，拓跋同学就这样住下来，很快和匈奴同学"打成一片"。

抢，跟匈奴人抢地盘，抢牛抢羊抢女人。

婚，跟匈奴人通婚，抢匈奴的女人，娶匈奴的女人。

学，跟匈奴人学习牧牛放羊，学习铜器、铁器锻造技术，顺便学习匈奴人从汉人手里学会的农业和手工业。骨箭和石器，变成了铁镞、铁刀、铁矛，石头的洞穴变成了帐篷，难以消化的獐肉，变成了牛羊和奶。

拓跋鲜卑，就此脱胎换骨。这是鲜卑拓跋氏的第一次大规模的民族融合，除了跟匈奴融合之外，还有高车等族。

拓跋鲜卑从此时起，被正名"拓跋"。

他们在这里只住了200年左右。似乎是，拓跋们更喜欢石，不喜欢水。

由此又过了七世，拓跋邻被推举为首领。这个拓跋邻，被部众称为"第二推寅"。又是一个先知角色。

从拓跋邻开始，直到他的孙子拓跋力微，拓跋氏的"造神时代"来临。

这不，拓跋邻的时候，就有一个神人忽然出现，对他们说：这地方太偏僻了，不适合兴建城池，你们继续往南迁移吧！

这神人是谁，迄今一直是一个谜。但我们可以大胆设想，此时正是早期鲜卑檀石槐的大联盟兴盛之时，这个神人应该是檀石槐的使者。因为"兴建城池"这个事情，拓跋们是梦不见的。他们从大森林的石头洞里出来，刚刚学会游牧，怎么能想到建城呢？能想到建城的，一定是跟汉人打交道比较多的。而此时匈奴败退，鲜卑大联盟兴起，跟汉人打交道最多的，当然就是檀石槐啦。

再加上这檀石槐的使者一定穿着奇装异服，口音杂糅，礼仪也不同于部落传统，拓跋们认为他是"神人"也就理所当然。

退一步讲，也有可能是拓跋邻想要南迁，怕部众不服，所以将远来的使者称为"神"。在"神"的指引下，拓跋部众开始了第二次迁徙。这次迁徙，由拓跋邻和他的儿子拓跋诘汾共同率领。迁徙的终点，便是阴山下的"匈奴故地"。那里，才是我们这个故事真正开始的地方。

拓跋南迁：一场被忽略的政治变革

大约在公元2世纪下半叶，也就是东汉桓帝、灵帝那个时候，拓跋氏第二次南迁，南迁的起点是呼伦湖，最终落脚点将是河套北部阴山一带的"匈奴故地"。

在《魏书·序纪》中，对拓跋氏的第二次迁徙做了颇有文采的描述：

"帝（拓跋邻）时年衰老，乃以位授子。圣武皇帝讳诘汾。献帝命南移，山谷高深，九难八阻，于是欲止。有神兽，其形似马，其声类牛，先行导引，历年乃出。始居匈奴之故地。"

九难八阻。

这四个字，一直以来，是研究拓跋鲜卑历史的人，津津乐道的四个字。

九难八阻到底有多难多阻呢，最终非得再次祭出"神兽"才能完成？这里面大有文章。

我们来掰着指头数一数，这次南迁的阻力来自何处。

从呼伦贝尔到匈奴故地，山高水深，路途艰难这是一定的。一路上饿死冻死、流散的部众，估计不在少数。但这并不是最大的障碍。

大的障碍恐怕也不止一点。首先是，他们始终处在强敌环伺之中，西部，是早期鲜卑"西部大人"的地盘，东南，早有东部鲜卑宇文、慕容占据。所以他们只能是打一枪换一炮，走走停停，东奔西突。从拓跋氏第二次迁徙的路线可以看出，他们决定南迁后可能遇到过阻力，然后反身又北上，北上不成，又继续南下。这次南下方向在东南，到南杨家营子停留了一段时间，生存不下去，这才又向西南挺近，最终走到匈奴故地才扎稳脚跟。

其次是，他们所谓的南迁，并不知道自己将去向何方。他们就像希伯来人一样，始终在寻找自己的家园，始终离不开"神"（不管是神人还是神兽）的指引。

所以说，这第二次南迁事实上也是"寻找自我"之旅。而寻找自我，从来就不是那么简单。

就是在这样的寻找自我中，拓跋氏逐渐确立了自己的生存哲学：融合与学习。放下自我，才能成就自我。

由此可以做出结论：在拓跋氏第二次南迁中，最大的障碍偏偏是自己。

拓跋氏现在需要的，正是一次对自己的"突围"。

在呼伦湖畔生活两个世纪以后，拓跋鲜卑的社会结构发生了很大变化。由狩猎变成了游牧，由石器时代进入铁器时代，生产力提高了，人口也增长了。部落成分也变得更加复杂，匈奴和其他部族的人也杂糅其中，可以说是"乌合之众"。

这种情况之下，各部落部众难免离心离德。拓跋氏需要做的，就是借助南迁，确立自己独一无二的领导地位。这，恐怕才是拓跋鲜卑第二次南迁的初衷。

所以说，第二次南迁绝不仅仅是一次地理位置上的大迁移，而是一次政治上的大变革。

有两个证据可以表明。

其一，拓跋邻借助这次南迁，完成了一次部落（联盟）的初步改组。

《魏书·官氏志》记载："至献帝（邻）时，七分国人，使诸兄弟各摄领之。"确立了"帝室七姓"，后来扩张为"十姓"。原来松散的部落互助体系，现在分别由拓跋家族的兄弟叔侄管理，牢牢地确立了自己血统的领袖地位。

第二个证据是，拓跋邻在决定南迁之时，将首领的地位传给了儿子拓跋诘汾。

这可是开天辟地的大事件！因为在此之前，拓跋部落（联盟）一向奉行推举制，一个首领死了，部众就推举另一个有能力的人上。这种古老的选举制，从拓跋诘汾继位开始，彻底结束了。

"帝时年衰老，乃以位授子。"这是拓跋氏正史中，第一次明确记载的首领权力世袭。

为什么拓跋邻不等到自己去世前留下遗言，让自己的儿子继承呢？因为此时还没有世袭的这种说法。为了避免部众不服，拓跋邻趁着自己的影响力还在，就直接传位给儿子，并且帮助儿子一起完成这次迁徙，同时也在迁徙中树立儿子的威望。

我们由此也可以想见，所谓"九难八阻"，其中难免有来自部落内部的阻力。但在这次南迁结束之后，这种阻力被化解。拓跋氏的凝聚力，空前高涨。

拓跋鲜卑通过第二次南迁，不但成功地找到了水草肥美的"匈奴故地"这一个根据地，而且成功地确立了拓跋氏在部落中的领袖地位。

拓跋氏突围了。

从瘴气弥漫的沼泽地突围了，从强敌环伺的草原势力中突围了，从山高谷深的艰难环境中突围了，从一盘散沙的原始政治制度中突围了。

这次突围也是一次文化的突围。他们在迁徙中，难免接触到已经汉化非常明显的慕容、宇文等部族，跟他们学习了很多汉人的文化，生产力进一步提升，眼界也更加开阔。这，为将来拓跋氏挺进中原，打下了良好的基础。

最后提一句，阴山一带是一个好地方，在战略上拥有得天独厚的条件。

这一带被称为游牧与农耕的"过渡地带"，退，可以深入蒙古草原，进，可以问鼎中原。这个匈奴曾经兴起的地方，现在，落在了拓跋氏的手里。

英雄何故多私生

公元220年，曹魏黄初元年。一代枭雄曹操去世，曹丕继位称帝，中国历史进入三国时期。

就在这一年，刚刚迁居到匈奴故地的拓跋部首领拓跋诘汾去世，继任的首领是他的儿子拓跋力微。这个拓跋力微，便是开创拓跋鲜卑历史新篇章的"始祖神元皇帝"。

拓跋力微不是一般人，因为他是"天女"所生。

这个故事被明确记载在《魏书·序纪》里。说是，拓跋诘汾在年轻的时候，有一次率领数万骑兵在山泽间围猎，忽然看见一辆盖着华美帷幕的车子从天而降。拓跋诘汾打马向前观望，只见从车中走出一个美貌姑娘，仙袂飘飘，顾盼之间如有云霞浮动。姑娘身旁是众多侍卫，手持各种豪华奇怪的仪仗。拓跋诘汾感到很惊奇，就上前询问，姑娘说："我是天上的仙女，受命与你成亲。"于是，像所有神话中的故事一样，当晚二人同宿。第二天清晨，姑娘就跟他辞别，说明年此时，在此相会。说完，就像一阵风一样不见了。第二年到了约定日期，拓跋诘汾赶到他们初次相会的地方，果然再次见到仙女。仙女怀中还抱着一个孩子。仙女将孩子交给诘汾，还像所有的神仙一样做出了预言："好好照顾你的儿子。将来，他和他的儿子会世世代代成为帝王。"说完，仙女就又像风一样不见了。

这当然是一个传说。

可是，像很多美丽的传说一样，这样的传说，却被史官记录在严肃的史书里，世世代代供人猜测，让后人为了事实的真相争执不休。

我读史书，每读到类似的情景，就忍不住莞尔一笑。我们的祖先太幽默了，同样的事情发生在大英皇室很可能是丑闻，但在我们史官的笔下，却成为天命所归的佐证。

比如说吧，根据《史记》记载，后稷的母亲姜嫄，有一天在野外见到巨人的足迹，她踩上去就有了身孕，于是生了后稷。秦的先祖女修，是无意吞了一颗天上掉下的鸟蛋而生了儿子。

比如说，汉高祖刘邦的母亲，就是在湖边的草地上休息时，梦见与神龙交合，于是有了身孕生了刘邦。当时，刘老爹还在外头出差。

再比如早期鲜卑的英雄檀石槐。他的母亲大白天在路上走着，忽然听到天上雷鸣，仰头时一颗冰雹落到嘴里，吞下去就怀了个孩子，也就是檀石槐。而在此期间，檀石槐的父亲出去打仗，三年都没有回来……

古今中外这种记载很多，细细列举，能举一火车。

莞尔之余，我们也不由得想要猜测：这种所谓"圣人皆无父，感天而生"的神话背后，是不是间接反映了上古时期"野合"的风流？比如说《诗经·野有死麕》里，就描述了一对青年男女在树林里偷情的情景。

或者说，这是不是也说明了，风流而生的私生子，往往在遗传学上更聪明、更优秀，所以他们成人后也更容易成为首领、英雄或者艺术家？大家知道，小仲马便是大仲马的私生子。

重新回到拓跋力微的身世上来。很明显，拓跋力微的情况，和后稷、刘邦等人的情况大致相同，又略有不同。

相同之处是，他们都需要杜撰一个天神、赤帝或者天女，以证明自己成为帝王的合法性。

不同之处，后稷、刘邦等都"无父"，或者说，母亲是人，父亲是神。无论是未婚先孕也好，女子婚内出轨也罢，都有一些不可描述的东西，所以需要编个故事粉饰一下。这个故事呢，当然仅仅是故事。

拓跋力微呢，是恰恰相反，父亲是人，母亲是神。在父系主导的部落里，男子和其他部族的女子有了私情，这不是什么可耻的事情。所以说，拓跋力微身世的故事，可能不是完全编造，可信度要大得多。只不过，不是什么"天女"罢了。

拓跋诘汾的壮年时代，还生活在呼伦湖一带，与匈奴等遗留部族杂居。当时匈奴人和鲜卑人通婚的状况十分普遍。匈奴男人跟鲜卑女人生出来的后代，后来叫"铁弗匈奴"；匈奴女人和鲜卑男人生出来的孩子，叫"拓跋鲜卑"。在这样的背景下，假如拓跋诘汾在树林里遇到一个其他部族的女子，并成就好事，根本没有必要编造成一个天女的故事。

更让人诧异的是，拓跋氏还在正史里振振有词地标榜："诘汾皇帝无妇家，力微皇帝无舅家。"也就是说，拓跋诘汾一辈子没娶妻，拓跋力微一辈子也没娘没舅舅。

拓跋诘汾没老婆？作为一个部族首领这可能吗？这到底在掩饰什么？

即使是非要杜撰一个"天女"出来，也没有必要说没老婆吧。比方说，他们完全可以大大方方地说，拓跋诘汾有老婆，但拓跋力微不是他老婆生的，是天女生的，这不就好了。

所以说，这里头啊，有让人细细思量下会觉得极为恐怖的东西。

拓跋氏从南迁开始，到兴起再到建国，一直在与周围其他部族通婚，比如匈奴，比如贺兰、慕容、独孤等等。通婚，是一种直截了当的联盟方式，相互增强实力。通婚的好处是显而易见的，但毛病也不是没有，就是"母系"一族的力量，往往影响政局。这就是为什么，后来道武帝要制定"子贵母死"制度：立太子前，先赐死其生母。

这是后话。我们重新回到拓跋力微的时代。根据后来的史籍《新唐书》记载，拓跋诘汾其实是有老婆的，还给他生了个长子叫拓跋匹孤。这就推翻了"诘汾皇帝无妇家"的说法。

这样事情就明白了，真相可能是，拓跋诘汾与某部通婚，生了个嫡长子叫拓跋匹孤。之后，诘汾又与另一部落的女子私生了一个孩子拓跋力微。由于没有婚约，拓跋力微连"庶出"都算不上，只能算"私出"。

拓跋诘汾宠爱幼子，想传位给拓跋力微。但是按照自拓跋邻以来默认的传位体制，拓跋匹孤才是法定继承人。这样，在拓跋诘汾死后，矛盾就出现了。应该是，拓跋力微早已培植好自己的势力，并向同父异母的哥哥拓跋匹孤发起了挑战。

这应该是一场十分惨烈的"宫廷内乱"，内乱中，拓跋力微极有可能杀死了自己的"母后"，也就是拓跋匹孤之母。拓跋力微这个人，手段十分狠辣，这从后文"杀妻夺国"事件就能够看出。这就是为什么，拓跋力微日后要在部众中散出传言："诘汾皇帝无妇家，力微皇帝无舅家。"因为，力微皇帝很可能将自己的舅家灭族了。

这之后，在内乱中惨败的拓跋匹孤只好率一部分部众远走甘肃宁夏一带。他的后人，被称为"秃发鲜卑"，成为鲜卑六部之一。

而成功夺位的拓跋力微，为了证明自己继任首领的合法性，便将自己的生身母亲说成是"天女"，并极力否认自己还有另一个"母后"，以掩盖历史真相。

后来拓跋氏在任用汉人修史的过程中，大兴"国史之狱"，删毁无数，很多历史细节被掩埋。这被掩埋的部分，很可能就有"始祖神元皇帝"不光彩的发家史。

这一章，该有个温暖的结尾了。

我们很想知道力微的生母"天女"到底是什么人，最终去向何处，可惜只能脑补。根据《魏书》中对辎车仪仗的描述，可以猜测，她应该属于一个文明程度比较高的部族。从这一点上来说，拓跋力微还真的是优生儿。

何止是优生，他应该是真爱的结晶。

在那个时代，部落首领间的联姻，多看中的是实力均衡、门当户对，很少会考虑感情的。但拓跋力微的父母，却没有婚姻之约，他们是邂逅偶遇、密林幽会、激情燃烧……

激情燃烧过后，说的不是"生生世世，海枯石烂"，而是"世世代代，永为帝王"。待我携子归来，许你万年江山……

无论怎么说，无论拓跋力微身上有多少谜团，他都是拓跋鲜卑历史的一个标本。他生在呼伦湖，经历过"九难八阻"的南迁，见证了拓跋部早期的政治变革；他坚韧、勇敢，但残暴、狡猾；他生活在草原各民族融合的时代，也靠自己的努力创造了草原大联盟；他最早旗帜鲜明地主张向汉人学习，并奠定了拓跋部剑指中原的第一站——盛乐城——的基础。

他像他的先辈和后人一样，无时无刻不在寻找拓跋氏的家园。这个家园，便是"大同"。

借鸡生蛋：拓跋力微创业第一桶金

公元220年，拓跋力微从哥哥手中夺过权杖，就任部落首领。

但他看起来并不像一个胜利者，而是像一个丧家之犬。

拓跋部翻山越岭迁到此地还不久，一路上老死、病死、离散的族民也不少，势力比先前是大大削弱了。雪上加霜的是，他们脚跟还没有站稳，就遭到了鲜卑西部大人的攻击，部众又离散一部分。而此间，他们又大搞内部斗争，夺权、分裂，简直是作死的节奏。

没钱，没人，没地盘。这就是拓跋力微接手的烂摊子。

草原各部连年征战，互相杀伐，自己想打，又打不过。这就是拓跋力微面临的创业困局。

此时的拓跋力微已经46岁。按古人年龄，该养老了。但他却像年轻人一样充满梦想与激情。大不了，向天再借五百年。

就像企业家们爱在自传中写的那样，他做出了一个正确的决定：去给别人打工，从基层干起！

他选择的老板，是没鹿回部的纥豆陵宾。

纥豆陵是鲜卑的一个姓氏，后来在北魏汉化时改为汉姓窦氏，所以史书上称纥豆陵宾为窦宾。拓跋力微就带着整个部族投靠过去。当时无论是谁，从拓跋力微所下的第一个决定里，都看不出他将来能有多大出息。

起初，窦宾并没有怎么在意这个刚刚投靠过来的草根。对他来讲，力微率部来投，只不过是让自己多了些人马而已。

你，就跟着我混吧，只要干活卖力，包你有吃有喝。

拓跋力微也不在意，日日跟着窦宾东征西讨。《魏书》上说力微"有雄杰之度，时人莫测"，意思是此人有英雄的气度和远大志向，不过表面看不出来。说明力微是个外表深沉内敛、寡言少语、深谋远虑的人，就好比蜀汉的刘备。实际上，此时的力微，确实也和刘备依附曹操、刘表时一样，不过是韬光养晦，等待机会图谋自立而已。一旦被放归大海，便会如蛟龙腾舞，再也收服不住。只不过，平庸的窦宾并没有识人之明。

拓跋力微依附窦宾之时，属于"后檀石槐"时期。檀石槐鲜卑大联盟解体后，鲜卑各部离散。原先联盟中的投靠过来的匈奴各部也重新搞起了独立。河北代郡一带，高柳（今山西阳高）以东，新崛起的鲜卑大人轲比能实力较强，此时正在与东部鲜卑、乌桓，以及曹魏拉锯战，也时不时向西进犯。而在西部，鲜卑大人蒲头也趁势崛起，动不动骚扰周边的弱小部族。力微此前就是受到他的攻击。

然而，也正是这个西部大人蒲头，再次给了拓跋力微出人头地的机会。

这一年，西部大人蒲头再次和没鹿回部起了冲突，双方交战，窦宾大败。最可怕的是，窦宾连战马都丢失了，在败军中狼狈奔逃。要知道，对于草原马上民族，丢了战马就相当于飞行员丢了战斗机。混乱之中，大家各自逃命，拓跋力微却在时刻关注首领的动向，眼见窦宾性命不保，忙派人将自己的坐骑送给窦宾，救了窦宾一命。他自己也算幸运，活着回来了。

窦宾逃回大本营，惊魂未定，立即命令部下寻求赠马之人："之前交战的时候，本单于的战马被射死，差点死在乱军之中，不知是谁将自己的坐骑送给我，我才脱此大难。混乱之中，也没来得及询问。大家帮我问问，到底是哪位恩人，必定重赏。"

所谓"不自伐故有功"，此时拓跋力微就在左右，却没有站出来承认。力微为什么不认呢？就好像做好人好事，自己说出来分量不足，有冒领军功之嫌。让别人说出来，才是铁板钉钉，高风亮节。

不久以后，窦宾就知道了真相。这真相到底是不是拓跋力微有意让部下泄露的，这些并不重要。重要的是窦宾知道后的表现——

"久之，宾乃知，大惊。"

让窦宾大惊的是：想不到当年随意收留了一个貌不惊人的败军之将，自己也没有重用他，他竟然对我如此忠心，而且施恩不图报。当前战事频仍，正是用人之际，此人可随我一起纵横天下。

"兄弟，当哥哥的当年慢待了你。现在，哥哥将领地的一半交给你，感谢你立此大功。"

拓跋力微的回答却是：坚决不要！

就好像是陶谦让徐州时那样，刘备再三不要。

于是，窦宾就将自己的女儿窦氏嫁给了拓跋力微。既然不做兄弟，那我就当你丈人。

窦宾有自己的盘算。没鹿回部近年来日子一直不好过，连年打架，确实缺一个好帮手。好不容易找到了，就得想办法留住人才。留住人才最好的办法，就是彼此联姻，结成亲家。

而这，也正是拓跋力微想要的。能与没鹿回部联姻，就是自己成功的第一步。

由此，他从一个打工仔一跃而成为大股东、合作者。

当然，他想要的绝不仅仅是这一点，他想要的很多，采取的措施呢，也很决绝，很残忍。

窦宾与力微结亲之后，自然要问女婿还有什么要求。这次拓跋力微没有谦虚，他说："您占领的长川一带，地广人稀，距离总部路途遥远，也顾不上管理，我想带领自己的部众去那里替你经营。"窦宾很痛快就答应了。

长川位于今内蒙古兴和县一带，背靠大青山，又有赵长城做天然防卫，是个安居之地；此时轲比能已死，南边这一带正好留出空白，拓展也有余地。

天时，地利，人和。

拓跋力微有了长川，就好比刘备有了荆州，有了创业的第一桶金。终于不必再寄人篱下，能另起炉灶了。

　　从某种意义上说，这就是拓跋力微真正创业的开始。

　　如果将拓跋部的发展，比喻成一个公司的发展，那么以前连年迁徙，只是流动小商贩，哪里能吃饱肚子去哪里，碰上城管还得赶紧跑。后来投靠没鹿回部，也只是给别人打工；现在率众居住长川，就相当于开了一个分公司，不但能独立经营，而且能借鸡下蛋。

　　拓跋力微终于展示出一个公司创始人应有的远见和吃苦精神。他老老实实干活，脚踏实地生产，招揽失散的部众，恩威并施，养马、练兵。在外交上呢，则是以柔克刚，想办法避免干戈，一心一意谋发展。

　　经过十几年相对安定的发展，拓跋部重新强大起来，以前离散的旧部民众逐渐归附。拓跋氏的实力，现在比没鹿回部还大。草根逆袭的时候，终于到了。

杀妻夺国：拓跋力微的资本原罪

就在拓跋力微事业节节上升的时候，他的老丈人窦宾恰当地死去了。

这对没鹿回部来说，是一个坏消息。但对拓跋力微来说，却是一件喜事。

窦宾在去世前就清楚地知道，此时的拓跋部，已经比没鹿回部还要强大。拓跋力微的名声，也丝毫不亚于自己。而自己的两个儿子，无论才智、武功还是胆略，都不及拓跋力微。

这样的微妙形势，我们是不是在《三国志》里见过？刘表将死，二子暗弱，枭雄刘备在卧榻之侧虎视眈眈。

于是，与《三国志》里出现的情景一样，临死之前的窦宾，也上演了"托孤"这一幕。不同的是，他不是直接托孤给力微，而是郑重告诫自己的儿子。

"二十九年，宾临终，戒其二子，使谨奉始祖。"

窦宾大概说的是这样一番话："儿啊，你们的才具威德都比不上你们妹夫拓跋力微，咱们的部落要想生存下来，你们就得低下头，听力微的话，受他的管制。这也是保命之道。切记切记。"

窦宾为什么不直接找拓跋力微"托孤"？因为他信不过这个女婿。史书上说的"谨奉始祖"，真实的意思就是小心在意，别让人家给砍了。

窦宾的怀疑没有错，因为草原法则就是狼性法则，在这里只有强者和弱者，没有怜悯。

窦宾一死，还没有发丧，拓跋力微就发动政变，上演了"杀妻夺国"这样不光彩的一幕，这一幕，也为后来拓跋皇族"子贵母死"制度又做了个坏的榜样。

不过，史籍记载中，却把拓跋力微的这次不光彩的行动，说成是不得已而为之。就好像"玄武门之变"，总有几多扑朔迷离的色彩。

《魏书·皇后列传》中这样描述这次政变：窦宾一死，两个儿子就密谋在丧事举办中间杀掉力微，但是阴谋被泄露出去了。拓跋力微知道后，决定先下手为强。他派勇士潜伏在后宫，趁窦氏起床时手起刀落，杀了自己老婆。然后又派使者通知窦宾的两个儿子，说窦后暴崩，赶紧来处理后事。两儿刚刚赶来，就被刀斧手斩于帐下。

理由：谋反。

历史是后人写的，当时的情景如何，已经成了悬案。

依照正常的逻辑：如果窦宾的两个儿子真的有密谋，那为什么会不带一兵一卒，赤手空拳来长川奔丧呢？既然已明知两家水火不容要兵刃相见，为什么会不做一点防范呢？

无论怎么说，杀老婆、杀大舅子、抢丈人的江山，总不是件让人称道的事情。拓跋力微是拓跋北魏王朝的奠基者，他后来被尊为始祖神元皇帝，被他杀掉的窦氏被尊为神元皇后。后世子孙为了强调道统的正义、血脉的纯良，总得找一些替罪羊，黑化对手，洗白自己。为一些难以启齿的丑闻编造一些冠冕堂皇的理由，也是可以理解的。

可见，开创一份基业确实不容易。尤其是在草原这样群狼环伺的战场上。上百个部族你来我往，钩心斗角、相互厮杀，又有什么正义可言？不变成凶狠的狼，就会变成群狼口中的肉。

项羽杀义帝，刘邦杀韩信，铁木真杀义兄札木合，朱元璋杀小明王，在那些乱世里，我们该如何看待英雄身上的污点？

可能有的人还会有疑问：夺权争斗，杀死窦宾的两个儿子就得了，何必连自己的妻子也一起杀死呢？毕竟嫁鸡随鸡、嫁狗随狗，窦氏还能反了天不成？

这里我必须说明一下，很多带有"蛮族"印记的部落，女性地位一般都比较高，也没有什么贞操之类的概念。比方说，西方的日耳曼民族，妇女就拥有很大的权利与自由；比方说，蒙古族铁木真的妻子被敌人抢走后，和敌人生了一个孩子，而后来铁木真又把妻子连同那个孩子抢了回来，毫不嫌弃；比方说，有鲜卑血统的唐朝皇室，老子会抢儿子的老婆，儿子会娶老子的后妃，而且出现了武则天这样强大的女皇。发生在大唐的事情，其实与拓跋北魏一脉相承。

草原游牧民族和汉族的夫妻关系是大大不同的。在草原上，部落首领之间的相互通婚，往往是两个强大势力的联合。在拓跋氏崛起的过程中，"皇后"一族的势力，始终在左右着帝位继承和拓跋家族的命运，比如后文将要提到的祁氏、贺兰氏等等。这是后话，我们暂且不提。

拓跋力微是先入赘为女婿，然后又独立发展。但是，在窦宾死后，窦氏、窦氏的两个兄弟，都是没鹿回部的灵魂人物。如果不是一锅端掉，留下窦后的性命，很可能会节外生枝。所以力微不仅杀了窦宾二子和窦氏，也一同斩杀了没鹿回部的另一个部落大人窦他。从这个角度来看，拓跋力微这次不近人情的谋杀，是有他的理由的。

这次政变之后，拓跋力微轻而易举地吞了没鹿回部的所有部众，各部酋长迫于形势，也都表示归服。此时的力微麾下，"控弦上马二十余万"，声势大振。

吞并没鹿回部后，拓跋力微为世代打游击的拓跋部铸造了第一份基业。拓跋历史上第一个真正的"拓跋鲜卑部落联盟"就此形成。这个联盟的地盘有多大呢？大约是从河北怀来一带，一直向西横跨到河套一带，漠南草原的核心区域。

从东胡到匈奴，从鲜卑檀石槐到五胡十六国，千年之间，北方何曾安宁过？但是不要急，一个灿烂繁盛的北魏王朝就要出现，尽管，这一天的来临，距离拓跋力微的时代，还有一百多年的路要走。

拓跋力微的"朋友圈"

在开始后面的故事之前，咱们有必要先"八卦"一下：

拓跋力微最强盛时候，实力有多大？

大约在公元258年前后，拓跋力微以匈奴故地为核心，建立起一个很接近国家形态的拓跋鲜卑部落联盟。

这个联盟有多大呢？除了拓跋部"帝室十姓"这个核心，还有"内入诸姓"75个，和"四方诸部"35个。也就是100多个部族的大联盟。

联盟不是国家，并没有等级鲜明的行政管理体系。大概的情况，这应该是一个复杂的联盟关系圈，一环套一环，形成个三环套。

所以我们有必要仔细研究研究拓跋部落联盟的"朋友圈"。

（一）圈子的核心：帝室十姓

这个核心圈子，是拓跋力微的爷爷拓跋邻在南迁期间，"七分国人"的时候形成的。

这是个大事件，所以多啰嗦几句。

拓跋氏从森林里走出来，一路"组团打怪"，统领的部落和氏族越来越多。到拓跋邻的时候，少说也有几十个部落，上百个氏族。人多，姓氏多，各自有各自的酋长和族长，管理起来很麻烦。好不容易召集起来开个会吧，也是人多口杂，很难形成统一意见。

拓跋邻在准备南迁的时候，就发现这不是个小问题。

怎么办呢？拓跋邻这个人很有现代企业的管理理念：归零重置、整合改组。

以较大的部落为主体，融合其他较小的部落、氏族合并重组，精简整合成八个核心族群。哪八族？拓跋氏、纥骨氏、普氏、拔拔氏、达奚氏、伊娄氏、丘敦氏、侯氏。

这就统一了姓氏。不管你原来姓啥氏啥，现在分到哪个族群，就跟哪个族群的姓。大家以后就一家人了哈。

八个族群分好后，拓跋邻又派自己的亲兄弟去做首领，就好比现代企业的"空降"经理人。这几个拓跋家的兄弟就任后，也改姓。比如派你管理纥骨氏，今后你和你的后人就姓"纥骨"。这就形成了最初的"帝室八姓"。

有人会问，既然是八族，为何会说是"七分国人"？因为这是除了拓跋本部以外，又分了七个族群。我们来看看八族的管理者都是谁？

拓跋氏，系拓跋本部人马，由拓跋邻亲自管理。

纥骨氏，由拓跋邻的大哥管理，后改为胡氏。

普氏，由拓跋邻的二哥管理，后改为周氏。

拔拔氏，由拓跋邻的三哥管理，后改为长孙氏。熟悉吧，是不是想起了大唐的长孙皇后和长孙无忌？

达奚氏，由拓跋邻的五弟管理，后改为奚氏。

伊娄氏，由拓跋邻的六弟管理，后改为伊氏。

丘敦氏，由拓跋邻的七弟管理，后改为丘氏。

侯氏，由拓跋邻的八弟管理，后改为亥氏。

"七分国人"之后，在新的兼并过程中又增设了两个部族：

乙旃氏，由拓跋邻的叔叔管理，后改为叔孙氏。

车焜氏，由拓跋邻的旁系亲属（疏属）管理，后改为车氏。

以上，就是拓跋氏后来打天下的根基，十大宗族，号称"帝室十姓"。

"帝室十姓"奠定了拓跋氏的血缘和权力的核心，由于拓跋氏兄弟叔侄的融入，在整个血统关系上，"十姓"组成一个庞大的拓跋家族。所以，后来拓跋氏明文规定：帝室十姓，相互之间不得通婚。

但必须明确的一点是，"帝室十姓"最初的成员，成分也是十分复杂的，比如纥骨氏和乙旃氏，融入了大量的丁零人，而普氏族群，则与匈奴须卜氏大有渊源。拓跋邻的"七分国人"，让这些民族都实现了融合。

终于说完了，看我满头大汗的。

假如这一个核心圈子组一个微信群，我想应称为"家人群"。拓跋力微是这届的群主，管理员呢，便是拓跋邻的兄弟叔侄们的后人。

（二）圈子的中间层：内入诸姓

内入诸姓这个圈子，是拓跋力微一手打造的。一共75个部族，十分庞大是不是？其中还杂入了很多匈奴、丁零、柔然、乌桓血统的部族。这75个部族是相对独立的，有自己的酋长（部落大人），在管理上拓跋家族不会插手。

既然相对独立，如何让这些部族效忠呢？拓跋力微的办法，就是与部落大人缔结盟约。盟约中有一条非常狠：宣誓效忠的部落大人，必须将自己的长子送到拓跋总部做人质。

因为这一层关系，内入诸姓是随时听从拓跋力微调遣的。

假如这个圈子组一个微信群，我想拓跋力微会取群名为"加盟店管理群"，那些部落大人呢，相当于"加盟店"的经理。

如果我们翻看这个群的聊天记录，会发现就像我们常见的员工群的聊天一样，尽是谈些工资呀、职称呀、休假呀的，有的积极表态，有的牢骚抱怨，乱七八糟。比方说：

"什么时候开会？什么时候开会？我想见到力微老大。"

"下个月去哪再抢一票？手痒痒了。"

"力微老大替我做主啊，尔绵家那个王八蛋偷挤我的牛奶。"

"力微老大，宿六斤氏和奇斤氏的两群人又自己打起来了，干脆把他们踢出群吧。"

如此等等。

既然说是"内入"，就有主动归附和主动融合的意思。所以，这个圈子里的一些部族，难免与拓跋氏通婚。也就是在这个圈子里，后来脱颖而出8个功劳比较大的部族，后来称为"勋臣八姓"，他们分别是：穆氏、陆氏、贺氏（贺赖）、刘氏（独孤）、楼氏、于氏、嵇氏、尉氏。

他们的命运，与拓跋氏的命运紧紧联结在一起。

（三）圈子最外层：四方诸部

四方诸部，共35个部族。这些部族，相当于拓跋家族企业的主要战略合作伙伴。他们并没有真正加入拓跋部落联盟，而是保持着自己的独立地位，只与拓跋部建立了一种"朝贡"关系。逢年过节送点礼什么的，同时缔结下一年的合作协议。

这个圈子如果组成微信群，叫"好友群"比较合适。

我们大家都知道，朋友就是朋友，英雄豪杰，为朋友两肋插刀，那是眼睛也不眨一下的。但是好友就不同了。一加上这个"好"字，水分就来了。比方说，你去买酒，酒瓶上写着正宗纯粮酿造，可能就既不正宗，又不纯粮。好友亦然。

这个"好友群"的聊天记录一般会是这样：

"力微大人要去打弹汗山了，咱快跟着去，多抢点人。"

"今年你给拓跋家交了多少年贡？送羊了没？"

"吓死我了，白部大人没去参加联盟大会，被打趴下了。"

"哈哈，拓跋力微开会他敢不去？人家有魏国撑腰呢。"

当然，他们有时也会私聊。比方说："最近力微的那些狗腿子老找我的碴，再这样下去，我就跟宇文家混去了。"

"谁给的钱多，给谁打仗，我乌桓王氏最不缺的就是健儿。呵呵，听说你早就想把女儿许配给拓跋家。"

诸如此类。

不管怎么说，拓跋力微已经逐渐成为草原的核心。他建立的这个部落联盟，已经远比檀石槐时代的联盟更有效，也更紧密。也可以说，拓跋氏最早的国家雏形，就是在这个庞大的朋友圈基础上建立的。

公元258年，拓跋力微率部众迁居盛乐，也就是今天的内蒙古和林格尔一带。这是一个重要的决定，盛乐一带，北靠阴山，南依长城，西边是黄河天堑，易守难攻，是个战略要地。从现在开始一直到北魏建国，盛乐一直都是拓跋氏的战略要地。

也就是在这一年的四月，拓跋联盟举行了大型的祭天仪式。

请注意，所谓的祭天仪式，可不仅仅是单纯的祭祀，也不仅仅是武力的宣扬，而是相当于开代表大会。也不同于春秋的诸侯会盟，更类似于西周的万国诸侯朝觐。

北亚西亚草原游牧民族的祭典，其整合社会的功能非常明显。拓跋鲜卑部落扩大为联盟乃至逐渐转化为国家的过程中，这些祭典重要性不言而喻，而且随着拓跋鲜卑部族政治的发展，逐步成为国家的祭典。

这一次祭天仪式，大小近100个部族都来参加助祭，但白部大人没有响应号召，而是采取观望不至的态度。这是一种赤裸裸的挑衅，拓跋力微勃然大怒，马上率众征讨，直捣白部老巢，白部大人被杀死另立。

杀鸡给猴看。白部大人的遭遇，彻底慑服了其他各部。拓跋联盟的凝聚力，空前高涨。

拓跋力微，威震草原！

正是在这个时候，拓跋力微做出了他一生中最正确，并且深刻影响整个拓跋氏历史的两个决定：第一，就是与中原的曹魏结盟。

拓跋力微和麾下的各部大人说："我历观前世匈奴、蹋顿之徒，苟贪财利，抄掠边民，虽有所得，而其死伤不足相补，更招寇仇，百姓涂炭，非长计也。"

能说出这段话，说明拓跋力微和李世民一样，是擅于吸取前车之鉴的人。

匈奴也好，乌桓王蹋顿也好，为了眼前的蝇头小利，为了抢钱抢粮抢人，整天跟中原汉王朝打架斗殴。好处没得到多少，自己却损失惨重，生灵涂炭。更何况，因此跟中原结了仇，永无宁日。这样的老路决不能走。

那么，是不是就低头哈腰，衷心给曹魏当奴仆？也不是。

当时乌桓部的处境，警醒了力微。乌桓这个部族，住得跟汉、曹魏很近，厉害的时候就南下抢劫，不厉害的时候，就给人家当雇佣军，号称"乌桓突骑"。给人家打仗卖命，但始终难以真的有所作为。所以，拓跋力微告诫自己，即使和亲，也一定要保持独立性。

独立，自强，和平。这就是力微的态度。

拓跋力微做的第二个重要决定，就是向中原汉民族学习。这，也是拓跋氏历史中汉化的第一步。其实，五胡十六国时期建国的那些部族，都在不同程度上主动汉化，汉化程度最深的慕容鲜卑，早早就依附曹魏，学习汉文化，史籍上说，他们不但任用"儒学该通"之士教授鲜卑贵族弟子，而且学习汉人"戴步摇冠"。在装扮上，慕容鲜卑几乎已经看不出与汉人的区别。

这么一比，拓跋鲜卑学习汉文化，不但起步晚，步子小，而且一波三折，下文我们将提到。但正是这种谨慎小心、步子慢，反而让拓跋氏逐步形成了自己独特的文化与核心竞争力。

这一年，拓跋力微派出了太子沙漠汗，到魏国当人质。同时，学习魏国的文化。实际上，太子沙漠汗基本上相当于是常驻魏国的大使。

于是，拓跋历史上又一个传奇的人物上场了。

这位沙漠汗，后来被追尊为文皇帝。他本来极有可能带领拓跋家族走上一条完全不同，很可能更快崛起的道路，只可惜，历史的选择，往往超出了我们的预料。

来自草原的留学生——沙漠汗

在上一篇里咱们谈到，拓跋力微准备与曹魏结盟，学习汉人的文化与治国方略。于是，他就派"太子"沙漠汗出使曹魏，留驻洛阳。

这个"太子"沙漠汗，是个帅哥。

魏晋南北朝时候帅哥很多，比如周瑜，比如吕布，比如嵇康，比如何晏，比如卫玠，比如潘安。

周瑜，《三国志》上说他"长壮有姿貌"，应该是又高又美了。但《魏书》上说拓跋沙漠汗"身长八尺，英姿瑰伟"，从描述上看，要比周瑜，颜值还要高一点。

吕布应该是很帅了，但是这个人心眼小，人缘差，在品德美上被毙了。

嵇康啊，"岩岩若孤松之独立"，这文人气质谁都比不了，可是，他有牛脾气。钟会怎么说也是人中龙凤吧，嵇康却瞧不起。

何晏学问不小，就是有点娘娘腔。卫玠品貌兼备，可惜身体太弱。至于潘安……这个，咱们下文再聊。

拓跋沙漠汗比他们都帅。

沙漠汗身长八尺，就是超过一米八。这在拓跋家族里大概只能算中等身材。拓跋氏"帝室十姓"间禁止通婚，决定了他们的子嗣，往往是不同部族，甚至是不同种族的混血儿。混血儿的基因优势，又导致了一个能亮瞎人眼的结果：

姓拓跋的男儿，如果不是威猛高大的汉子，便是风姿卓荦的美男。

这种美，少了几分魏晋士子的文弱，多了几分草原的阳刚和爽朗。到底拿谁来作比呢？我想到古龙笔下的楚留香：

"五月温暖的阳光，晒着他宽阔的、赤裸着的、古铜色的背。"

只需看他的背影，便会被帅到。背景嘛，可以是蔚蓝的海水，也可以是无垠的草原。

明明可以靠颜值吃饭的拓跋沙漠汗，偏偏是个学霸。他是个留学青年，在拓跋家族里学问第一。

拓跋氏当时并无"太子"一说。他赴洛阳的真实身份，应该是"人质"。按照当时结盟的"潜规则"，势力小的一方必须送一个人质过去，这样就表示签字盖章，合同达成。说白了，拓跋沙漠汗是一身两用，不但代表拓跋联盟的业务代表、驻外大使，同时也是作为一种资产抵押，以表示合作的诚意。

关于大分裂时期的"人质"问题，请原谅我再啰唆几句。这种来回送人质的习俗，早在春秋战国时期，就风行中土了。比如一代英雄秦始皇，就曾经在赵国随着父亲做过人质。

话说回来，当人质在那时其实并不一定是坏事，不但可以享受国宾待遇，免费旅游，而且能够获取足够的人脉和外援，最后在争夺帝位的时候，得到外力援助。可以说，很多时候，被认为是美差。

沙漠汗干的就是这样的美差。这也从一个侧面说明了，他在父亲拓跋力微心中的重要性。沙漠汗去洛阳的任务，是"且观风土"。

玩也得会玩。帅哥沙漠汗来到洛阳不久，就成为"魏宾之冠"，深受名士们所景仰。

这个"最受欢迎外宾"是怎样炼成的？

有人会说，人家是官二代，太子，背景深，老爹是大联盟盟主，东能牵制宇文乌桓，西能威慑河西诸胡，南能压制匈奴五部。曹魏集团，对他们还是忌惮的。

貌似，这个解释还缺点什么。想想，当年嬴政的老爹"异人"，在赵国就混得很惨。

说到底，还是靠个人魅力。沙漠汗这个人，除了长得帅以外，骑术射术兼精，语言学习能力和外交能力也爆表。来到中原不久，他就学会了一整套汉人的礼仪，也学会了说汉话，结识了朝中很多有影响力的贵族子弟和官员，这些人经常在他的府上（也就是大使馆）饮酒作乐，谈天说地。

人缘好，说明人家品行好。长得帅不是我的错，长得帅但脑残加"直男癌"，就不对了。幸好，沙漠汗不是那种人。他没有帅成只会捋头发的草包，也没有帅到没朋友。

作为一个北方汉子，他不仅有草原健儿特有的英武，也具备北方人的洒脱、豪爽、诚实等品质，出手大方，待人宽厚朴实，不计得失。咱们可以想一想，中原士族子弟，平时听惯了酸文假醋，见惯了尔虞我诈，现在能与这样一个大方豪爽的北方人交往，还时不时能卖弄点学问，岂不是乐事？

就好像黄蓉初遇郭靖，一下子就成了"迷妹"。

于是，穿着汉人褒衣博带的沙漠汗，就这样混入洛阳的贵族沙龙。在这些沙龙中，沙漠汗遇上了中原第一美男潘安。两个帅哥惺惺相惜，潘安还教给沙漠汗一套用弹弓射鸟的本事。现在人们常说"貌比潘安"，潘安这个人才貌双绝，文章写得好，"弹射"的技艺也娴熟。据说有一次他到郊外用弹弓射鸟，路上差点被一群美女抢走。

唉，与中原帅哥交朋友也是危险的。沙漠汗在耳濡目染中，也不知不觉学到了一些中原士子的浮华。

沙漠汗的府邸呢，也常常是宾客盈门，门庭若市，整日里迎来送往好不热闹。这些来客也不小气，经常赠送他中原特产，比如丝绸金帛之类。据《魏书》记载，沙漠汗每年收到的这些珍贵丝绸，数以万计。

从一定程度上说，沙漠汗是拓跋族群里"睁眼看世界"的第一人。

那些年里，洛阳城里的人们经常会见到一个衣袂飘飘、高大英俊的男子在街头漫步。他并不是在欣赏这美丽的景色，而是像一台计算机一样，不停地扫描、记录，考察中原的文化习俗。

他很清楚自己的身份：我是VIP会员，不是游客。

有人出过几回国，回来后只会惊叹："看人家那超市，看人家那星级酒店，人家拉斯维加斯那赌场，嗬，真是开眼了。"要不就是，匆匆进卢浮宫拍两张照片，统共用不了五分钟，然后用半天时间钻进旁边的免税店里疯狂购物。要不就是，找个著名景点发个自拍，晒个朋友圈。

沙漠汗不是这样的人。沙漠汗知道，帅不是用来吃饭的，帅也不是用来晒的。

他是一个有理想的人，知道自己的使命所在。

这是拓跋鲜卑与中原汉人王朝第一次官方的文化交流。在洛阳的这七八年里，来自北方的拓跋沙漠汗，充分领略了汉文化的儒雅和博大。

且不说丝竹歌舞、经史书院，单是洛阳城的繁华与雄浑就让沙漠汗深深折服。

洛阳城是个大都会。重重宫城形制雄伟，南宫北宫峙立巍峨。以太极殿为中心，五门三朝，朝堂深深。华夏民族的智慧，创造出这样气势磅礴又融合儒道哲学的建筑艺术，让沙漠汗流连不已。

这才是都城应有的样子。将来，我们拓跋鲜卑的盛乐，也要按这个样子造城！

他绘制了洛阳城的布局和建筑图样，如饥似渴地学习汉族的经史礼仪，打算回去以后，按照汉人的模式改造自己的国度。这时候的他，已经充满了忧患意识：拓跋联盟毕竟是脆弱的，一定要按照汉人的样子，建起强有力的管理体制。

拓跋沙漠汗把这个愿望深深藏在心底。他也许没有想到，一百多年后，这个愿望，他的后人帮他实现了。

公元265年，也就是沙漠汗来到洛阳四年后，主政曹魏的司马昭去世，司马炎继承王位。这年阴历十二月，司马炎代曹奂为皇帝，曹魏灭亡，晋朝开始。由于沙漠汗一直与司马氏集团关系搞得不错，所以这次改朝换代并没有影响拓跋联盟和中原王朝的关系，双方仍旧和好如初。

唯一改变了的，是拓跋力微已经年迈，随时可能会向自己的祖先报到。

联盟首领的继承问题被提上了日程。将来能不能成功继位，这是"太子"沙漠汗当前必须考虑的问题。

归国吧，中土再繁华，毕竟是别人的繁华。草原再苍凉，也是自己的国度。况且，自己的国度还等着自己去改革，要变得像南方的汉人王朝那样强大！

公元267年，拓跋沙漠汗向晋武帝司马炎递交了申请，说自己很想念年迈的老父亲，想回家看一看。晋武帝司马炎是一个明白人，他知道沙漠汗担心继位问题。他也意识到，如果拓跋力微的其他儿子继承了首领位置，很可能会跟自己的关系不是这么好。于是，他很痛快地答应了，还给沙漠汗备了很多礼品，举行了盛大的送别仪式。

拓跋沙漠汗回国，这一待就是八年。这八年间，他的大部分时间应该是驻守在阴馆（汉置阴馆县，在今朔州山阴一带），拓跋势力最南端的前线。当然，他也会利用节假日回盛乐，将他在中土的所见所闻、汉人的礼仪风俗、典章制度、治国方略跟父亲和诸部大人做详细的汇报。

这时的拓跋沙漠汗，已经成为一个改革的激进分子。他也在自己的土地上，悄悄种植了"汉化"的种子。当然，同时种植下的，也有潜在的危机。

一个"海归派"的炫目表演

上一章讲过，帅哥拓跋沙漠汗留学中原八年，准备归国后改革拓跋联盟旧体制，提倡汉化，轰轰烈烈大干一场。但在归国途中，他做了一个动作，射死一只鸟。

这个动作，彻底毁了他的政治前程。

这戏剧化的一幕，就发生在阴馆，今天的朔州山阴一带。

公元275年，出于战略考虑，沙漠汗再次前往晋朝，进献贡品，联络双边友好合作关系。此时的拓跋力微已经垂垂老矣，为了避免在继位问题上横生枝节，沙漠汗这次只在晋朝待了半年就准备归国。晋武帝这次送他的礼物更加厚重，锦、缯、彩、绵、绢等物，满满装了一百辆牛车。

这哪是送外宾的礼物，这分明是帝王送公主出嫁的聘礼啊！说明在晋武帝司马炎的心中，已经把沙漠汗当作未来战略上的"亲家"。

沙漠汗一行走到并州（今太原）时，遇上了自己的克星，西晋的征北将军卫瓘。

卫瓘此人是个奇才，他虽是一介书生，还擅长书法，却是三国末期西晋早期的一个大阴谋家。他曾灭蜀汉，一举平定邓艾、钟会的谋乱。可以说，是个战略布棋的好手。所以，晋武帝封他为征北将军、护乌桓校尉，总理北方边患事务。

卫瓘一见到拓跋沙漠汗，就大吃了一惊。这就是拓跋力微的太子沙漠汗？这就是那个令洛阳名士争相攀附、学贯南北的拓跋沙漠汗？但见他，高大威猛、风神特异、谈吐不凡，隐隐然有霸主气象。此人不是凡人，如果放他回去，岂非制造了一个劲敌给自己？出了牢笼的老虎，谁还能制得住呢？

卫瓘给晋武帝上了一道密奏，说拓跋沙漠汗此人"为人雄异，恐为后患"。"当前拓跋联盟内部已有分裂之兆，如果此时让沙漠汗回国当了首领，拓跋联盟又会变成铁板一块，到那时候，就不是我们能够控制的了。"他打了个比方：如果曹操当年不把刘备放走，怎么会有后来屡屡犯边的蜀汉呢！

"我们一定要永久扣留住拓跋沙漠汗，不能让他回去！"

但是晋武帝不愿失信于人："这也太黑了吧，将来别的盟友会怎么看我们？"不准。

卫瓘对晋武帝的厚道不以为然。我们前面说过，卫瓘此人的特长就是阴谋，很有点翻天覆地的本事。他此时负责北方边务，对形势有清醒的认识。西晋北面，主要有两大势力：拓跋和乌桓。拓跋联盟势力大的时候，乌桓依附于拓跋，晋对他们只能采取怀柔安抚政策。但此时，卫瓘敏感地看到拓跋联盟内部已经矛盾重重，派系斗争很激烈，不如趁机离间各部、瓦解联盟，收服乌桓部，这样，北方边患就一举解除了。

于是，卫瓘又上了第二道密奏："臣有一计，既不会失信于人，也不用一刀一兵，就能让他们自相残杀。"如此如此，这般这般。当然，还是需要暂时扣留沙漠汗，让他晚点儿归国。

这次，晋武帝答应了。他派人好生安抚沙漠汗：最近路上好像不太安全，而且咱们这次相聚的日子太短，不如回洛阳再住一段日子，我多派点兵马送你回去。

人家不放，沙漠汗当然走不了。只好回洛阳又住了一年多。

在这一年多里，卫瓘可没闲着。他派人用重金收买拓跋联盟的各部大人，让他们离间拓跋力微和沙漠汗父子，等沙漠汗回国后，伺机把他杀掉。基本上，拓跋氏国中的主要领导和各部大人，都接受了卫瓘的贿赂。

公元277年，卫瓘的"反间计"棋局已经布好，终于放沙漠汗归国了。拓跋力微一直在等着这个儿子回来继承大位，听说儿子回来了，喜不自胜，派诸部大人到阴馆这个地方迎接。

阴馆是沙漠汗的驻地，距离盛乐几百里。力微从盛乐派诸部大人南下隆重迎接沙漠汗回都，其目的当然是让儿子回来继承大位。当然是很隆重的仪式。

诸部大人抵达阴馆后，大家在这里举行了盛大的欢迎酒会。

喝酒，自然要尽兴。草原牧民喜欢露天野餐，此时篝火熊熊，整架的羊排在火上噼噼啪啪作响，酒气和着烤熟的羊脂香气，吸引来很多天上的飞鸟。

重新回到故土的沙漠汗兴致很高，他本来就是一个洒脱的人，趁着酒兴，当众给诸部大人表演了一门绝技。他抬头看了一眼飞鸟，又比了个手势，对诸部大人说：

"请大家看我的'即兴表演'。"

说着，他左手从身后拿出一张弓，右手顺势从袋中掏出一粒石丸，张臂，引弓，飞鸟应弦而落。众人没看到他右手装飞弹的动作，一时目瞪口呆。

请注意，拓跋沙漠汗用的这个装飞弹的弓，可不是我们小时候玩过的那种弹弓。古代作为一种技艺来用的弹弓，大体跟弓箭的弓是一样的，只是弓箭的弦是一根直绷绷的线，而弹弓的弦正中间加装了一个可以包裹弹丸的皮兜。

这个引弓飞弹的把戏，是拓跋沙漠汗从汉人手中学来的。本来，他想引起大家的惊奇和赞叹："哎呀，太子是神射手，真是英雄。""大王是我们的偶像，跟着大王走，打架不用愁。"

可是，他想歪了。

这些生活在草原的人没有见过汉人这种弹弓，也没有看到他手里的石子。大家以为他从汉人那儿学会了魔法，拿着空弓就可以把鸟射下来。内心里，大概是有十万匹五花马在奔腾。

不过，大家还是喝彩了一阵，表示礼貌。酒罢，各自散归。

拓跋沙漠汗可能并没有意识到，自己的一场"即兴表演"，属于典型的自杀式表演。帅哥，是不能随便耍酷的，尤其是像他这样的政治人物。

想想看，在力微的带领下，拓跋联盟纵横草原，诸部大人正沉浸在"拓跋崛起"的赞歌中不能自拔，沙漠汗却拿着晋人的一套来了。

大家都在唱《厉害了我的草原》的时候，他却拿出狙击枪射中一只鹰，说：在晋国，这只是个常识。

哈，讥讽我们不懂常识吗？北方南方国情不同，不要拿着腐朽没落的晋国的一套来毒害我们好吗？

再说，仅仅是表演飞弹吗？从弹弓神射这个技艺能够看得出，拓跋沙漠汗应该是一个追赶时髦的人，而且追赶的是晋国的时髦。没错，洛阳时髦青年潘安就是个著名的弹弓玩家，他将这一套"撩妹"的技能教给了沙漠汗。只不过，人家潘安"挟弹出洛阳道"，得到的是美女的回头率，而沙漠汗"挟弹出塞外"，得到的是诸部大人的猜忌。

我相信，"海归派"拓跋沙漠汗一定是头戴博士帽得意忘形。免不了，他还会把西晋那些猗靡的贵族风尚拿出来，表演一段晋人歌舞，背诵个辞赋什么的，以及，各种吹嘘。

各部大人当然不干了。留过几年学，回来就不认祖宗了！

所谓"不作死就不会死"，沙漠汗，成功地被打上"数典忘祖、别有用心"这样的标签。

这场精彩的即兴表演很快发展成为一场政治丑闻。很多参加宴会的人私下里都议论纷纷：

"太子穿着花里胡哨的南蛮的服饰，又学会了很厉害的妖术，很能迷惑世人，要是让他这个'汉归派'继位了联盟大首领，一定会改革旧俗，咱们这些守旧派老干部肯定会受到排挤。唉，咱们不如支持力微的其他几个在国内的儿子，那样前途会更光明些。"

"他已经被洗脑了，这里头一定有晋势力的阴谋！"

流言就此传起，并掀起了"汉化派"和"守旧派"的争端。这一切均不出卫瓘的预料，所谓苍蝇不叮无缝的蛋，卫瓘的反间计之所以能成功，就是因为拓跋联盟内部，本身就分裂为以"太子"沙漠汗为首的"汉化派"和以其他几个王子为代表的"守旧派"。按理说，大部分的部族，应该是持观望态度的。可是有卫瓘在其中搅和，那些拿了贿赂的酋长们就难免要多说拓跋沙漠汗的坏话了。

对此，沙漠汗蒙在鼓里。他忙着安顿阴馆的驻防事宜，整顿回盛乐的行装车马呢。

就是在此期间，那些拿了贿赂的诸部大人们连夜赶回盛乐跟力微打小报告。拓跋力微按照正常的客套："啊，你们都见到太子了，太子到中原学习历练，有没有什么成长啊？"问这话的时候，他本来想会得到肯定的回答。

没想到这些部族大人都一致说："太子的本领嘛是很高的，能够引空弓射下飞鸟。不过他好像学了很多晋人的妖术，还有些邪魔外道的奇谈怪论。要是让太子登了大位，说不定会走上邪路呢！愿大王明察。"

拓跋力微沉默了。

这个"太子"，他是爱的。尽管自从沙漠汗去了晋国，其他几个儿子整天侍奉左右，都很受他的宠爱，但对"太子"毕竟还是信任的。"怎么可能会被你们几个部族大人随随便便几句话就忽悠了呢？欺我老迈昏庸不成？"

可是，他再也没有盛年时那种振臂一挥威震草原的精力了。或者说，他清楚地认清了局势，大部分部族都是守旧派，而且自己已经不能左右当前的政局。"太子"的支持者太少，如果让他继位，势必会引起兄弟间的自相残杀。那，是他不愿意看到的。

于是，他对部族大人们说："如果大家都容不下他，就看着办吧！"

诸部大人拿到圣旨，连夜带兵驰往阴馆，杀掉了沙漠汗。

奔波南北十余年，苦修汉典、考察风俗，拓跋沙漠汗力图改革图强的理想，就这样随着自己的身死灰飞烟灭。

冤不冤？冤，也不冤。

关于沙漠汗的死，有人说，并不是拓跋力微下的令。而是诸部大人趁着力微老迈，先斩后奏，又编造了些言辞。有人说，是拓跋力微老年昏庸，宠爱幼子，他自己当年不也是将自己的大哥逼走的吗？

　　不论怎么说，沙漠汗的死，让拓跋鲜卑痛失了一次汉化、改革、建立强大国家机器的机会。我们可以设想，如果没有卫瓘的离间，如果拓跋沙漠汗继承了大位，如果他确实能力超强，团结各部力量，改革旧制，历史，又会是什么样子的呢？

　　他本来极有可能成为拓跋鲜卑历史上一个开创新风的帝王，只可惜，历史的选择，往往超出了我们的预料。

　　历史没有太多的如果。历史只能证明，以当时拓跋联盟的民族文化基础，汉化的时机还远远没有到来。习惯于骑马住帐篷的鲜卑人，还享受不起华丽堂皇的宫殿。习惯了以部落为单位生存的草原民族，还没有找到自己的方向。

　　历史的进步，有时候还需要等。

　　很多年后，拓跋沙漠汗被追尊为文皇帝，而他的直系子孙，也成功地开创了北魏王朝。

一把斧头引起的分裂

公元277年，诸部大人并力杀死拓跋沙漠汗。紧接着，就出现了乌丸王（也就是乌桓王）库贤"磨钺斧事件"。

沙漠汗死后，拓跋力微一直闷闷不乐，不久病倒。这时候，一个重要的内奸——乌丸王库贤出来活动了。乌丸是拓跋联盟中的重要势力，库贤则是拓跋力微的跟班小弟。在接受卫瓘贿赂的诸部大人中，乌丸王库贤是史籍中唯一留下名字的人，也可见卫瓘对他一定更为重视，贿赂更为丰厚。可以这么说，库贤，就是卫瓘在拓跋联盟内部埋下的一颗大炸弹。

库贤做了一个"现场秀"——众目睽睽之下，在帐外磨钺斧。古时候的钺斧，一般并不用来打仗，而是在宣扬军威国威的仪仗上使用，有时，是军队的行刑官使用。诸部大人见他做这么件不寻常的事情，都有些奇怪，问他：

"您这是要干什么呢？"

"要命！"

"要命？要谁的命？"

"你们没听说吗？大王恨你们进谗言害死了太子，现在他要复仇。他要将各部大人的长子都杀掉。"

哦，原来是这样。酋长们信以为真，纷纷率领各自的部落逃走。

不久，拓跋力微病逝。据称，享年104岁。他统治国家（部落联盟）共五十八年，后来被尊称为"始祖"。

拓跋力微代表着一个时代。力微的时代过去之后，拓跋集团沉入一个持续十几年的低谷。

力微死后，次子拓跋悉鹿继位。他在位九年间，拓跋联盟中的各部落纷纷叛离。拓跋氏辛辛苦苦几十年，一夜回到"解放前"。

拓跋悉鹿死，他的小弟弟，力微的幼子拓跋绰继位。拓跋绰稍有点能力，在位七年间，拓跋部的势力有所恢复，并与宇文部和亲结盟。拓跋绰死，沙漠汗的儿子拓跋弗继位，在位一年去世。

拓跋弗死，分国三部：沙漠汗的弟弟拓跋禄官，沙漠汗的两个儿子拓跋猗㐌、拓跋猗卢分管三部。

从力微去世到分国三部，中间过了十七年。这十七年，是惨淡经营的十七年，是雄风不再的十七年，也是拓跋家族内部权力重新分配的十七年。

这十七年，看似风平浪静，其实内部正涌动着很多影响未来拓跋集团走向的暗潮。

说起拓跋鲜卑的早期历史，称谓很令人纠结。按照正史，拓跋家的领袖都是称"皇帝"的。但是在拓跋氏真正建国之前，他们只不过是部落联盟的首领。起先，可能他们遵照匈奴习俗称"单于"，后来臣民们又呼他们为"可汗"，有点乱是不是？该怎么叫？不如就简单一点，暂时称"皇帝"吧，反正，他们的后人真的当了皇帝。

拓跋邻是帝位"世袭制"的创始人。拓跋邻传位儿子拓跋诘汾，拓跋诘汾传位儿子拓跋力微。

但是，此时的拓跋权力核心，并没有因此建立起一套严格的帝位继承制度，没有汉人"传长""传嫡"等宗法制度，也不一定是"传子"。"兄终弟及"的情况，反而更普遍地存在。可能是因为外部环境比较严酷，必须选出强有力的领导人，因此一般会传给成年的，在部众间影响力和势力较大的直系亲属。传给儿子，传给弟弟，传给哥哥，传给伯伯，各种情况都有。

主要是看个人势力和影响力。这两种力来源于：一、宗族内部的支持；二、母族势力和妻族势力，也就是联姻部族的支持。

咱们重新梳理一下早期这几位帝王的传承：

拓跋力微死后，因为大儿子沙漠汗被杀，所以帝位由次子拓跋悉鹿继承。悉鹿死后，帝位由悉鹿的小弟弟拓跋绰继承。这两次帝位传承，不过是顺水推舟而已。因为彼此势力差不多，就轮流坐庄。

拓跋绰死后，哥哥拓跋禄官仍在，按照"兄弟轮流坐庄"的道理，本应该传给拓跋禄官。但是，这时候新的势力抬头了。家族里的"诸父兄"（也就是宗族长老）一致推举沙漠汗的小儿子拓跋弗继位。

也就是说，沙漠汗死后，他这一族的势力反而抬头了，他的儿子终于代父亲重新登场了。而且自此以后，沙漠汗的子孙代代帝王相传，延续二百多年。而沙漠汗，也因此被追尊为"文帝"。

沙漠汗儿子的登场，离不开沙漠汗的妻族势力的干预。本来，力微就应该先将帝位传给沙漠汗。结果，出了"阴馆击杀"那样的事件。沙漠汗死后，拓跋联盟四分五裂，家族里有话语权的长老们早已怨声载道，后悔当初没有阻止悲剧的发生。沙漠汗的妻族就趁机培植自己的势力。沙漠汗有两个妻子，皇后封氏和次妃兰氏。封氏早死，所以兰妃的势力先占了上风。

兰妃的儿子拓跋弗是沙漠汗的幼子，却先于两个哥哥登上帝位，充分说明了兰妃在幕后做了很多工作。兰妃出丁盛乐附近的匈奴部族　乌洛兰氏，可以说是背景不一般。在拓跋氏后来此消彼长的势力争斗中，兰妃的后人最终成为了正统。

可惜，拓跋弗在位一年就去世，他的儿子还小，还没到出场的时候。

此时拓跋家族有可能传承帝位的有三人：一、拓跋弗的伯伯拓跋禄官，他是拓跋力微唯一还活着的儿子，上一轮没轮上，这一次继位是理所应当。二、拓跋弗的两个哥哥，拓跋沙漠汗的长子和次子，拓跋猗㐌和拓跋猗卢。拓跋猗㐌和拓跋猗卢能力超群，早已各自拥有了自己的死党和势力范围。拓跋弗一死，他的这两个哥哥就该隆重登场了。

此时的天下，大概是三股力量势均力敌，谁也压不倒谁。怎么办？只好姑且和稀泥，国家分为三部治理，猗㐌和猗卢分别管理一部，禄官自己管理一部。是为"分国三部"。

公元295年，拓跋氏分国三部，是为昭帝、桓帝、穆帝，三帝并立的时代。

昭帝拓跋禄官，是拓跋力微的儿子。根据后来发生的事情，可以推断，他继承的是兄弟拓跋绰的势力。拓跋绰在位时，与东边的宇文部有过和亲，因此拓跋禄官就自领一部居东，在上谷（今河北怀来一带）之北、濡源（今河北沽源东南）之西。东面与宇文部相接，互相照应。他是个不出色的领袖，在三部之中也最弱，基本是"打酱油的"。他在位时做的最重要的事，是再次将自己的"公主"嫁给了宇文部的"太子"。

桓帝拓跋猗㐌是沙漠汗的长子，他应该继承的是当年沙漠汗的领地。沙漠汗在世时，常驻阴馆前线，后方的参合陂（一说在今内蒙古凉城东北，一说在今山西阳高）一带应该也属势力范围。因此，中部囊括了今大同盆地和内蒙古凉城、丰镇一带，这里由拓跋猗㐌管理。参合陂是拓跋氏的福地，拓跋氏的命脉之一，也是用兵之地。此地非常重要，很多有趣的故事就发生在这里。

西部故都盛乐一带由穆帝拓跋猗卢管理。猗卢此人，大有祖父拓跋力微之风，可能长期在盛乐一带协助力微工作，因此积攒了自己的势力。盛乐，是拓跋氏当时的势力核心，雄踞草原，傲视西北，当然也是出产英雄事迹的好地方。

在接下来的年月里，沙漠汗的两个儿子将继承父业，掀起拓跋氏雄踞草原的又一个高潮。

巨人拓跋猗㐌和他的好拍档卫操

公元305年，29岁的拓跋猗㐌在拓跋联盟中部的参合陂即位，史称桓帝。

此时，在塞外古道上，一位须发飘飘的汉人正下马驻足，手指平城（今大同）方向。在他身后，几个年轻人正指挥着一个车队。

"叔父，这个拓跋猗㐌是怎么样的人？"一个年轻人打马上来问道。

"不知道，我上次见他的时候，他还是个十岁的孩子。"

"他会接纳我们吗？"年轻人又问。

"会，一定会的！"长者颔首，"拓跋沙漠汗的儿子，下会坏到哪里去。"

这位汉人，就是拓跋鲜卑第一功臣——卫操。

所谓金风玉露一相逢，便胜却人间无数，卫操和拓跋猗㐌的相遇，注定要发生奇妙的化学反应，从而让拓跋联盟诞生新的希望。

公元三世纪的最后一个十年，拓跋鲜卑的巨人时代终于来临。

巨人叫拓跋猗㐌。他是个不折不扣的巨人——体型巨大的人。

在电影《鹿鼎记》中，韦小宝这样描述陈近南："他身长八尺，腰围也是八尺。"巨人拓跋猗㐌大约就是这种形状。

这样的大块头，出行是不能坐马车的，因为马拉不动。他坐牛车，而且用的是巨牛。"帝英杰魁岸，马不能胜。常乘安车，驾大牛，牛角容一石。"可以推断，拓跋猗㐌的体重在250斤以上。

据说此人曾经中毒，中毒之后在地上呕吐，呕吐之处不久生长出榆树。参合陂一带本来并没有榆树，世人见了都十分惊异，传为神话。

关于拓跋猗㐌"吐蛊生榆"的传说，有学者考证说，拓跋鲜卑有"榆树崇拜"。从拓跋鲜卑的"石室崇拜"和"榆树崇拜"中，能够看出他们性格的主要特点：他们喜欢这种貌不惊人但耐寒、适应力强的植物，喜欢坚韧与永恒的事物。

不错，拓跋猗㐌不仅块头大，食量大，而且忍耐力强。

不仅忍耐力强，而且大肚能容。他容的第一个人，便是大阴谋家卫瓘的部属，卫操。

卫操是拓跋氏官方历史中记载的第一个汉人，一个举足轻重的人物。他与拓跋猗㐌、拓跋猗卢兄弟交好，尤其是与拓跋猗㐌，几乎可与刘备、诸葛亮的"鱼水之情"媲美，用网络流行语言来说，是"好拍档"。

卫操，姓卫。这不废话吗？卫操当然姓卫。我这里强调卫操姓卫，是为了把他和另一个姓卫的卫瓘区别开来。卫瓘前面我们提到过，正是他行使反间计，害死了沙漠汗，又指使乌丸库贤瓦解了拓跋联盟。卫瓘，是拓跋氏的仇人。

卫操姓卫，但他与卫瓘并没有什么亲戚关系。他虽然曾经当过卫瓘的下属，行事作风却和卫瓘大大不同。

卫操是代人，也就是代郡人（今河北蔚县）。这个人，很有点上古侠客之风，有武功，也有文采，旷达任侠。卫瓘看中了他的才能，就让他当了自己军中的牙门将，多次派他出使拓跋联盟，与拓跋家的很多人都结下了深厚友谊。卫瓘在世时，担心拓跋联盟过分强大，明里结盟，暗处使坏。对这一点，年轻的卫操很不以为然，他始终认为，拓跋联盟是西晋在北方的盾牌和强援，应该使用怀柔政策。

卫瓘死后，西晋王朝爆发了八王之乱，北方边境原来归顺的五部匈奴也蠢蠢欲动。卫操呢，自然不愿意在这一锅糨糊里当搅屎棍。他将目光瞄向了雁门关以北。

对他来讲，那里不仅是一方乐土，也是可以大展拳脚的地方。

一千多年以后，有个叫胡林翼的军事家曾说："天下糜烂，特吾辈二三人撑持。"卫操的想法，大概也是一样。

他以出使拓跋联盟为名，带着侄子卫雄以及自己的宗室乡亲姬澹等十几个人投奔到拓跋猗㐌帐下。此处应注意：卫操这并不是叛国，而是以西晋使臣的身份来帮助拓跋猗㐌管理国家，同时，也是帮助西晋稳定北方部族，打造强援。

应该说，卫操的理想就是当一个和平大使，一个文明大使。为什么选择拓跋氏？因为他看中了拓跋氏不同于其他游牧部落的特点：他们不像内入匈奴诸部，动不动搞叛乱，也不像慕容鲜卑，动不动跟晋王朝开战；他们总是自称黄帝的后裔，汉人的臣属；他们有用不完的力气，就挥刀向西向北，收拾那些草原残局。这样的邻居要是壮大了，对晋王朝岂非大大的好事？

另一方面，卫操也有自己的政治抱负：他要凭自己的才华，将拓跋氏改造成一个亲晋、友善、文明的国度。他认为，拓跋鲜卑有这样的潜能。

卫操的到来，让拓跋猗㐌大喜过望。

他隐约记得少时，父亲拓跋沙漠汗曾与这个汉人饮酒畅谈。他也记得父亲沙漠汗生前曾不止一次对他说，南方晋国人治理国家，法度严明，尊卑有序，有着不可言说的妙处。现在老天爷送给他一个卫操，简直是天上掉下来的林妹妹。

我们前面曾说过，拓跋猗㐌这个人特别大度。这一点很像今天的大同人，豪爽、痛快，拿得起放得开。

既然是老相识，那就是老朋友。对于这个大他一辈的汉人长者，猗㐌并不以父兄相称，而是推心置腹，亲若友朋。他任命卫操为辅相，也就是说，国家大事都交给卫操办理。

不用面试，也没有什么试用期。老兄你说该咋干，就放胆干好了。基本上，也用不着请示。

于是，在拓跋猗㐌的授权下，卫操大刀阔斧地干了几件大事。

第一件大事，就是"人才汉化"。他说服拓跋猗㐌，多招纳晋人，南方

人学历高，有文化，能办事。于是，晋朝很多饱受"八王之乱"伤害的士人子弟前来投奔。

第二件大事，就是"体制汉化"。逐步在草原部落联盟的基础上，确立核心政权制度，制定法律，按照汉人的一套设置官吏。

卫操做的不可忽略的第三件大事，是东联乌桓，组建起"乌桓-拓跋"联合劲旅，直接决定了之后几次重大战役的成败。

在上一篇我们曾说到，公元295年，拓跋氏分国三部：拓跋猗卢居西部盛乐一带，拓跋禄官居东部与宇文部接壤联姻，中部参合陂、平城一带则由拓跋猗㐌统领。从形势上来讲，西部盛乐一带根基深厚，拓跋猗㐌一开始的势力并不是最强的。

但是，在卫操的治理下，拓跋猗㐌的中部势力逐步发展为核心，也为将来平城地区走上历史舞台奠定了基础。以拓跋猗㐌为首的拓跋鲜卑联盟，开始有了道德教化的文明气象。威德与仁义并举，让拓跋氏声威大震，北方的丁零和六狄主动前来归附。

不战而屈人之兵，这也是卫操治国的功劳。此时的拓跋联盟"与晋和好，百姓义安，财畜富实，控弦骑士四十余万"。虽不免夸张，但说明拓跋氏的实力和自信心确实重新爆棚了。

正因为如此，北魏建国后将卫操视为第一功臣，在《魏书》中，卫操的传记紧跟在宗室列传之后。西晋待卫操也不薄，司马腾听说卫操的事迹之后，对他很是赞赏，上表为他加封将军的称号，后来升迁为右将军，封为定襄侯。

猗㐌即位第二年（296年），就在卫操的策划下干了一件惊天动地的大事。

什么事？重新安葬父亲和母亲，也就是"改葬"。

我没有开玩笑，这件大事就是一个葬礼。

拓跋猗㐌的父亲，正是名震南北的拓跋沙漠汗。当年，沙漠汗以储君身份自晋返国，在即位之前惨遭冤杀，在阴馆一带草草埋葬，至今已19年。19年，原来墓边的柳树也桶粗了吧，忽然想起了改葬？难道仅仅是，原来的地方不对？

拓跋猗㐌是这么跟部众解释的：我的小弟拓跋弗在位的时候，就想要改葬的，可是没来得及实施就去世，所以，我在实现他的愿望。

这句话，有一半对，还有一半是言不由衷。

我们先来说这对的一半。拓跋家族的帝位传承，习惯上是"父死子继"和"兄终弟及"，比方说，诘汾传给儿子力微，力微传给儿子悉鹿，悉鹿传给弟弟绰。但是拓跋绰死后，这个传承习惯被打破了。出现了一个小意外，拓跋弗继位了。拓跋弗是拓跋悉鹿和拓跋绰的侄子，他父亲沙漠汗并没有真正当"皇帝"，所以他在继位的"正统"上有点说不过去。说不过去怎么办呢？就是塑造"正统"，给父亲一个说法。也就是说，我要为父亲重新立一个碑，追尊他为"皇帝"。那时候还没有太庙，否则的话，便是把父亲以皇帝的名义，立进宗庙里。

拓跋弗想这么做，可是他太短寿，在位一年就死了。这没有完成的遗愿怎么办呢？当然是由做兄长的拓跋猗㐌来完成了。这是拓跋猗㐌对的那一半。

不对的那一半呢？是拓跋猗㐌不仅重新葬父，还要一起葬母。葬母怎么就不对了呢？因为葬的这个母，并不是拓跋弗的母亲。拓跋弗的生母是兰妃，拓跋猗㐌的生母是封后。这拓跋猗㐌将父亲沙漠汗和母亲封后一起安葬，岂非一举两得，既证明了父亲的帝系正统，又证明了母亲的后系正统？说白一点吧，就是：我母亲封后的后人才是正宗的，兰妃所生的后人只是旁支。这么做，当然不是拓跋弗的愿望了。

这就是拓跋猗㐌这个大块头的狡猾之处。更狡猾的是，他在为父母改葬的真正实施过程中大大突出了"葬母"这个主题。后来有人在安葬地发现了一个石铭，石铭中明确提出"桓帝葬母封氏"，可见拓跋猗㐌是在处心积虑抬高封氏后人的地位。

啰唆了这么多，其实还是没有提及"桓帝葬母"这件事的另一个重大意义，那就是：扩展人脉，积极寻求晋王朝的支持。当年，沙漠汗在晋朝人缘极好，死后他的后人虽一度销声匿迹，但免不了有好多故交好友怀念他。现在大张旗鼓地为他改葬，自然少不了有人来凭吊。再加上卫操从中巧妙运筹，这葬礼的规模便不亚于一次大型祭天仪式了。

沙漠汗原先葬于阴馆一带，改葬的地点是天渊池。这个天渊池不是后来洛阳的天渊池，而是在大同方山一带，拓跋猗㐌的势力核心区域。此后，方山一带就成为拓跋氏祖陵所在地。

"桓帝葬母"事实上成为了"多国峰会"。除了自家兄弟拓跋猗卢和叔叔拓跋禄官的部众，草原各部臣服的人马也齐聚。远近而来参加葬礼的达二十万人。这还不算啥，通过卫操等人的广泛联络，西晋王朝也派来代表团。请看——

"晋从事中郎田思，代表成都王司马颖送来仪礼，请上座！

"晋宗室司马靳利，代表河间王司马颙送来仪礼，请上座！

"并州主簿梁天，代表并州刺史司马腾送来仪礼，请上座！"

这可是空前绝后的大场面。有司马家的三大势力来撑场子，拓跋猗㐌葬母的仪式当然隆重无比。葬母典礼也变成了"多国政治洽谈"和"大型阅兵仪式"。有了晋王朝势力的支持，草原上诸部大人自然纷纷表态，坚持拓跋猗㐌一个核心不动摇。借此机会，桓帝拓跋猗㐌本人，也将自己的父亲沙漠汗与母亲封氏祭上神坛。自此以后，沙漠汗的后人，世代传承拓跋氏的帝位。（但封氏一族与兰妃一族的斗争并未结束，后面将继续谈到。）

总之，这个典礼，奠定了拓跋猗㐌独一无二的地位，为他将来受命"大单于"，打下了基础。

而卫操和拓跋猗㐌，也就此成为生死之交。卫操呢，也真的是鞠躬尽瘁，到死也没有离开拓跋氏。

走，跟哥一起下中原战场搅局去

公元290年，西晋白痴皇帝司马衷即位。第二年，"八王之乱"爆发。

此后十余年，晋王室内部自相残杀，匈奴刘渊在山西起兵，羯人石勒在河北呼应。黄河以北，一地鸡毛。

于是，捡鸡毛的巨人拓跋猗㐌出手了。

"桓帝葬母"的第二年（公元298年），拓跋猗㐌纵深向北发动了一次远征。

为何向北呢？因为西部是拓跋猗卢的势力范围，东部是拓跋禄官的地盘，南面是晋人疆土，又有五部匈奴混杂，一时势力难以扩展。怎么办，只有向北扩张。

他先穿越漠北，然后挥兵西进，史称"度漠北巡，西略诸国"。这一次北巡，一去就是五年，漠北草原的零散部族经此扫荡，归附者有20余部（史称"二十余国"）。

回师参合陂，拓跋猗㐌屁股还没有坐稳，就接到了另一个好消息：匈奴刘渊在离石造反啦。

这是公元304年，刘渊自称汉王，五胡十六国自此发端。

为什么说这是好消息呢？因为诸胡称王称帝，西晋必定朝野震动，寻求外援，这正是天赐良机。

　　果然，不久拓跋猗㐌就收到了求援信。信是并州刺史司马腾派使者送来的，信里面呢，免不了要说一些客气的话，顺便称赞一下拓跋猗㐌收服漠北诸部的武功。当然，主要内容是说，刘渊造反，我这里收拾不住啦——意思呢，就是借兵。

　　借，当然要借！但是怎么借，借多少呢？拓跋猗㐌就问辅相卫操的意见。

　　卫操分析局势说：晋王朝现在是首尾难顾，司马越和司马颖几个王爷自相残杀，西边是李雄叛逆，自称成都王，现在并州离石一带又有刘渊起兵，战场长达千里，到处一片废墟。各个州郡的长官都拥兵自重，根本不会来救援，所以司马腾此举是孤注一掷，现在，拓跋健儿们一展拳脚的时候到了！

　　"此次出兵，如同齐桓公、晋文公匡扶周室一样，必定威名显扬，载入史册。如果助朝廷（晋王朝）退敌成功，朝廷必然给你封号，这样一来，你上应天命，将来必成大业。"

　　拓跋猗㐌大手一拍：对，要么不打，要打，就狠狠地打！

　　他命卫操亲自主笔写好战斗檄文和与晋军结盟的盟约，派文武官员飞马送到晋阳城，然后就开始召集人马。

　　要说这拓跋猗㐌的号召力可真不是吹出来的。

　　这是拓跋联盟第一次向南用兵，地势凶险，劳师远征，又没有牧场可以占领，对手又是极难对付的刘渊五部匈奴部众。对这次出征，很多部族大人一开始是持反对意见的。更何况，古时发动重大战役，召集人马并不是件容易的事。平时兵马分散各处，聚集本来就难；还要传递消息、说服动员，一般来讲，总得十几天到一个月的准备时间吧。

　　拓跋猗㐌却是创造奇迹的人，他就那么招呼几声，向拓跋大众展望了一下用兵关南的远大前景，允诺说中原富庶，有很多财宝和女人……短短几天时间，就集合了十几万大军。再加上卫操的煽风点火，穆帝拓跋猗卢、昭帝拓跋禄官也派兵前来助战。

　　人马集齐了，拓跋猗㐌召开誓师大会，鼓舞士气，亲自领兵南下。卫操的侄子卫雄，也领兵一支上阵杀敌。大军浩浩荡荡向南穿过雁门关，在汾河以东与晋军会盟后，在西河、上党一带与刘渊大战。

刘渊的部队习惯了与晋军交战，忽然被草原上下来的猛虎这么一冲，马上溃败。这一战，解了涅县、寿阳之围。司马腾大喜，他与拓跋猗㐌在汾河东岸再次盟誓，永不背约，然后辞送拓跋猗㐌归国。并命卫雄等人在参合陂立碑，记载了这次军事行动。

按照《魏书·序纪》的记载，这一战就是这么痛快。

但是，历史从来不会如此单纯。

拓跋猗㐌，也绝不是天生的雷锋。难道他带领雄狮十万出雁门，只为了在汾河边上为晋军解个围，然后就屁颠屁颠回家？要知道，那司马腾是出了名地吝啬，拓跋猗㐌不得到点好处，怎会轻易罢手？！

让海盗不抢劫，是很难的事情。同理，让游牧部落变成中原文明国度，也不是一个卫操靠几年时间就能完成的事情。现在的拓跋部，应该是一半天使，一半强盗。拓跋猗㐌的想法，应该是和刘渊一样，想趁乱坐收渔翁之利。

好，历史的真相应该如何，让我们一起顺藤摸瓜。

公元304年，西晋"八王之乱"已到最后阶段，"八王"互相残杀，已经死了五个，剩下"三王"：河间王司马颙、成都王司马颖、东海王司马越。

司马颙此时在长安，司马颖在邺城（今河北临漳）挟持着皇帝，他俩互为犄角，是一派。司马颖还有一个下属——匈奴人刘渊，也不是等闲之辈。

在东海（今山东南部、江苏北部一带）的司马越自成一派，与司马颖和司马颙争抢傻皇帝司马衷。但是司马越也不是一个人在战斗，他的亲弟东瀛公并州刺史司马腾在太原，还有在幽州（今北京）的王浚也支持他。

甲方：司马颙+司马颖+刘渊。

乙方：司马越+司马腾+王浚。

双方的谈判桌就是中原大地，谈判方式：打仗。

拓跋猗㐌出兵前，中原的战事是这样的：

司马越出兵进攻邺城的司马颖，大败退却。

王浚带领乌桓骑兵从幽州南下助攻，司马颖逃奔洛阳、长安，惠帝也被挟持到长安。

王浚洗劫了邺城后，返回幽州。此时，邺城和洛阳落入司马越手中。

此前，也就是王浚进攻邺城前，司马颖的部下刘渊提议："俺回山西（当然，那时还不叫山西）调动五部匈奴过来帮你守城。"司马颖同意，于是任命刘渊为北部单于（作死的任命），让他去调兵。

刘渊一回到离石，就发动五部匈奴，拥兵自立为王。他也不去救司马颖，而是在晋中南一带扩张自己的地盘。当然，在客观上牵制了司马腾的兵力。

这下司马腾当然不干了，他是并州刺史，名义上是管理晋中南的，现在被刘渊弄得只剩下太原周围的一小块地盘，快成光杆司令了。

于是，气急败坏的司马腾这才向拓跋猗㐌求助。

在上一篇中我们曾说过，"桓帝葬母"时，司马颙、司马颖、司马腾三人，都曾派出使者参加。很明显，这三人都想跟拓跋猗㐌结盟，让他作为后援。

现在，他们三人分为两派，帮助司马腾，就等于与司马颙和司马颖为敌。这叫政治赌博。拓跋猗㐌和卫操心意相通，都把注压在了司马腾所在的司马越一派。

当然，拓跋猗㐌也有私心，他还想趁势南掠中原，捞点好处。

司马腾当然也不是善茬，他既想让拓跋猗㐌帮忙，又害怕这老兄尾大不掉。于是，在拓跋猗㐌初战告捷之后，司马腾便借口迎接惠帝东撤，同时劝拓跋猗㐌返回雁北，并以立碑为名安抚之。当时，东边战事吃紧，司马腾也不能左右兼顾。如果留下拓跋大军在并州，也是麻烦。

那么，司马腾最终打赢刘渊了没有？没有。

拓跋猗㐌真的撤军了吗？也没有。

《魏书·卫操传》："遣骑十万，前临淇漳。邺遂振溃，凶逆奔亡。军据州南，曜锋太行。翼卫内外，镇静四方……长路匪夷，出入经年。"

在卫操后来为拓跋猗㐌撰写的碑文中明确写道，这拓跋十万大军，是前后转战一年的，而且到了很多地方，包括前曹魏政治中心邺城附近。

我猜想，拓跋猗㐌应该是遣返了大部分部众，然后亲自带领一两万精骑兵继续南下。他穿过太行大峡谷转而向东，在今日河北南境的临漳县一带驻留了一段时间。恰逢司马颖部众和石勒反叛，威胁邺城。拓跋猗㐌的骑兵还一度解了邺城之危。

当时黄河北岸整个乱套，拓跋猗㐌得以在夹缝中四处流转。他们好像个旅游团，今天在太行山下观光，明天到淇水和漳河边洗脚，顺便看看，有没有可以牧马的地方。他们就这样转了几圈，居然一直也没有遇到什么土匪和官兵。

刘渊势力太大，司马腾的部将与刘渊对峙，四战四败，并州全境几乎整个落入刘渊手中。刘渊紧追不舍，剑锋直指司马腾本部。这时候，危在旦夕的司马腾再次想起拓跋猗㐌，二次求助。

这就有了正史中记载的公元305年"桓帝以轻骑数千救之，斩渊将綦毋豚"。

救了司马腾之后，拓跋猗㐌才顺势返回。

"五胡乱华"的始作俑者司马颖早先对刘渊说过："鲜卑、乌丸的骑兵，强劲快捷如风云，岂是匈奴五部的人可以抵挡的？"这句话算是有几分见识。比起已经汉化的刘渊南匈奴部众，拓跋猗㐌的骑兵机动性更强。转战晋中南及河北一年，基本上毫发无伤。与刘渊两次交兵，两次大胜。

拓跋猗㐌在中原战场的这一搅局，客观上牵制了刘渊和石勒的反叛力量，为司马越、司马腾赢得胜利争取了空间。

八王之乱，以司马越的胜利收场。作为司马越一派的中流砥柱，司马腾也于306年正式都督邺城军事。307年，东海王司马越辅政，掌握了朝廷大权。

拓跋猗㐌和卫操赌赢了。

拓跋猗㐌两次相助司马腾，尤其是第二次，在司马腾有性命之危时舍命相救，让司马腾大为感动。他以晋室的名义封拓跋猗㐌为"大单于"，赐金印紫绶。

或者说，司马腾并不是感动，而是吓得"不敢动"。他见识了拓跋氏的实力，不得不以"大单于"之号安抚之。顺便，也是牵制刘渊。

这是拓跋鲜卑历史上的第一次受封，而"大单于"这一称号，相当于是说：你就是晋王朝北方草原上的王者，所有游牧部落，都由你来管理！

拓跋猗㐌，一时风光无限。

只可惜，英雄人物往往像暗夜中的烟火，总是在最亮的时候跌落。就在受封"大单于"之后不久，拓跋猗㐌因感染风寒去世，年仅39岁。

事实上，在出关转战的这一年，因为在隆冬冰雪天气行军，拓跋猗㐌已经感染了风寒。他这种大块头，抵抗力和忍耐力极强，但是一旦被邪寒侵入，便是重症。于是，一代枭雄就此陨落。

拓跋猗㐌死后，卫操大感悲痛。猗㐌生性旷达，对卫操信任有加，言听计从，两人名为君臣，实则好友。为了记下这一段伟大的友谊，卫操亲笔撰写了一篇言辞华丽的碑文，永载后世。

猗㐌死后，卫操将这段情义寄托在猗㐌之弟拓跋猗卢身上，继续为之鞠躬尽瘁，终于油尽灯枯，三年后也追随猗㐌而去。

卫操一生，无愧于晋，也无愧于拓跋。他为拓跋氏打开了汉化的第一道门，为拓跋氏立碑，并刻下几个极有分量的大字：

"魏，轩辕之苗裔。"

告诉你们哪，这拓跋氏，可是黄帝的后人啊。

不管这是出于个人情感的美化，还是出于形势折中的粉饰，"轩辕之苗裔"这几个字，从此成为拓跋氏实现"中原梦"的理论基础。

在接下来拓跋猗卢的故事里，我们再谈这几个字的来由。

注：本文所说"中原"，指广义上的中原。另，文中有很多地方古名、今名混杂，只是出于叙述的方便。

拓跋猗卢的惊艳开局

巨人拓跋猗㐌死后，他的亲弟弟、巨星拓跋猗卢出场了。

公元305年阴历六月，拓跋猗卢从盛乐赶到平城，为哥哥举行了盛大的葬礼，同时充满内涵地对寡嫂和侄子说："今后，我代哥哥照顾你们母子俩。"

惊艳无比的"猗卢时代"就此开端。

拓跋猗卢是一个自带主角光环的人。他一上场，小角色纷纷给他让位，中角色纷纷给他创造机会，狠角色光芒自动屏蔽。于是，拓跋氏的第一个国家"代国"，在他的手中建立起来。

主角小档案

姓名：拓跋猗卢　封号：代公、代王

祖父：拓跋力微　父亲：拓跋沙漠汗

母亲：封氏

子：拓跋六脩、拓跋比延

基本人设：高大帅气、精力充沛、有勇有谋、自带杀气、野心勃勃

基本贡献：统一、建国、扩张

特长：打仗

人生轨迹：发于盛乐，兴于平城，死于雁门

可以这么说，在沙漠汗的三个儿子中，拓跋猗卢最像爷爷拓跋力微（包括缺点）。

公元295年，拓跋氏"分国三部"时，拓跋猗卢占据的是力微在匈奴故地的大本营——盛乐一带。那么，从295年到305年，拓跋猗㐌为父母改葬、征服漠北、南下助晋风光无限的时候，拓跋猗卢在干什么？

有人可能会说："打酱油呗。打仗的时候给哥哥助助阵，祭天的时候给哥哥牵牵马……"

实际上，不全是这样。

这后生是很有一套的。

武略有一套。早在"分国三部"之初，他就先于哥哥拓跋猗㐌，南下并州新兴郡召集人马，将当年离散的杂胡部族北迁云中、五原、朔方，扩建了自己的军事编制。（有趣，这条北迁路线与曹操内迁塞外四郡的路线恰恰相反。等于是，曹操把人带回关内，猗卢又把人带出关外。没办法，打仗缺人啊。）

国防上有一套。早在"分国三部"的第一年（295年），就着手稳定西南边界，向西渡过黄河，击败匈奴、河西乌桓诸部。从杏城以北八十里到长城一线，画出一道与西晋王朝的分界线，并立碑为证。一面威慑了河西诸部，一面与西晋画地为界，井水不犯河水。

他也懂得"人"是第一生产力。"北迁五胡部众"是增强军事实力之举，而在"文治"上，他像哥哥一样尊重汉臣卫操，对拓跋国体的汉化，很有兴趣。

他还懂得审时度势。老哥拓跋猗㐌最辉煌的时代，他韬光养晦，守着阴山闷声发大财；可待到兄长一死，他便伺机而动，图谋"三部"统一。

"三部"统一靠什么？

除了靠实力，还要靠"借力"。借哥哥的力量。

记得电影《鹿鼎记》里，多隆有句台词："只要是韦爵爷留下的屁股，我都愿意去擦。"

拓跋猗卢亦然。只要是哥哥的屁股，他都愿意擦。

先，与哥哥的好拍档卫操，继续一段好友情。

再，与嫂子祁氏和侄子普根，继续一个好家庭。

猗㐌猗卢兄弟，貌似总喜欢通过葬礼来为自己立威。

猗㐌为父母改葬，生生把个葬礼搞成"万国峰会"。这事儿，不能不对拓跋猗卢有所启发。因此，他哥哥一死，他就去找到能搞事儿的卫操：

"嗨，老卫！我哥不在了，要不，咱俩继续？"

老卫同意。于是，卫操和他的侄子卫雄等一干人就继续为拓跋猗卢效命。

卫操特别想干的事儿，就是好好祭奠一下拓跋猗㐌，让一段好友情青史长留。拓跋猗卢特别想干的事儿，就是借哥哥的威名让自己成为正统。

两人一拍即合。在卫操的主持下，拓跋猗卢为哥哥猗㐌举行了盛大的葬礼。猗卢还让卫操在大邗城立碑，记载了拓跋猗㐌一生的伟大功绩。

在拓跋猗卢的指示下，卫操在碑文中做足了文章。首先呢，在歌颂桓帝拓跋猗㐌的时候，没忘了把穆帝拓跋猗卢也一同带上。什么两位伟大领袖"驰名域外""智深谋远""超前绝后"之类的马屁，在碑文中比比皆是。根据《魏书·序纪》，当年发兵十几万相助司马腾的，是拓跋猗㐌和拓跋禄官。但是，在卫操写的这篇碑文中，却说是猗㐌猗卢"兄弟齐契，决胜庙算"。历史的真相总难说清，但卫操在碑文中为拓跋猗卢添油加醋，这事总是有的。

这样说的意义是重大的，因为将拓跋猗㐌和拓跋猗卢二帝并称，突出兄弟情谊，拓跋猗卢兼并拓跋猗㐌的地盘便成为顺理成章的事情。拓跋猗㐌死时年仅39岁，他的儿子拓跋普根名义上"代立"，但事实上，也仅仅是"名义"而已。

这篇碑文中最重要的一段，是为拓跋氏正名："黄帝的后裔"。

也就是说，生生把个蛮荒民族摇身一变成为华夏正统。

我们抄录其中的一些片段看看："魏，轩辕之苗裔……（桓穆二帝）声著华裔，齐光纯灵……道教仁行，化而不刑。国无奸盗，路有颂声……南壹王室，北服丁零。招谕六狄，咸来归诚。超前绝后，致此有成。奉承晋皇，悍御边疆……兄弟齐契，决胜庙算。鼓噪南征，平夷险难。"

也就是说，从公元305年立这个碑开始，拓跋氏第一次名正言顺地以"轩辕苗裔"身份出现在雁门关外的土地上。从此以后，他们不论是统一草原，还是南征入主中原，都师出有名。

最关键的是，执笔人卫操多少也算是晋朝有名的士子，还被封为定襄侯，他所说的话，自然分量不同。

这，是卫操的胸怀所在，也是他与拓跋氏在精神层面擦出的火花。远来的部族，来认华夏的祖宗，无论从哪个层面上说，都不是什么坏事。

自此之后，卫操将他与拓跋猗㐌的情义寄托在拓跋猗卢身上，继续为之出谋划策。拓跋猗卢对卫操也是没得说，继续任命为辅相，对跟随卫操来的宗室乡亲，都拜官授爵。卫操死后，卫雄、姬澹也都当上了左右辅相，为北魏的基业立下了汗马功劳。

而拓跋猗卢，也将站在兄长的肩膀上，摘得那个黑暗时代里，最亮的星。

关于卫操为拓跋猗㐌立碑的"大邗城"在哪，史学界一向众说纷纭。

和林格尔的学者说，大邗城就在盛乐故城附近。忻州学者说，大邗城就在今山西忻州原平一带。学者田余庆和殷宪也认同后者的意见。

所以呢，我的意见是尊重大多数人的意见——忻州原平。

理由呢有三：

第一，既然卫操在碑文中主要是赞扬拓跋氏南下助晋的武功，那么这个碑立在西晋辖地、南下助晋路上，也是符合情理的。这等于是西晋和拓跋氏两家，对拓跋猗㐌的共同认可。

第二，西晋这时候实际上已经失去了对忻州一带的管控能力。忻州，也就是新兴郡，实际上处于权力真空。这一带，原本是曹操安置原远在草原的定襄、云中等郡的移民而设立，自然是胡汉杂处。而卫操本人又被封为"定襄侯"，他做主在这里立碑，大概也是能获得默许的。

第三，这个大邗城，很可能这时已经成为拓跋氏的一块"飞地"，也就是说拓跋猗㐌在助晋凯旋、回师北上途中，已经在这里驻扎了人马。而这一块"飞地"，后来是由拓跋猗㐌的儿子普根驻守的。《魏书·序纪》载，猗卢遇难时，"普根先守外境，闻难来赴"，这个"外境"，应该就是大邗城。

拓跋猗㐌的儿子拓跋普根，是个存在感极弱的角色。按理说，猗㐌去世，其子普根"代立"，应该是继承父亲"大单于"角色，轰轰烈烈干一番才对。但根据记载，一直到拓跋猗卢三国一统，这三年间，普根都连大气都没出一口，好像消失了一样。

这里面定有猫腻。

其实嘛，咱就不说猫腻了，这普根实际上根本就没有继位，所谓"代立"，只是史官为了遮掩一段家族丑事而已。

拓跋普根是一个没有太多主见和实力的人，而他的叔叔拓跋猗卢偏偏是一个光芒万丈的雄主。拓跋猗㐌病逝于"云中名都"平城，因此，拓跋猗㐌一死，猗卢就第一时间赶到平城、参合陂一带，将嫂子祁氏和侄子普根纳为己有。

这是顺理成章的事。当时的北方民族，兄弟俩共一妻是习俗上常有的，即使是草原贵族，弟弟再娶寡嫂，儿子收纳小妈，这样的事情也不鲜见。

从祁氏来讲，她是一个心机深沉、野心勃勃的女人。丈夫早逝，寡母弱子也确实需要有所依靠。拓跋猗卢大军压境，大张旗鼓地为兄长猗㐌发丧，猗㐌旧臣迫于形势，也纷纷依附猗卢。祁氏和普根此时真的成为孤家寡人。祁氏当然不会坐以待毙，她这时候就是要借助小叔子拓跋猗卢的力量，逐步培植自己的势力，以保证自己的儿子一系，最终能继承家业。因此，祁氏主动示好小叔子拓跋猗卢，这也是可以的。

祁氏（也就是祁后）后来能够"兴风作浪"，正是源于对拓跋猗卢的依附。此为后话，而此时，祁氏的女主光芒已自动屏蔽。

这段时间，因此留给拓跋猗卢大加折腾。

拓跋猗卢当然也没有让我们失望。他重用卫操等汉臣进行改革，西部中部合二为一，实力暴涨。两年后，东部拓跋禄官死，拓跋猗卢顺便将东部也纳入自己势力范围。

拓跋氏，重新一统。

拓跋猗卢封猗㐌之子普根为左贤王，出居雁门关内大邗城；封自己的长子六脩为右贤王，后镇守阴馆。从战略上来讲，此时拓跋猗卢的矛头，直指南方。

乱局之下的西晋王朝和刘渊、石勒的五胡部众，又将为拓跋氏创造新的机会。

诗人刘琨与拓跋猗卢：剑气、箫鼓和悲歌

我很不喜欢打仗，也不喜欢讲打仗的故事。

但是对于拓跋鲜卑来说，不打仗似乎就没有什么事可做。不打仗就没有牧场，没有牛羊和人马；不打仗，就会被别人打。

所以拓跋鲜卑建国的历史，就是一部反复打打打的历史。向西向北打，可以稳定大后方；向南用兵，则是自拓跋猗㐌以来的战略选择。这也是沙漠汗的遗志，向南、向南，将拓跋氏的洪荒之力泻入泱泱中原。彼繁华，彼腐朽，彼之大旗可做虎皮，彼可取而代之……

拓跋猗卢刚刚统一三部，向南用兵的机会就又来了。

给他伸出"盈盈素手"的，是晋朝大诗人刘琨。

公元310年。某夜。大诗人刘琨坐在晋阳城（今太原）的将军府里，难以入睡。

烛影摇曳中，诗人遍忆前半生，叹息不已：我本中山靖王刘胜之后，与刘备同祖，工辞赋，游太学，封尚书郎，曾与祖逖一起闻鸡起舞，志在天下。四年前，受命并州刺史，历尽艰险才抵达晋阳。那年数万匈奴兵围困，幸好吹得一手好胡笳，吓退强敌（"胡笳退敌"的故事请自行"百度"）。但如今，身为并州刺史，却独守孤城，枕戈待旦……

好的，就此打住，咱好好说话。这"并州刺史"到底是个什么官，让刘琨如此头疼？

大家记得，上一个并州刺史司马腾，就曾被匈奴人打得东躲西藏吧？刘琨比他更惨。

"八王之乱"后，西晋并州已被五胡诸部的势力割据，大部分地盘属于刘渊建立的"汉"（又称前赵）。朝廷又不给兵马，他好不容易招募了一千多人，历时半年，冲破匈奴的重重障碍抵达晋阳，却发现晋阳也是一座空城。

见过从包围圈里往外跑的，没见过一门心思往包围圈里钻的。诗人刘琨让咱们长了见识。

说笑归说笑，刘琨正是因为这股傻劲，赢得了后世的尊重。

独守晋阳第三年，曾一度臣服晋朝的白部大人叛晋，率部进入西河郡，铁弗部刘虎响应，进攻新兴（今忻州）、雁门二郡。当是时，南有匈奴、白部，北有铁弗作乱，刘琨被夹在中间，成了三明治。

这个时候，不管是吹胡笳还是写诗，貌似都没有什么用处了。

怎么办？只能找个能打仗的小伙伴。既然幽州刺史王浚能和段部鲜卑结盟，那我就不能和雁门关外的拓跋鲜卑结盟吗？以夷制夷，毕竟也是没有办法的办法。

刘琨放下自己大诗人的架子，派儿子刘遵跨过雁门关北上，恳求拓跋猗卢相助。

猗卢："帐下何人？"

刘遵："猗卢伯父，侄儿刘遵给您请安啦。"

猗卢："哪里来的侄儿？"

刘遵："我父刘琨说，愿与您结为兄弟。这是些金银玉器，不成敬意。还有，小侄愿留下，陪侍伯父左右。"

猗卢："直截了当说吧，需要我帮什么忙？"

刘遵："打……"

就这样，拓跋猗卢和刘琨相隔五百多里结为异性"兄弟"。也不用烧香磕头，相互给好处便是。刘遵留下当人质，猗卢马上派兵，再次兵发雁门。

刘琨送来的橄榄枝，让拓跋猗卢的主角光芒再次暴涨。

猗卢派侄儿拓跋郁律（拓跋弗之子）率骑兵二万，一路杀过雁门，直冲西河郡，大破白部。这个白部可真是记吃不记打，力微那会儿被打一次，到力微的孙子，又被揍一通。接着，猗卢又回师北上，灭了刘虎的营地。这一战非常残酷，拓跋郁律将刘虎的大部分人马屠戮，刘虎只带了些残兵向西渡过黄河逃窜。

危机解除，刘琨上表请求封赏，晋怀帝司马炽升任拓跋猗卢为大单于，封"代公"。这就是拓跋氏后来建立"代国"的前奏。

说起"代"这个地名，很有趣。从战国时就有一个"代"，在河北蔚县一带，先称代国，后为代郡。后来拓跋氏建了个代国，治所在平城大同（其实就是猗卢搞的）。再后来隋朝时候，在雁门关东置了个"代州"，也就是今天的代县。

拓跋猗卢受封的这个"代"，是河北的代郡。

古时封王封公，受封的这个地方叫"食邑"，是靠封邑租税生活、免费给饭吃的地方。猗卢的食邑在代郡，这个事情就有些微妙了。当年，拓跋氏最东的势力也刚刚抵达河北蔚县边界。后来到拓跋禄官时，因禄官暗弱，这一带已被遗弃。现在拓跋猗卢受封"代公"，这代郡会有免费的饭吃吗？

答案是：不会。

猗卢派兵东进，要去代郡收点粮米过年，引起幽州刺史王浚的不满。王浚想，这代郡归我幽州管，你刘琨和拓跋猗卢是来跟我抢地盘吗？于是，二话不说就开打。结果，王浚被打败了。

猗卢虽胜，但代郡地方毕竟纠缠不清，也非战略要地。于是回师，就吃饭问题找刘琨找说法。（其实，这只是一个借口。）

猗卢："刘琨兄弟，你给我请的封地，离我的大本营太远了，说是我的食邑，但人家王浚也要吃饭呢。"

刘琨："啊……"

猗卢："兄弟，那地方离你太远，咱哥俩有点啥事也不方便帮忙。要是刘渊、石勒什么的，哪天看你不顺眼又打过来，你怎么办？"

刘琨："啊……也是啊。"

猗卢："不如这样，你把雁门关以北的地盘都交给我驻扎，将来你有啥事，老哥分分钟就来。"

刘琨："好。"

就这样，自拓跋猗㐌以来经营雁北一十五年，陉北（雁门关以北）之地终于尽归拓跋。

猗卢跟刘琨要的，是马邑（今朔县境）、阴馆（今朔县东南及山阴大部地）、楼烦（今宁武附近）、繁畤（治所今浑源西坊城）、崞（治所今浑源麻庄）五县的地盘。

那么大一片地方，刘琨为什么答应得那么爽快？

因为那一块地方他本来就管不着啊。

汉末西晋的时候，北部边疆的州郡本来就虚有其名。比方说，当年汉朝在草原上置了云中、定襄等郡，后来天下大乱，被游牧民族骚扰得不行，到曹操时，迁四郡人马到今忻州地区，将该地改名云中县、定襄县等，设置新兴郡统一管理。

这马邑、阴馆、楼烦、繁畤、崞五县，均为秦汉时所置，原归属"雁门郡"。但到西晋时，雁门郡已名存实亡，北边这些所谓的县无人管理，实质上只有拓跋氏和杂胡势力出入其中，西晋政府根本无力染指。

既然本来已经管不着，刘琨当然乐得做一个顺水人情。他跟拓跋猗卢商量，将以上五县的人民迁入关内，空出地方来让拓跋部人马居住。

这就是晋北历史上一次重要的移民工程——五县徙民。

五县徙民，对后来晋北朔县、山阴、宁武、繁畤、原平等县居民的血缘组成，产生了重要影响。

马邑、阴馆、楼烦、繁畤、崞县，五个县的居民迁移到了雁门关以南。

这次迁移，是"连城带民"内迁。也就是内迁后以一城为核心聚居，还保留原来的名字。繁畤（今繁峙）和崞县（1958年后称原平）的县名就一直保留下来。楼烦迁至今原平崞阳镇东。

　　五县内迁之后，拓跋猗卢从草原迁来十万户部民，用以充实这块土地。

　　这个事情，意义也十分重大。因为自己的部民迁徙到雁北，行军打仗统一号令，这一带才算真正占有。拓跋氏得了雁门关以北的地盘之后，终于可以虎踞晋北，以雁门为出口长驱直入中原。

　　这是雁北地方居民的一次大换血。十万户拓跋部民，以每户5人计，迁徙而来的人口达50万。

　　而平城，也将作为总司令部，正式走上拓跋的历史舞台。

　　事实上，刘琨与猗卢在三晋大地的相遇相识，是拓跋氏历史上诗意的一笔。《魏书》上谈到拓跋猗卢对刘琨的评价——"忠义"，说明二人还是颇有惺惺相惜之情的。

　　在那个颠簸、杀戮的年代，诗人刘琨的介入，多少让拓跋氏扩张的征程带了些书卷气。刘琨是个音乐家，他跟猗卢"义结金兰"，自然少不了将汉人的礼乐文化传输给拓跋氏。从猗𫟻到猗卢几次助晋，汉人的"金龟箫鼓"乃至"音伎""乐物"辗转传入北地，他们开始似是而非地学习汉人的礼乐。到猗卢时代，拓跋氏初步有了自己的鼓吹仪仗制度。

　　卫操给拓跋氏送来了"华夏正统"。而大诗人刘琨给拓跋氏送来的，是音乐和土地。弯弓射雕的拓跋，和吟诗作画的中原士子，终将在长城沿线，孕育出剑气、箫鼓、悲歌交织的笑傲江湖之曲。

　　从"大单于"到"代公"，西晋给的封号，也间接说明了拓跋氏在中原朝廷眼中形象的转变。

　　刘琨是大略之才，只可惜生于西晋日暮，北方乱局，靠一己之力毕竟难以撑持。半生奋武，也总难免穷途末路。

　　拓跋猗卢和刘琨的故事还将在下一章继续，但不妨在这一章的结尾，站在刘琨的立场上，让他先吟一首《扶风歌》：

　　　　朝发广莫门，暮宿丹水山。左手弯繁弱，右手挥龙渊。
　　　　顾瞻望宫阙，俯仰御飞轩。据鞍长叹息，泪下如流泉。
　　　　系马长松下，发鞍高岳头。烈烈悲风起，泠泠涧水流。

挥手长相谢，哽咽不能言。浮云为我结，归鸟为我旋。
去家日已远，安知存与亡？慷慨穷林中，抱膝独摧藏。
麋鹿游我前，猿猴戏我侧。资粮既乏尽，薇蕨安可食？
揽辔命徒侣，吟啸绝岩中。君子道微矣，夫子固有穷。
惟昔李骞期，寄在匈奴庭。忠信反获罪，汉武不见明。
我欲竟此曲，此曲悲且长。弃置勿重陈，重陈令心伤！

拓跋猗卢受封 "代王"

从前有一个少年。少年还是少年的时候，住在草原上。

草原上有一座城，叫盛乐。严格来讲，这盛乐城并不像一座城，它只是很久以前汉人留下来、已经废弃的土城子。大多数时候，少年和族人都还是住在土城子附近的帐篷里。

少年就在这里骑马、猎鹰、牧牛、摔跤，听爷爷讲山洞、森林和湖泊的故事。

少年很少见到他的父亲。他的父亲高大、英俊，而且和别人很不一样；有时，会穿和汉人一样的长袍，有时，会讲一些难懂的汉话。父亲也会给他讲一些南方汉人的故事，汉人谜一样的宫殿，天神一样的仪仗和天女一样的歌舞。

后来，少年的父亲死了，爷爷也死了。再后来，少年就不再是少年，他成天打仗，作战很勇猛，也不再单纯。

少年成了草原的王者。但他并没有忘记父亲的梦想：造一座像汉人那样的城池。他带领部下移居到东南一带的平城——另一座很久以前汉人建造的城池。

这少年便是拓跋猗卢。

公元310年，拓跋猗卢已成为声名赫赫的大单于，受封"代公"，一个叫"代国"的国家在他的脑袋里成形。他相助晋朝刘琨几次平定叛乱，并讨取了雁门关以北的地盘。此后，他退刘聪、讨石勒，威震关南。

永嘉之乱，晋帝被俘，晋朝北方州郡眼看要土崩瓦解。拓跋猗卢趁势扩张自己的势力，一个被后世称为"拓跋代国"的国家即将在他手中诞生。

要立国，似乎还缺点什么。缺什么呢，似乎是，还缺几座像样的城池作为国都。

要做国君了，总不能像自己的爷爷辈那样，在草原上随便搭个台子就开部落大会吧？

故老相传，呃不，历史学家一般认为，城市是文明出现的重要标志。那么在城市出现之前呢？可以说那就是蒙昧与野蛮。拓跋氏从大兴安岭走出，数百年间始终逐水草而居。他们的家，一直是驮在马背上的。即便是从力微以来"定居"盛乐的这五十多年来，也随时准备应对突来的灾害和入侵，以"迁徙为业"。

可是从拓跋猗卢开始，决定洗掉自己"野蛮"的印记。他的父亲沙漠汗是拓跋氏"汉化"的先驱，他的几个辅相，卫操、卫雄、姬澹，都是汉人。所有这一切，都促成他要按照汉人的体制来改革、建造自己的国度。

这一切，就从造城开始。

公元313年，拓跋猗卢在几位汉臣的谋划下，开始造城。

他先在盛乐旧地修筑了盛乐城，称为北都。呃，也就是"北京"。

然后，他派人重修汉平城，称为南都。也就是"南京"。这平城（今大同）也够有趣的，从猗卢开始到北魏兴建，它是"南京"。到拓跋宏迁都洛阳，它又是"北京"。辽金时候呢，它又是"西京"。一座城市既做过北京、南京、西京，又做过正经八百的北魏皇都，不知今日大同人做何感想？

两都修好后，拓跋猗卢还觉得缺点什么。这一日，他登上平城西面的山岭向南观望，发现在平城南一百里的"黄瓜堆"地势不错，南面又有一条河缓缓流过，便派人在那里修筑了另一座小城，称为新平城。也就是"陪都"啦。

"拓跋三都"的战略形势就此形成。

有必要聊聊猗卢定这"三都"的战略思路。

盛乐是拓跋猗卢的老巢，从他爷爷力微开始，经过几代人经营，这地方已是拓跋氏的西北大后方，北控漠北，西敌羌胡，南拒长安，战略位置是不言而喻的。

平城一带，是拓跋猗㐌以来向南用兵的战略据点。从前，猗㐌的单于庭设在参合陂，那地方毕竟偏北。于是从猗卢开始就常驻平城，重心南移。东部原来拓跋禄官的地盘，由平城辐射管理。

力微时候，"太子"沙漠汗的领地是雁北最前线的阴馆。自猗卢开始，全数得了雁北之地，于是就近又设一个战略据点"新平城"，作为南下雁门的屯兵据点。

新平城管辖南部，平城管辖中部和东部，盛乐管辖西部。（事实上，东部那一块外围有鲜卑段部、幽州王浚、宇文部和慕容部，简直是一团稀泥。将来，它会成为拓跋氏后人的逃难之所。）

于是，盛乐、平城、新平城，"三都"成掎角之势，牢不可摧。

摊开地图看一看，就能发现这"三都"的形状很像一张弓：盛乐到平城连成一线，是为弓弦；平城到新平城向南直指，是为箭——而箭头处，应该是雁门关外的飞地"大邘城"。

这箭将射向何处，不言而喻。

拓跋猗卢造的城怎么样？到底多大，是不是坚固实用，有没有豆腐渣工程？我没有亲见，也查不到什么资料，只好说不知道。

后代有一些戴眼镜的年轻人或不戴眼镜的老者，曾经到史书上谈到的这几个地方看了看，指了一些断壁残垣，说那就是猗卢造城的地方。今天的内蒙古和林格尔县土城子乡上土城子村北，有一个东西约1550米，南北约2250米的古城遗址，据说就是盛乐古城。猗卢当年建的是不是这么大，不知道。

已故殷宪先生考证说，今朔州城南45里的梵王寺村有一座古城，就是猗卢建的新平城。

至于平城，就在今天的大同。殷宪先生说，大同市区北部一公里见方的操场城，就是猗卢所修的"故平城"。

作为拓跋家族第一个造城的人，拓跋猗卢造的城看起来都不大。但他造城的意义却是重大的。他改写了拓跋氏"以游牧为业"的历史，开始有了"定都"的概念，从此拓跋氏的生存方式也由单纯的游牧，逐渐转向了游牧与农耕的结合。

更重要的是，从号称"轩辕苗裔"到定都建国，拓跋猗卢实现了拓跋氏历史上的第一次真正的战略转型。转型发展，南北兼顾，北向凝聚草原各部，南向进军中原，加速汉化，以平城为"家"的基业，在拓跋猗卢手中开始打造。

有了都，便有了国。315年，拓跋猗卢受封"代王"。拓跋氏建立的第一个王国——代国，正式剪彩开张。

拓跋猗卢亲自坐镇平城，左右辅相卫雄、姬澹，都是文武双全的才俊。属下卫勤、卫崇、卫清、卫泥、段繁、王发、范班、贾庆、贾循、李壹、郭乳等汉人士子也各有任命。这一套由汉人组成的班子，在拓跋猗卢在世时，成为拓跋氏新生代改革派的核心力量。

猗卢也忘不了从他的"兄弟"——并州刺史刘琨处挖墙脚。他看中了刘琨的从事莫含，便千方百计拉拢。莫含起初并不愿意，但刘琨是个明白人，他说："现在匈奴刘聪、羯人石勒势力太大，基本上把咱们晋阳城包了饺子。主上（晋怀帝）被擒，国内无人相助。咱们现在能好端端活下来，靠的全是拓跋猗卢的支持。再说，我儿子刘遵还在猗卢那儿做人质呢，你去做猗卢的心腹，和在我身边是一样的。"

于是，汉人莫含也成为拓跋猗卢的重要谋臣。

拓跋猗卢又派长子拓跋六脩镇守新平城，派侄子拓跋普根镇守境外大邗城，从平城到雁门，几乎云集了拓跋氏的中坚力量。

驻守盛乐一带的，是力微以来的拓跋旧部、家族长老。这一部分族人依托常年联姻的西部匈奴力量，替拓跋猗卢守着老家。

我在中原江湖的日子

如果拓跋猗卢请我喝酒，我一定会问他："整天征战，打来打去，你累不累？"

他一定会端起牛角杯豪饮，苦笑，然后说："如果能够岁月静好，谁愿意负重前行？！"

我一定还会再问："你几次出兵援晋，是为了晋帝的封赏？是为了刘琨的友情？还是为了自己？你有没有南下占据中原的野心？"

他也许仰头大笑，然后，报以沉默。

或者慨然："当此乱世，何必多想！英雄不问身后事，此时该做什么，便做什么。"

永嘉之乱，中原大地成为刘聪、石勒们纵马撒欢儿的地方。

刘聪比他爹刘渊还要狠，自己称帝就称帝吧，还非得追着西晋皇帝往死里整。晋帝在洛阳，他打洛阳；晋帝在长安，他打长安。这种死皮赖脸不屈不挠一心要整死晋帝的精神，我称之为"打帝强迫症"。

好像只有西晋皇帝没有了，他这个汉赵皇帝才当得心安理得似的。

当然，匈奴们、鲜卑们、羯们、氐们、羌们都要感谢刘渊、刘聪父子，因为他们将晋帝整死后，五胡各族真的迎来了大狂欢时代，这就是"五胡十六国"。

但是，有一个鲜卑他不乐意，专门跟刘聪对着干，他就是拓跋鲜卑。

此时中原一带的局势是这样的：

刘聪在长安和洛阳之间用兵，汉赵"帝国"成为西晋帝国的国中之国。

并州刺史刘琨镇守孤城，在刘聪背后捣乱，又成为汉赵"帝国"的国中之城（州）。

拓跋猗卢的代国与刘琨接壤，成为刘琨的强大外援。

这就形成一个三环套：刘聪是西晋的大毒瘤，刘琨是这个毒瘤的肉中刺，拓跋猗卢是给这个刺上钉钉子的人。

刘琨是一意要守护中原，拱卫京师，但他常常又自顾不暇，动不动就要请求拓跋猗卢这个"帮办"出招。

拓跋猗卢这个人还是讲义气的，兄弟嘛，你叫我帮办，我就帮着办。整个永嘉之乱期间，他一直坚定不移地站在晋帝和刘琨这边，屡放大招。

拓跋猗卢放的最大的招，是在312年。

这一年，也是并州刺史刘琨最惨的一年。此前的311年，刘聪遣将攻陷洛阳（发生了多次惨烈战争），俘虏了晋怀帝司马炽。之后，刘聪将矛头对准眼中钉肉中刺刘琨。

刘琨是个诗人。诗人总会有一些很"奇葩"的嗜好，要命的嗜好。

他喜欢音乐，因此重用了音乐人徐润做他的助手。他手下的奋威将军令狐盛看不惯，几次对他说：娱乐误国、娱乐误国、娱乐误国，重要的事情说三遍。

刘琨不高兴，把令狐盛给杀了。令狐盛的儿子令狐泥也不高兴，就投奔了汉赵国刘聪，并于312年阴历七月联合刘聪的儿子刘粲、中山王刘曜攻击晋阳，找刘琨报仇。

两个姓刘的打一个姓刘的，刘琨军大败，晋阳城陷落，刘琨父母家人全数被屠杀。刘琨只带着数十骑兵逃往常山郡。然后，又奔往平城找拓跋猗卢哭诉。

拓跋猗卢一听说刘琨地盘被人抢去，连父母也被杀，大怒："抢兄弟地盘，如抢我地盘。杀兄弟父母，如杀我父母。必报此仇！"

他亲自领兵二十万，派长子拓跋六脩、侄子拓跋普根、卫雄、范班、姬
澹为先锋，一路杀奔并州晋阳而来。

得知拓跋骑兵要来，刘曜慌忙在汾河东岸整顿兵马，试图拦截。先锋拓
跋六脩先到，二话不说与刘曜开战。拓跋六脩的勇猛残忍远超其父，刘曜哪
里是他的对手，交手数合就被打下马，军队溃散。但刘曜这小子真是命大，
身中七伤，居然还是逃回了晋阳城。

只这一战，刘曜、刘粲就被吓破了胆。他们连夜将所有的辎重粮草全
部焚毁，趁黑突围，逃向晋阳西北的蒙山。这时候拓跋二十万兵马已经到
齐，他们也不进晋阳城，直接乘胜追击，在蒙山东南的蓝谷与刘粲、刘曜激
战，刘粲、刘曜大败。这一战，拓跋猗卢父子和将领卫雄等齐上阵，把匈奴
兵杀了个人仰马翻。匈奴兵习惯了与软弱的晋军交战，遇到拓跋骑兵就手足
无措，战事惨烈程度不亚于一年前的洛阳之围，整个成了一场大屠杀。拓跋
军见将杀将，见兵杀兵，匈奴军死伤数千，横尸数百里，刘聪部将刘儒、刘
丰、简令、张平、邢延被斩。只可惜，刘曜和刘粲还是逃掉了。

蒙山这一战，大大震慑了汉赵刘聪。刘渊在世时，就有心北上征服拓跋
氏，最终慑于拓跋骑兵的勇猛而放弃。这一次刘聪又惨败，再没有与拓跋争
锋的野心。

拓跋猗卢也真的很够意思，他将刘琨原先的地盘夺回，分毫不取，又彬
彬有礼地请刘琨重新入驻晋阳城。见刘琨兵少，他又给刘琨留下马、牛、羊
各一千头，战车一百辆，同时命姬澹、段繁等部屯留晋阳，帮助刘琨镇守。

拓跋猗卢带大军回师平城。离别前，拓跋猗卢对刘琨说："我知你还想
报仇。我一定早定大计，和你一起攻灭刘聪，迎回怀帝。"

拓跋猗卢所说的"大计"，实际上早在几年前，刘琨就和他开始酝酿。

这个"大计"，就是拱卫洛阳，保护晋怀帝不落入敌手，力保西晋
不灭。

只可惜，西晋这个江湖的水，太深。所以他们的"大计"，前后几次都
功败垂成。

西晋这个江湖是个什么江湖？朝堂权臣钩心斗角，割据的州郡各自为

政，大家都在竭力扩张自己的实力，没有人真正把皇帝的安危当回事。

除了刘琨这个死心眼。

310年洛阳危急，刘琨请拓跋猗卢发兵援救洛阳，猗卢派二万骑步兵赴援，兵马还在路上，当时还没死的西晋太傅司马越以洛阳饥馑为由加以谢绝，于是援军撤回，终于导致一年后洛阳城陷，皇帝被俘。司马越为啥拒绝？实际上是生怕有人趁乱夺权。对并州刺史刘琨、豫州刺史冯嵩等，他一向是不放心的。

312年（也就是蒙山大战这一年），拓跋猗卢为刘琨献计，让他成立个晋朝行台（也就是临时中央），进攻刘聪，迎回晋怀帝。计划是这样的：猗卢派十万骑兵从西河郡的鉴谷南下，刘琨军由蒲坂东进，在刘聪的老巢平阳（今临汾）会师。但此时雍州刺史贾疋、京兆太守阎鼎已经放弃怀帝，另立秦王司马邺在长安建立临时政府。刘琨可能是考虑到会有纠纷，于是作罢。

时机一失便不再来。313年阴历六月，刘琨与拓跋猗卢在雁门关附近秘密策划攻击汉赵帝国，刘琨率军进驻蓝谷（今太原市西南），拓跋猗卢派拓跋普根进驻北屈（今山西省吉县）。这次也没能成功，因为刘聪反应迅速，马上调兵进行了布防。于是再次作罢。

314年初，拓跋猗卢与刘琨再一次约期，准备会师平阳。这次是刘聪的小伙伴石勒背后搞鬼，先是杀了幽州王浚，然后又策反了拓跋部的一万余家杂胡。这些人刚开始反叛，就被拓跋猗卢全数剿灭。可是，耽误了时间，攻击刘聪的计划再次打了水漂。

所谓造化弄人。西晋内部同床异梦，终于导致刘聪野心得逞。公元316年阴历十一月，汉赵国大司马刘曜攻陷长安，晋愍帝司马邺被俘，西晋亡。之后，刘聪的汉赵国兼并了关中，不断坐大。之后，刘聪死，刘曜改汉国为赵国，是为前赵。石勒也跟着立国，是为后赵。

有趣的是，为了安抚拓跋猗卢，晋愍帝司马邺于315年下诏封拓跋猗卢为代王，准许设立文武百官。也就说，拓跋氏部落联盟自此以国家的名义出现在北方。

拓跋氏的"代国"，最终仍是永嘉之乱的赢家。

整个永嘉之乱期间，拓跋猗卢六次出兵雁门，三次恶战，都是为了援助刘琨，营救晋帝。

对于西晋这个"宗主国"来说，拓跋猗卢可谓是仁至义尽。

拓跋猗卢有没有私心？当然有，因为他毕竟不是匹夫，他的手上攥着一个族群的命运。而族群的命运，又在整个江湖的局里。

拓跋猗卢有没有异心？应该没有，至少是看不出来。否则，晋阳、蒙山一战后，猗卢已取了并州的地盘，又为何全数交给了刘琨？

猗卢对西晋还是忠心和尊重的，他不像别的部族那样，动不动就抢，动不动就夺。最多不过是厚着脸皮讨要。假如，只是假如，假如当年真的灭了刘聪，迎回晋怀帝，刘琨做了西晋的权臣，他就会将整个并州给猗卢吗？我看不会。最多，在雁门关以南的新兴郡给猗卢一片地盘，以作为自己的拱卫之师。

拓跋氏的战略一向是稳健的，他们打刘渊打刘聪，此时也不过是为了稳固雁门关一线的边防。

至少，拓跋猗卢可以骄傲地说，终西晋一朝，拓跋氏无一次背叛盟约，无一日与西晋为敌。

从来忧患自内起，边蛮何由起祸心？

自古以来，但凡有一个强大的王朝，周边总不乏几个弱小的边蛮。这边蛮起初是迫于生存立足，一意要诚心归附的。待得了封印名分，往往也愿尽力效忠，虽九死而不悔。直到一旦置身大国局内，发现其内部的糜烂扯皮不可收拾，这才心灰意冷，立志独立图强，甚至与大国为敌。

上古时的周部族如是，唐宋时的党项人如是。远在西欧，罗马时代的日耳曼人如是；近在咫尺，魏晋时的五胡亦如是。

包括刘渊的南匈奴五部。他们最初迁入中原，也不过为了混口饭吃。只因备受欺压，这才有了变乱之心。刘渊并非天生反骨，只因八王之乱，西晋内部一团糨糊，忠言不能见用，这才称王称帝，与西晋朝廷一刀两断。

而鲜卑拓跋呢，自力微以来就与晋交好，到拓跋猗卢封公封王，何尝不感恩戴德。他们本来只想找一片可以安居的土地，如果能够岁月静好，哪愿

意整天疲于征战？

如果把西晋比作一个国际大集团，拓跋代国就是这个大集团的海外分公司。他们原本连个营业执照都没有，现在背靠大树，不但有了营业执照，而且还有了分公司的名号，自然不会希望集团很快覆灭。

只不过，西晋这个大集团，实在是犯了"大公司病"，终于倒闭。树倒猢狲散，原来的分公司们也终于各自独立。

自此，北方先后出现了"五胡十六国"，说是"十六国"，细数起来其实有二十多个国，拓跋代国就是其中一个。而它，也将成为笑到最后的那一个。

战神拓跋猗卢之踵

荣耀名爵，有时像是咒语。很多大人物，往往会倒在他最得意的时候。

比方说拓跋沙漠汗，本来是衣锦还乡来继承大统的，结果得意之中搞了个忘形的表演，把自己搭进去了。

比方说拓跋猗㐌，刚刚受封大单于，还没来得及开个派对庆祝一下，就一命归西。

拓跋猗卢也是一样，315年受封代王，刚刚享受了一国之主的待遇，结果第二年就遭遇内斗，身死乱军之中。

这拓跋猗卢不是凡人，他的一生光芒四射，威震四方；他的死，也是动静极大，牵连甚广，而且让拓跋氏此后数十年间一直内乱不止，直到下一个英雄出世，方才止歇。

人都有缺点。而且是优点越鲜明的人，缺点也就越要命。

拓跋猗卢最鲜明的缺点，就是残暴。

一般来讲，打仗特别勇猛的人，往往嗜血。拓跋猗卢就是这样的人。他与匈奴军作战，基本上每次都搞成大屠戮，血染几百里是常有的事。

314年，拓跋部属下有一万余户杂胡勾结石勒密谋叛乱，拓跋猗卢发现后，把万余户几万人全部屠杀。

如果仅仅是这样，还算不上可怕。可怕的是，拓跋猗卢还是一个有理想的人。

有理想的人，往往会为了实现远大的理想，而变得残忍、专制，不把普通人的命当命。

拓跋猗卢的理想是什么？就是参照汉人体制，在短时间内，将刚从部落联盟中走出的拓跋代，改造成一个纲纪严明、整肃一体的"现代化"国家。

为了这个理想，拓跋猗卢制定了严格的、不近人情的刑罚。这一点，又像是秦始皇的矫枉过正。

猗卢当政期间，各部部民一不小心就会触犯他的法令。犯法就要受死，而且必须主动积极、匆匆忙忙去受死。因为一旦超过了规定期限去受死，就会连累整个部族全被杀掉。这个"株连"政策，就连秦始皇也会自叹不如。

于是就出现了这样的情景：

你在路上碰到一伙人，驾着马车携家带口匆匆忙忙赶路，好像要赶赴一个盛宴。你拦住他们问：

"干啥去呀？"

"别挡路别挡路，有急事呢！"

"老哥，什么事这么急呢？"

"哎呀，我们急着去送死呢，晚了就来不及了！"

大致就是这样，拓跋猗卢靠严刑峻法成功地失去了民心，为将来埋下了祸根。

对此，拓跋猗卢一定会觉得委屈：我这么做，还不是为了拓跋氏的未来，还不是为了我们的国家更加强大？你们为什么就不能理解我呢？

但是，目的的合理性能否保证手段的合理性？美好的未来能否要求牺牲几代人目前的生活？

猗卢大概从来没有想过这个严肃的历史哲学问题。

猗卢第二个要命的缺点是：宠爱幼子。

这个缺点还伴生着另一个要命的弱点：女人。

拓跋猗卢有三个女人，这三个女人都不是省油的灯。前面打仗，后面宫斗。宫斗能有什么下场，掰着脚趾头都能想出来。

这三个女人分别是：猗卢的皇后，猗卢的次妃，猗卢的嫂子祁氏。

皇后生有一子，就是拓跋六脩。他是太子，猗卢派他镇守新平城，独立管理拓跋代国的南部。

侧妃生有一子，拓跋比延。比延是幼子，在平城侍奉父母左右。

祁氏之子拓跋普根，是祁氏和猗卢的哥哥猗㐌所生，只能算义子。他被猗卢派往雁门关南的境外（大邘城），实际上是外放，远离了政治中心。

祁氏和普根是拓跋猗㐌死后投靠过来的，当然不敢轻举妄动。次妃次子也当然要让位给皇后和太子。不出意外的话，太子拓跋六脩将来会继承代王。

但是，男人普遍的弱点，往往是宠爱小老婆，偏心小儿子。猗卢当然也不例外。每次打仗回来，他总是在次妃这里住得次数多。次妃呢，就利用这吹枕边风的机会，极力劝说猗卢立小儿子为太子。

就像所有悲剧的开始一样，拓跋猗卢真的废了太子，改立幼子拓跋比延为太子。为了免得后族干政，干脆把皇后也废黜了。皇后废黜以后，次妃顺理成章地成为了正室。

又是废长立幼！历史的剧情，就是这么"狗血"。

问题是拓跋六脩怎么办？

拓跋六脩，后世一般说他"少而凶悖"，也就是说从小就残暴叛逆。

他是不是天生就叛逆这个不好说，但他确实像他爹一样，天生是打仗的好手，同样地残忍嗜血。拓跋猗卢出征关南和代郡的几次大战，六脩都立了大功。

累立军功，又是长子，多年镇守新平城，掌管着整个拓跋代国的南部。这样一个"太子"，老爹把他说废就废了，既没有政治问题、经济问题，也没有作风问题，你说他会服气吗？

拓跋猗卢也这样想：这小子估计不服气，得打压打压他。

猗卢就派人给六脩捎话：你那匹坐骑"骓骝"不错，送给你弟弟怎么样？

骓骝是名马，和什么汗血宝马呀，什么赤兔马呀齐名，全身赤红，是六

脩的作战专机。要马，这不是要命吗？六脩嘴上不拒绝，但就是不给。

年终朝会的时候，拓跋猗卢又当着文武百官让六脩给比延行朝拜礼，六脩也不从。

猗卢还不死心，就让小儿子比延乘坐自己的步辇仪仗，浩浩荡荡从京城出游。六脩远远望见，以为是父亲的车驾，慌忙拜倒在路旁，口呼："大王万福！"

车驾上传来的却是稚嫩的声音："兄长多礼了，快快请起。"

啊，原来是你这个小屁孩。六脩老羞成怒，立马召集随从：走，老子不开会了，回咱的新平城去。于是，一场朝会开到大半，不欢而散。猗卢派人召他回京，他也不回。

这次拓跋猗卢终于怒了，亲自领兵讨伐六脩。这场"讨逆"之战，发生在新平城地区。父子兵戎相见，混战几日，场面让人难以直视。在儿子面前，拓跋猗卢吃了生平第一个败仗，全军溃散，丢盔弃甲。猗卢穷途末路，换了身平民衣服，只身逃亡民间。

昔时因，今日果。猗卢一向刑罚过重，引得民怨四起。再加上他自己制定的"连坐"法律，现在逃亡民间，也没有人敢收留他。一个乡下妇人认出猗卢，便把他的行踪报告给六脩。

六脩派人捉拿，猗卢一直向南逃往雁门山中。林深体乏，困饿交加，猗卢终于没逃过儿子的地毯式搜索，就此殒命。

后世对他的死，只有这样寥寥数笔："帝改服微行民间，有贱妇人识帝，遂暴崩。"

鹬蚌相争，渔翁得利。

猗卢和六脩的交战，不仅是拓跋氏最强大的两支军事力量的自相残杀，也是猗卢皇后和猗卢次妃宫斗的恶果。在一旁虎视眈眈，隐忍多年的祁氏，这时终于出场了。

两军一交战，祁氏就派人通知儿子普根，进入战备状态。一听说六脩弑父，普根马上率兵从外境北上"靖难"，讨伐六脩。六脩死。

拓跋普根平定中部南部，入驻平城，继"代王"位。即位一个月后，拓跋普根也莫名其妙死去。

这是公元316年，西晋灭，猗卢死，六脩死，普根立，普根死。

经此一乱，拓跋代国元气大伤。

这是一个时代的尾声。

猗卢一死，卫操当年所组建起的"汉臣内阁"迅速瓦解。一起瓦解的，还有令匈奴闻风丧胆的"鲜卑-乌桓"骑兵。

六脩叛乱、普根靖难，引起拓跋代国国内新人旧臣相互猜忌，互相诛戮，人人自危。"新人"遭遇前所未有的信任危机。

所谓"新人"，正是拓跋猗㐌以来组建的汉臣内阁，以及以汉人将军为首的"鲜卑-乌桓"新军。危难之际，卫雄、姬澹成为众人的救命稻草。

"是死是活，我们都跟随二位将军。"

但是卫雄、姬澹也是自身难保。留下来是必定是死，于是逃难，几万乌桓人和汉人跟随卫雄、姬澹投奔刘琨。

刘琨亲自率数百骑兵北上雁门山迎接，顺便在雁门山中为拓跋猗卢安葬立碑。猗卢与刘琨的一段情谊就此定格在雁门山中。

卫雄、姬澹刚投奔刘琨，便赶上与石勒的恶战，失去了猗卢这个战神的乌桓骑兵毫无战斗力，大败。姬澹率一千多人逃到代郡，最终被石勒部队消灭。

此后刘琨也再无立锥之地，东投段氏鲜卑后，最终死于冤狱。

拓跋氏精锐丧尽，接下来，该女主祁氏出场了。主动屏蔽光芒十余年，终于到了她大放光芒的时候。

乱世女雄祁皇

有这么一个女人。

这个女人，像极了当今宫斗剧中的媚娘、芈月之流。能屈能伸，能哭能杀。得意时享受阳光，失意时暗中蓄力，逆转时光芒四射、锋利无比。

她有心机，她勇敢。她能忍，她狠，她爱。

她就是大同方山下，故老相传的一个谜一样的人物——祁皇。

她是北魏历史上第一个大权独揽的女国主，比冯太后的出现，还早了一个半世纪。

明明是一个女人，为什么叫她"祁皇"？我现在还不能说，我们先叫她祁氏。

祁氏，是在拓跋氏后族的"宫斗"中崛起的。

祁氏一说"惟氏"，她的娘家人，应该是上谷一带的乌桓某部。她的丈夫，就是那个受封"大单于"、身子太重马拉不动的巨人拓跋猗㐌。

拓跋部首领结婚有两个特点，一是本部十姓不许通婚，二是必须门当户对。所以，他们的联姻对象不是匈奴贺兰氏、兰氏、独孤氏，就是鲜卑慕容氏之类，总之是有一定实力的氏族。目的很单纯，就是两个雪球滚一起，变个大雪球。

祁氏的娘家人当然不会例外。他们大约活动在参合陂以东，因此当拓跋氏"分国三部"、拓跋猗㐌主政参合陂的时候，正好彼此呼应，互为唇齿。

296年，拓跋猗㐌"葬母"大典，草原各部云集二十万人，其中就有祁氏部族。那时，祁氏正青春年少，母仪天下，风光无限。

305年，拓跋猗㐌病死，他的弟弟猗卢接管参合陂。此时，新寡的祁氏看着身边刚成年的大儿子普根，还有两个尚在襁褓中的幼子，茫然无措。

好在小叔子拓跋猗卢并不嫌弃，将祁氏收作侧室，还封她儿子普根为左贤王，镇守境外。虽是境外，但毕竟也给了儿子一份资本。此时的祁氏，早已收敛起"母仪天下"的光芒，自知寄人篱下，处处忍让，时时在意，心甘情愿当起了小媳妇。

祁氏头上有两个女人：拓跋猗卢的正室与宠妃。正室与宠妃为了自己的儿子继位，成天争风吃醋，明争暗斗。祁氏呢，躲在一旁装聋作哑，任谁看起来，她都是一个"人畜无害"的天生配角。

祁氏是配角吗？当然不是。她是天生女主，女主的光芒，是遮不住的。

316年，正室与侧妃的宫斗升级，演变成父与子、兄与弟之间的自相残杀。先是，父亲猗卢要教训儿子六脩，结果被六脩杀了。六脩杀了父之后还不解恨，接着又跑到宫中连弟弟比延和比延的母族一起杀掉。

眼看这个弑父杀弟的魔王就要夺取代国的王位，祁氏出场了。她其实早有准备：六脩叛乱一起，她就已通知远在境外的儿子普根；六脩刚刚搞完大屠杀还没来得及喝口奶，就被远来的普根直接灭掉。当然，一起灭了的还有六脩的母亲——猗卢的正室。

于是，拓跋普根继任代王位。祁氏成为太后。

但故事绝没有这么简单。

这场宫斗引起的变乱并没有结束。躲在拓跋氏王储背后的部族长老和诸部大人们发威了。这些人，正是从盛乐跟着拓跋猗卢迁来的老干部。

老干部嘛，自然老成持重，说不好听呢，就是守旧。他们其实早就看不惯前任代王拓跋猗卢的"亲晋"作风了。用他们的话说是：

"整天帮助晋朝人打仗，起什么劲儿！忘了咱们老盛乐根据地啦，匈奴乌洛兰氏才是咱们的亲戚。"

"卫雄、姬澹那些晋人搞破坏，成天不是改革就是汉化，就是他们挑拨六脩叛乱的。"

"拓跋新军尽是些乌桓人，乌七八糟，忘了当年乌桓王库贤是怎么害咱们的！"

这些老干部们不仅敌视晋人，敌视汉化，也敌视乌桓人。祁氏这一族，尽管跟拓跋新军里的乌桓雇佣兵关系不大，但毕竟也受牵连。这下连普根、祁氏也放在敌对阵营里了。

说起乌桓跟拓跋的关系，这里插一句嘴。当年力微的时候，重用乌桓大人，两家是蜜月期。沙漠汗刚死那几年间，两家成了敌对，乌桓离散。后来卫操等人竭力弥补两家隔阂，并组建乌桓雇佣骑兵队伍，又是第二个蜜月期。现在等于是危机二次爆发。

老干部发威，晋人和乌桓雇佣军惊恐，一夜之间全部逃掉。祁氏的靠山，此时只剩下儿子普根从关外带来的这一支队伍。

而老干部们呢，无时无刻不在筹划着新的政变，要将新主普根搞掉。

这就是拓跋普根即位代王时的情况。

于是，吊诡的一幕出现了：

普根即位刚一个月，忽然暴崩，死因不明。

祁氏又立普根刚出生的儿子为代王，并以太皇太后的身份摄政。同年冬，这个婴儿代王也死去，死因不明。

接连两任代王在祁氏眼皮子底下死去，令后来人浮想联翩。很多人联系武则天秘史，猜测是祁氏所下毒手。杀子杀孙，一个野心毒妇形象跃然而出。

但，真的是这样吗？

这样真的符合常识吗？

从小老师告诉我们，凡事多问几个"为什么"。

祁氏要杀子杀孙，总得有个理由吧？此时国乱当头，大靠山拓跋猗卢死去，祁氏立足未稳，便迫不及待地将自己的儿子和孙子当作绊脚石一样除去，这个可能吗？

寡母弱子乱中求生，寄人篱下十几年，好不容易儿子当上了国主，做母亲的就要急急把他杀掉，这岂非自断一臂，贻笑天下？她难道脑残吗？

祁氏家族已受牵连，她现在只能倚仗普根带来的军队，如果是她杀掉普根和普根之子，普根部下这些卖命的将领们能不反水吗？

我相信一句话：虎毒不食子。

我更相信，作为女政治家的祁氏，不会在自己尚很弱小的时候，自绝于人民。

所以说，这是个阴谋。普根及其儿子的死，是拓跋家族老干部们的"一石两鸟"之计：

——既灭了普根，又把祁氏和其母族搞臭。

重说一遍，这是拓跋氏"亲晋派"的汉化势力和拓跋氏"亲匈奴派"的守旧势力的角逐。猗㐌、猗卢自然代表新势力。常年驻守境外，与晋朝联系紧密的普根，在拓跋旧人的眼中，自然也是新势力的代表。旧人如何能容得下普根？

所以，处在旋涡中心的拓跋普根，是遭到了——暗杀。

暗杀的目的，就是让普根带来的武装力量群龙无首。这样，拓跋家族旧长老和各部大人们就能够顺利接盘，重新洗牌。

还是从普根被害那一天说起。

普根一死，军心摇动，形势急转直下。祁氏只能自己走上前台，力挽狂澜。

为了便于控制朝局，祁氏马上宣布普根之子继任代王，亲自抱着襁褓中的婴儿临朝听政。

为什么要立一个还在吃奶的孩子当代王？祁氏不是还有两个孩子——拓跋贺傉和拓跋纥那吗？

立普根的儿子，当然是为了稳定普根所部的军心。

她召集普根所部的各位将领，神情悲戚且坚定地说道："你们都是拓跋家族最忠心的臣子。自先夫去世后，你们辅佐普根大王镇守境外，明知处境艰难，仍不离不弃。现在好不容易以靖难之军入主平城，一定要珍惜现有成果。先夫拓跋猗㐌和我儿普根为国征战一生，你们切不可让他们的血脉就此

断绝！将来大事一定，你们都是功臣。"

各位将领正愁群龙无首，听闻此言，纷纷表示效忠祁氏。

紧接着，祁氏又利用普根所部的力量，搜捕刺客，清除异己。原来反对普根的拓跋旧人见大势已去，纷纷逃离。

祁氏又联络自己的母族率部前来为自己撑腰。原来离散的乌桓部众，又稍稍得以回归。

就此，风雨飘摇的平城乱局终于平定。大局，似乎已掌握在祁氏手中。

可惜，普根刚出生的孩子（后追谥为哀帝）没能熬过这个多难的冬天，在襁褓中死去。

也就是在这个时候，逃回盛乐的老干部们，和盛乐的诸部大人们，联合匈奴乌洛兰氏，共立拓跋沙漠汗的另一个孙子为代王。

他就是拓跋沙漠汗和兰妃（乌洛兰氏）的后人，曾在雁门关外大战铁弗刘虎和白部匈奴的拓跋郁律。

郁律当代王，不仅得到拓跋帝室十姓元老的支持，也得到"国际"认同。前赵、后赵，乃至后来的东晋，都先后"发来贺电"。

这是317年，拓跋代国事实上又分裂为两个部分：西部盛乐地区和东部平城地区。

盛乐地区，以拓跋郁律（史称平文帝）为代王，联合乌洛兰氏、贺兰氏等匈奴部族，左右大肆扩张，但是奈何不了祁氏。

平城地区，以祁氏为女主，联合乌桓和普根旧部，自立于东方。

平城地区此时元气尚未恢复，祁氏只能自保而已。但拓跋郁律很快就会给祁氏另一个机会，一场血雨腥风的家族大清洗即将来临。

暗袭东木根山

公元317年，拓跋郁律在盛乐即代王位。他的伯母祁氏，则在东部自守一城，与他遥遥对峙。

祁氏对他的态度是，不反对，也不朝拜，只一个字：等。拓跋郁律对祁氏的态度也是：不理会，装作无所谓，等到哪天数你的罪……

祁氏像狼，耐寒、耐饿，为了一个目标，可以长时间蛰伏不动。一旦出击，却准确、有效。郁律像虎，威风凛凛，招摇过市，不可一世。但是对待危险，却没有那么敏感。

郁律确实像虎，他作战很勇猛，一上台就耀武扬威，横冲直撞。向西兼并了乌孙国故地，又向东吞并了勿吉族以西的地区，拥有的骑士号称百万之众。不过，这个"百万之众"，估计是他自己吹出来的。

老虎的特点就是容易骄傲。接连几次胜仗，让拓跋郁律产生了一个错觉：老子天下第一，文成武德，一统江湖，舍我其谁。

这正是中原大洗牌的时候：

汉赵刘粲死，刘曜继位。

石勒脱离匈奴刘氏，自立为帝，建后赵。

西晋愍帝死，司马睿在建康即位，东晋开始。

按理说，拓跋郁律应该广结盟友，合纵连横，各个击破。但拓跋郁律的态度呢，却是统统"拉黑"。

按照拓跋氏以往的国策，跟晋朝总该是亲近的吧？郁律却不，他听说晋愍帝被刘曜杀害，高兴得摆酒宴庆贺："呵呵，这下晋朝终于破产，广阔中原该咱们坐庄啦。"

下头部落大人提醒："我的王哎，中原还有刘曜和石勒呢。"

拓跋郁律摆摆手："他们野路子，牌不行。"

部落大人又提醒："听说司马睿在南边又建了个晋朝。咱们要不联络联络，打个对家？"

拓跋郁律撇撇嘴："嘁，他那晋朝是假的。咱们只玩单打。"

于是——

刘曜派使臣前来议和，拓跋郁律大门紧闭：不见！

石勒派使者来乞和，请求和郁律结为兄弟，拓跋郁律将来使斩掉，表示势不两立。

东晋司马睿派使臣韩畅给拓跋郁律加官晋爵，拓跋郁律两眼一眯：不稀罕。

"拉黑"周边各国后，拓跋郁律发现自己又摸到一张好牌。这张"好牌"最终让他输了个底朝天。

这张"好牌"就是刘路孤。

318年，"铁弗匈奴"刘虎率军从朔方渡过黄河，侵犯盛乐西部地区。拓跋郁律迎头痛击，刘虎大败，一人单枪匹马逃掉。刘虎的堂弟刘路孤本来是跟着混碗饭吃的，见势不妙，立马率领部众投降。

说实话，刘路孤本来是个投机分子。投机这个词，说好听点便是识时务。拓跋郁律一看，这小伙子不错，聪明，有利于优生优育，便将女儿嫁给他，把他收作女婿。

于是，百年前的一幕重现了。

拓跋郁律问："女婿，想要点啥？可不能亏待了我闺女啊。"

刘路孤："我想要东木根山那块地，替你经营。"

东木根山，在力微兴起之地"长川"附近。（长川、东木根山均在今乌兰察布市境内。长川位于今乌兰察布市兴和县后河上游土城子一带，东木根山位于乌兰察布市兴和县民族团结乡元山子。）

拓跋郁律二话不说，将这一块封给刘路孤所部做驻地。刘路孤自此与河西的铁弗匈奴分裂，自立一部，这就是后来深刻影响拓跋氏历史进程的独孤部。刘路孤生有二子，其中一个，就是后来的风云人物刘库仁。

当年，没鹿回部的窦宾将这一带封给拓跋力微，自己反被力微吞没。现在，拓跋郁律又将这一带封给刘路孤。貌似历史在重演，如果重演，那就太有趣了。

拓跋郁律恐怕也不是没有这方面的担心，他拍拍屁股，想出一个万全之策：干脆我也搬到那儿住得了。

于是，拓跋郁律率众迁徙到平城东北的东木根山。

表面上看来，迁居东木根山有两个好处：一是监督刘路孤的独孤部，二是拓跋氏与独孤部合力，可以威逼在平城的祁氏政权。

郁律的意思，自然是攘外必先安内，先统一了东部，进而南图中原。这不是一举三得吗？

但是他忽略了一点：这地方离平城和参合陂太近了。

你近距离攻击猎物的时候，自己岂非也成为猎物的攻击对象？更何况，你刚迁过来立足未稳，对方却蓄势已久，张弓待发。

321年，祁氏从参合陂北境静悄悄突入东木根山，发动突然袭击。

祁氏一动不动蛰伏了五年，这一击痛快又干脆，拓跋郁律直接就"挂"掉了。

看起来，拓跋郁律真是个"打酱油"角色。披着主角的外衣上场，结果没过两集就"领盒饭"了。

祁氏不是军事家，而是个政治家，她懂得蓄势，借势，造势。

所以，她发动的并不是一场战役，而是一场暗杀式偷袭。袭击的目标，就是拓跋郁律本人，因此一击得中。

这是祁氏在战略上的重大胜利。此时，刘路孤的独孤部刚刚并入拓跋鲜卑，和西来的盛乐各部还在磨合期，双方全靠拓跋郁律这个灵魂人物扭在一起。郁律一死，独孤部先求自保，准备撤离，盛乐各部则一下子群龙无首，军心大乱。

大乱之中，祁氏运用自己的政治手腕，控制住全局。她先祭出拓跋猗㐌这杆大旗，证明了猗㐌后人，也就是自己儿子继承王位的合法性。然后，她开始推行"白色恐怖"政策，清除异己。

独孤部新降未久，见势不妙，率先开溜。

从盛乐西来的各部则分为两派。

一派是"苟和派"：哪，既然事情已经闹成这个样子了，谁也不想的。不如这样，大家先干一碗酒，消消气。

一派是"强硬派"：不管谁当王，就你祁氏的子孙不能当王！大不了我们回盛乐另立新君。

祁氏当然不会手软。有句话不是说嘛，女人狠起来，比男人更可怕。

她大肆抓捕反对她的各部大人，对拓跋帝室十姓也进行血腥大清洗。根据史籍记载，各部大人被处死的达数十人之多。处死以后怎么办呢，当然是另选新大人，选听话的。

这是拓跋氏早期历史上对自我最全面的一次清洗。以往继承人或后族内斗，固然也血腥，屠戮人数众多，但只是针对某个氏族。祁氏的这次出手，却是以拓跋帝室十姓为核心，对几十个部的领头人进行了大换血。换血不仅是换人，也是换思想——统一思想。

想一想，权谋有多可怕。

那么，你一定还想到一个关键问题：郁律的子孙呢？

《魏书》上说得明白："桓帝后以帝（郁律）得众心，恐不利于己子，害帝。"祁氏发动政变，根本目的就是为自己的儿子肃清障碍。她当然不会放过拓跋郁律的子孙。

祁氏下令斩草除根，逃掉的追击，留下来的除了女子，男丁一律搜捕杀掉。

这是拓跋宗族内部的恐怖之夜，马蹄声、刀剑声、女人的尖叫声、啼哭声响成一片，百里营帐内，遍布死亡的气息。

此时在一处营帐内，一个美貌女子正抱着一个吃奶的婴儿瑟瑟发抖。她是拓跋郁律的正妻王氏。王氏虽面色苍白，但头发服饰还算整洁。为了让自己镇定下来，她不停地跟怀中的婴儿说话。

"能跑的都跑啦，你大哥翳槐也带着人跑啦，去贺兰山找他娘亲和舅舅去啦。

"妈妈跑不了，妈妈也不怕。你爹的英魂一定能保咱母子周全。"

这时候营帐外响起了兵甲声和吆喝声。王氏亲了一口孩子，把襁褓塞进自己的裤裙之中，暗中祈祷："如果天命要让我儿成就大业，我儿一定不会哭。"

好像祈祷得了应验，这个孩子果然没哭。

搜捕的将士进来一看只王氏一人，转身便去别的营帐搜寻。

也是王氏和孩子命不该绝。祁氏和王氏都是乌桓人，按照乌桓旧俗，无论何种纷争都不杀女眷，这母子俩就此保全下来。

而活下来的这个孩子，正是拓跋代国不世出的英雄拓跋什翼犍。

这场恐怖的宗族大清洗，祁氏固然杀了很多人，但最终还是草草收场。此时东木根山还未筑城，逃跑毕竟比搜捕更为便利。当然，从人道主义的角度来讲，这种惨绝人寰的事情，最好还是留点漏洞的好。

我们不知道拓跋郁律有几个儿子，但在这场大清洗中，他至少有四个儿子活了下来。

拓跋翳槐，郁律长子，在部众保护下向西逃往贺兰部。

拓跋什翼犍，藏在他母亲王氏的裤裙里，躲过了搜捕。

拓跋屈和拓跋孤，不知所出，也活了下来。

不管怎么说，经此政变，祁氏重新掌握了大权，代国也重新一统。

祁氏立自己的次子，普根之弟拓跋贺傉为代王。代王还未成年，祁氏主政。这就是拓跋历史上的"女国主"时代。

对于祁氏当政时的政绩，史书上未有正面评价，只说她曾经派遣使者，与后赵石勒缔结和平协议。这次和约有效时间并不长，但至少给了拓跋代以喘息的机会。

　　这次和约也侧面反映了，拓跋郁律四处树敌的错误路线，在祁氏手中得以纠正。

　　自六脩叛乱以来，拓跋氏内部争斗，汉臣与乌桓精兵南逃，国势衰微，直接倒退了几十年。拓跋郁律当政五年，施行"鹰派"政策，四处树敌，当年的很多盟友都成了敌人。

　　直到祁氏主政，拓跋代的国策才重新扭转，向南缔结和约，向东，则进一步加强与宇文部的结盟。在内部管理上，也重新起用新人，拓跋部和乌桓部进一步融合。此后，代北之地，拓跋与乌桓逐渐融为一体，"乌桓"一称，在北方逐渐消失。

　　可惜，祁氏固然雄心万丈，但代国国运衰微也是不争的事实，前虎后狼，左支右绌。当年猗卢六出雁门，何等威风，如今却是步步为营，原有领地也节节缩小。

　　好在，祁氏是一个在"国际"政治上颇有声望的人物，有她坐镇，勉强还能惨淡经营。她也深知，危险总在内部，真正的隐患，并没有真正拔除。

　　从321年到324年，祁氏名为太后，实为女主，她的领袖地位也得到周边各国承认，"时人谓之女国"。而在平城一带，国人最初称她"祁皇后"，后来不知经多少年，干脆将"后"字省略，叫她"祁皇"。这说明在国人心中，她跟女王没有什么分别。

　　祁氏死后，葬在大同东北三十里孤山之北，称"祁皇后墓"。附近有一村落，叫"祁皇墓村"，村人大概是为祁氏守陵者的后裔。

　　种种迹象表明，祁氏当年的影响力之大，超出我们的想象。

　　一百多年以后，一代女雄冯太后的陵墓也选址在附近，是为方山永固陵。

女雄祁皇的爱与野心

立于大同城北的方山永固陵和祁皇后墓，与其他的文物名胜比起来显得平淡无奇。我常常想，墓中的这两位女杰，其实本来也是普通的女人。有多普通呢？以祁氏而论，她其实只是个深爱着自己的丈夫，一门心思要延续家族香火的小媳妇儿。

只是时势使然，硬生生把她逼成个"妒妇"与"野心家"似的人物。

祁氏少年得意，贵为王后；中年仓皇，寄人篱下，夹缝求生。种种遭遇，激发了她"母狼"的生存本能，为了保护自己的幼崽，她可以忍，可以牺牲，也可以使出最狠毒的招式来对付猎物。

所以说，无论祁氏是怎样残忍，怎样决绝，我们出于对她"护犊"情的理解，似乎很多东西也能够原谅。

翻开人类的历史，就是一部战争史。翻开中外皇族和王族的历史，就是一部争权夺利、相互残杀的历史。似乎是，人的本性，丑恶总多于良善。但在这丑陋的历史中，总还是有一些温度，能给我们安慰。

比如爱。正因为人类有爱，我们总有一些日子是和平的。

正因为有爱，无论是多么凶残的野心家，也总有对美好未来的向往。

据有限的历史记载，祁氏此人的性格特点是"猛忌"。"忌"也就罢了，还"猛忌"，这充分说明后来北魏皇帝对她的态度。北魏皇帝都是平文帝拓跋郁律的后裔，对于祁氏谋害郁律及其子嗣的行为，一定是切齿痛恨的。

祁氏本人是不是"猛忌"？可以这么说，她所"忌"者，就是拓跋郁律及其后代，不置其死地誓不罢休。

祁氏本人是不是真的"猛忌"？再想想也不好说。当时草原民族大多蛮荒未化，部落之间时常相杀抢夺，和北欧海盗一样，这些行为被认为是正当的。拓跋氏从崛起到立国，后族（或称母族、外戚）的力量一直强大，常常左右政局。拓跋氏王储争夺王位，事实上总是后族之间力量的博弈，严重时，便是厮杀。拓跋力微与兄长拓跋匹孤的争斗，是两个后族的争斗；沙漠汗的子孙们此消彼长的争斗，也是源起于沙漠汗的两个后族——封氏势力与兰氏势力。

我们不妨梳理一下他们之间的关系。

封氏：沙漠汗正室   兰氏：沙漠汗侧室

封氏后人如下：

拓跋猗㐌→拓跋普根→普根始生子

　　　　　拓跋贺傉

　　　　　拓跋纥那

拓跋猗卢→拓跋六脩

　　　　　拓跋比延

兰氏后人如下：

拓跋弗 → 拓跋郁律→拓跋翳槐

　　　　　　　拓跋什翼犍

　　　　　　　拓跋屈

　　　　　　　拓跋孤

自拓跋猗㐌以来，封氏后人把持政权，但兰氏后人自然也不甘心就此没落。六脩叛乱，导致猗卢绝后，兰氏后人拓跋郁律趁机而起。但作为封氏儿媳妇的祁氏，自然不希望封氏一脉就此断绝。对待兰氏的后人，她自然不会手软。

需要搞清楚的一点是，封氏后人和兰氏后人的争斗，也是东方部落和西方部落的角逐。兰氏是西部匈奴的乌洛兰氏，她的孙子拓跋郁律又娶贺兰氏为妃。兰氏和贺兰氏都属西部势力。封氏是代人，她的儿媳祁氏属代北乌桓，都是东部势力。

西部势力，是盛乐守旧派；东部势力，是平城革新派。因此东西之争，又是守旧与革新之争。

我满头大汗说这么一通，只是为了说明，这两个势力之间一向是水火不容。

那么，祁氏到底有没有抢夺拓跋氏政权，自己当女代王的野心？

我认为是没有，否则她不会留着自己的两个儿子——拓跋贺傉和拓跋纥那，并扶持他们当代王。

祁氏一生经历坎坷，遭逢几次大变，这让她的生存哲学与别人不同。她能忍，能装，能蛇行，能狼伏。她不是一上场就杀气腾腾，而是找准机会，能阴谋绝不阳谋，以最大限度减少自己的损失。她是时势所造，又是造时势的人，一旦得势，便又有运筹帷幄的女雄气概。

一句话，祁氏不是好人，也不是坏人，她只是个能人。在身边的男性都比较弱小的时候，她一个女人站出来，做了些男人的事情。

祁氏至少做了两项贡献。一是平城定乱，解了雁北危局。二是纠正了拓跋郁律四处树敌的错误路线，让拓跋氏在强国围困中得以苟且偷生。她以女子之身平衡各方面关系，本意是为儿子立江山，在客观上也巩固了代国在风雨飘摇中的地位。320年，在凉州自立的张茂曾向拓跋郁律纳贡。郁律死后，祁氏延续了这一外交关系。张茂死后，其侄张骏继续与代国维持着盟约。西结张茂，东联宇文，南和石勒，这都源于祁氏胸中的大格局。

祁氏也不是一个女权主义者。站在拓跋猗㐌的角度来看，祁氏是个能干的媳妇儿，尽心竭力保全丈夫的血脉。从拓跋贺傉和拓跋纥那的角度来看，祁氏是个站在洞口，保护幼崽不受侵犯的母狼。

为丈夫延续后嗣，帮他们扫清障碍，这正是祁氏一切行为的动力。

这也正是祁氏让人感到可怕的地方：认准一条道走到黑。只要有谁对我儿子当代王构成威胁，我就一定要像扫雷一样将他除去。

这就是母爱的力量。这种力量造成的伤害，我们无法给予评判。

话说回来，这样强势的母亲，一定会让她的儿子感到压力。你什么事都替我包办，要我这个儿子做什么？

324年，拓跋贺傉在与母亲交涉后亲政，为了摆脱母亲的影响，他以"诸部人情未悉款顺"为由，筑城东木根山，迁都。祁氏留在平城大后方，从此退出正面舞台。

祁氏在几年内便死去。死前，她仍念念不忘两件事。她叮嘱儿子："第一，不要与后赵石勒交恶。第二，提防兰氏后裔——逃到贺兰部的拓跋翳槐。"

伺候榻畔的拓跋纥那嘴上唯唯，但脸上却是满不在乎的神情。祁氏长叹一声，就此西去。

祁氏的担忧不无道理。她死后，拓跋翳槐果然反扑，与拓跋纥那你来我往拉锯十几年。最后的结果，还是兰氏后裔得继大统，封氏后人从此灰飞烟灭。而那个打酱油的拓跋郁律，被他的后人尊为"太祖"。

不管怎么说，祁氏的使命就止于平城了。她大概到死都没离开平城，葬，也在平城。那应该也是个盛大的葬礼，规制，也近似于国君的规制。

祁氏死后，拓跋代国的雁门关防线崩溃，"拓跋三都"局势荡然无存。拓跋氏几乎又退回到逐水草而居的原始状态。

最后再说几句关于女性的闲话。

歌德不是说过吗：永恒的女性，指引我们向前。纵观中外历史，女性地位提升的时候，往往是盛世。或者说，女性在社会上所处的地位，决定了社会的文明程度。

传说中的古希腊，女性地位是很高的。罗马衰败后，北欧部族又将男女平等的风尚传至欧洲大陆，从而带来了欧洲文明的觉醒。这觉醒后的欧洲，是自由、浪漫、人文的欧洲。

中国第一个具有恢宏气度的统一王朝汉朝，也出了几个著名的女性，比如吕后、比如窦后，还有追求爱情自由的卓文君。两晋以来，南朝积弱，北朝兴起。正是这北朝，又出现几位叱咤风云的女性，而且将这种风尚传至唐朝。大唐大约是古代中国男女最为平等的一个朝代，女政治家也多。大唐气象中如果少了女性的参与，其风韵至少要消减一半。

对女性的态度，决定了男人自身是否自信与强大。北魏和大唐，其自信、包容、开放，一脉相承。因为能以平等心包容女性，便能以平等心对待世界。于是乎，北魏大唐，都有潇洒豁达、海纳百川的国际气质。

叔叔和侄子的拉锯战

公元327年，阴山北部意辛山下。贺兰部大人贺兰蔼头帐中。

一虬髯汉子居中而坐。他的左侧立着一个高大沉默的年轻人。

虬髯汉子："时机已到，我们动手吧！"

年轻人沉默。

虬髯汉子："祁氏已死，纥那新败，雁门关失守，现在正是我们东进夺国的好机会。"

年轻人眉头紧锁，跨前一步，欲言又止。

虬髯汉子很不耐烦："有话就讲！"

年轻人道："如今石勒势大，雁北之地经此一战，生灵涂炭。我们此时进攻，岂非助长了石勒的气焰？他若再长驱北上，将来局面如何收拾，舅舅可有办法？"

虬髯汉子须发皆张："你忘了杀父的仇恨？你就不想夺回自己该得的王位？"

年轻人："甥儿不敢忘。但是舅舅……"

虬髯汉字："你眼里还有我这个舅舅吗？！"

年轻人低头："甥儿落难，全靠舅舅收留。舅舅也无日不在为甥儿出谋划策，但现在，真的不是最好的机会。再等等……"

虬髯汉子甩袖出帐："你妈怎么生了你这么个儿子！"

年轻人望向帐外。他的嘴角是柔和的，但双眸，却像黑夜一样深沉。

这个年轻人就是拓跋翳槐。

324年，祁氏结束临朝称制，将政权交还给儿子拓跋贺傉。

同年，拓跋贺傉在东木根山筑城，迁都。这次迁都，实质上是一次战略撤退，拓跋氏重心内移。此后十余年间，拓跋氏疲于内部斗争，同时与宇文部、慕容部逐渐加强了融合。

325年，拓跋贺傉死，他的弟弟拓跋纥那继位。拓跋纥那是祁氏幼子，贪宠任性，又不擅于管理国家，这个代王当得有点勉强。

327年，石勒派石虎率五千骑兵进犯雁门关，纥那亲自引兵迎击，一交手便败得一塌糊涂。雁门关失守，纥那退往大宁（在今张家口市附近张北平原）自保。

连五千骑兵都挡不住，可见拓跋氏衰微到什么程度！

南部的边患未平，西部又有人蠢蠢欲动。这个想要动起来的人是谁？正是拓跋郁律的儿子拓跋翳槐。

六年前，祁氏政变，拓跋翳槐逃到舅父贺兰蔼头部中。六年来，拓跋翳槐依靠舅舅的扶持，联合盛乐旧部，操练兵马，早计划着寻找机会东进。但对于此事，翳槐和舅舅蔼头是有分歧的。蔼头性格急躁，日日里喊着要替外甥厮杀复仇。翳槐却是少年老成，深谋远虑。

当纥那兵败、退守大宁，蔼头一门心思要趁机出兵打落水狗，翳槐却坚定地说：不！

翳槐的策略，是"以守为攻，后发制人"。

他早已看出，拓跋纥那是个不成器的代王，迟早会自己上门来找打。

他没猜错，这一天很快就来临了。

话说拓跋纥那败退大宁后，部落大人多有怨言，什么"当年猗㐌、猗卢何等神勇，如今真是一代不如一代了"之类，让纥那听了很不舒服。

不就是败了一局嘛，我再赢回一局不就行了？于是乎，他就想找个软柿子捏。他看好的这个软柿子，便是自己逃亡贺兰部的堂侄——拓跋翳槐。

纥那派使者到贺兰部见蔼头：蔼头大人，代王不计前嫌，想请他侄儿翳槐回去，共谋大业。上代人的仇恨，就让他过去吧。

蔼头不怒反笑：呵呵，当我三岁小孩，翳槐回去还不是个死？你告诉纥那，我和翳槐甥舅两人感情很好，不用他挂念。

一旁的翳槐躲着偷笑。等使者一走，翳槐对舅舅说：纥那这是找借口出兵。您看着吧，不几天他们便会来攻。到那时，咱们如此如此，这般这般。

果然，使者归国汇报后，拓跋纥那"大怒"。他纠集了宇文部的兵力，从东向西，浩浩荡荡来攻贺兰部。意辛山易守难攻，远征军兵马疲惫，蔼头和翳槐布好伏兵，两路夹击，转眼间便将先头部队杀了个片甲不留。后路军闻说中了埋伏，马上丢盔弃甲，四散败退。蔼头和翳槐乘胜追击，一直追到大宁附近。

拓跋氏西部、中部的大片领地，落入拓跋翳槐手中。

历史又是惊人地相似：当年拓跋猗卢召儿子六脩不至，怒而出兵，兵败身死。现在，拓跋纥那召侄儿翳槐不至，怒而出兵，兵败国破。

329年，拓跋翳槐发动大决战，直接冲毁了纥那最后的领地，纥那只身逃往宇文部避难。一百年前，拓跋禄官曾将女儿嫁于宇文普拨之子丘不勤，两部世代交好，现在成了逃难之地。

翳槐反攻成功，舅舅贺兰蔼头召集大宁的拓跋各部开会，力主翳槐即位新代王。

但大家都表示沉默，气氛有些尴尬。

这也不难理解，诸部大人对拓跋纥那还是有感情的。况且贺兰蔼头毕竟是外人，你从西边打过来，把我们的代王纥那赶走，说让谁当王就谁当王？没有这样的道理！我不敢反对你，但我有保持沉默的权利。

关键时候，一个人站出来了。这个人，正是拓跋翳槐的继母王氏。当年祁氏发难，郁律身死，翳槐只身西逃，王氏寡母孤儿未能出逃，寄身母族苟且偷生。此时翳槐反攻回来，王氏便带着族人，以已故代王拓跋郁律的王后的身份，说服各部长老支持翳槐。

这种王族正统之争，我们且不去管它。总之，有了贺兰蔼头和王氏的撑腰，翳槐总算成功荣登大宝。

　　而时年25岁的王氏，则直接升级为太后。比起24岁当太后的冯氏，王氏晚了一年。

　　关于王氏，我们有必要多说几句。因为她是拓跋家族里，第一个由爱妾升级为王后的女人。

　　有时候，我们不能不相信爱情的力量。

　　翻开二十四史，满眼是战争、杀伐、阴谋、宫斗，偶尔出现的凤毛麟角的爱情，便显得弥足珍贵。而帝王家爱情的结晶，又往往会是不世出的英雄。比如说，拓跋诘汾与"天女"的浪漫爱情，其结晶就是拓跋力微。而拓跋郁律和王氏的爱情，则结出了拓跋什翼犍这样的果实。

　　出于革命斗争的需要，拓跋首领的婚姻，一般是父母之命、媒妁之言，考虑的是门当户对、结盟联姻，不会去讲喜不喜欢。拓跋郁律娶贺兰蔼头的妹妹，为的就是与贺兰部联姻。

　　但是拓跋郁律娶王氏，则仅仅是"在人群中多看了你一眼"。

　　拓跋郁律在世时，是个很能打的人。他"西兼乌孙故地，东吞勿吉以西"，差不多打到了长白山。与之形成对抗的，是平城祁氏和宇文部。而夹在这三股势力中左右为难的，正是广宁（今张家口市区南）乌桓。

　　王氏就是出身于广宁乌桓。此时乌桓中落，王氏一家靠自身实力与代王拓跋郁律攀亲，是万万不可能的。但是，你王氏若要得罪代王的部族大人，那可就容易得多了。

　　大约就在拓跋郁律远征东北的这一年，广宁王氏家族遇到了生存危机，并且很可能是灭族的危机。关键时刻，王氏的父兄将她和大量财宝送入拓跋郁律宫中，让王氏充当使唤丫头，以换取家族平安。

　　这一年，王氏十三岁。

　　拓跋郁律谈不上有什么"后宫"，不过是收纳了些掳掠来的女子、进献的女子、犯人的女儿之类，充当婢女使唤，倒倒马桶挤挤奶。形象好的，则在大人们宴饮的时候跳跳舞。

　　在这一群下人中，拓跋郁律一眼就看上了王氏。

　　王氏不仅是个美人。她大约有三分西施的美貌，三分昭君的才德，还有

四分貂蝉的机敏与勇敢。这样乖巧的一个人儿，又是"豆蔻梢头二月初"的年纪，不由得郁律不动心。

于是，王氏得到了代王郁律的宠爱，入宫后不久，大约在十八岁，被立为王后。拓跋氏有史以来，向来立后要有强大的后族势力作为保障，王氏是一个例外。

拓跋郁律此前有妻贺兰氏，早亡，有子拓跋翳槐。王氏便成为翳槐的"母后"。

王氏尚年轻，翳槐已是少年，这"母后"当得有点勉强。不过，王氏自知出身低微，对王子翳槐以礼相待，两人相处倒也凑合。不久，祁氏政变发生，翳槐逃回贺兰部。王氏是不可能跟着去的，她留下，还巧妙地保住了自己儿子拓跋什翼犍一条命。

翳槐万万没有想到的是：自己当年只身逃亡，留下"母后"和同父异母的弟弟不管不顾，如此薄情寡义；如今反攻大宁，却还能换来王氏的帮助。

王氏也不全是出于公义，她也是一个有政治头脑的人。至少，支持翳槐，有利于自己和儿子的未来。而后来，她也确实如愿以偿，在她的帮助下，她儿子拓跋什翼犍兴复强大的代国，威震北方。所以史书上会说："烈帝之崩，国祚殆危，兴复大业，后之力也。"

很多年以后，这个出身于掖庭的女子得以配飨太庙，在拓跋氏的历史中，这也是绝无仅有的。

拓跋翳槐与"母后"王氏的关系，毕竟玄妙。

成功继位后，翳槐借用王氏的力量巧妙周旋，将舅舅蔼头遣回贺兰大本营，将贺兰部排除在代国核心之外。接着，他又下了一步棋，将王氏和其儿子送出国外。

这步棋下得巧妙，王氏只能心甘情愿地成为棋子。

当时，后赵石勒攻灭前赵，占有陕西、山西、河北、河南的大片国土，俨然已是一个庞然大物。这对代国是个巨大的威胁。而东部又有宇文部扶持的纥那，随时准备着东山再起。

代国对付后赵，打是打不过的，只能求饶。

于是，拓跋翳槐准备了一份厚礼，恭恭敬敬地送到后赵都城襄国，对石勒表示了诚意：今后您就是大哥，我就是您的属下，您让往东我往东，您让往西我往西。咱就是一家人了哈。

石勒一看礼物，放心了：好，你安心当你的代王去，我不打你就是了。

看官一定想问，这拓跋翳槐到底送了怎样一份大礼，打动了石勒的心？

好，我们来看看拓跋翳槐的礼单：

★ 人质一个：拓跋什翼犍（携母后王氏）

★ 兵役劳役数万人（五千余家）

★ 牛马羊兽皮若干（数不过来）

看完这份礼单我们就明白了，这是拓跋氏历史上一次被迫的人口大迁徙。而且，几年后还有一次。

晋室南迁后，石勒的后赵是名符其实的中原霸主。这个霸主最初的核心在襄国（今河北邢台），出于统治需要，石勒将被征服各族大量迁往襄国及其附近。拓跋翳槐主动投怀送抱，迁两万人到襄国，等于是承认了拓跋氏与后赵的臣属关系。

但是，这段屈辱的历史，未来将成就一个新的代国。

这个新代国的命运，就掌握在留学生拓跋什翼犍的手上。

如果说，百年前拓跋沙漠汗为质洛阳，只是上了一所小学的话。那么，这次一定是大学，而且是，整个出国考察团都上了大学。这是后话，暂且不表。

贿赂完石勒，拓跋翳槐的日子并没有多好过。他仍时刻感受到威胁。

这种威胁来自他的舅舅贺兰蔼头。作为拓跋翳槐复国的第一功臣，蔼头未能进入政治核心，心里头多少有些不自在。可不是：若不是我帮你打天下，你能当上这个代王吗？

蔼头心里不平，自然会口出怨言。蔼头口出怨言，自然会传到翳槐耳朵里。翳槐耳朵里听多了，自然不痛快："我在东部登基，自然得仰仗周边各部的支持，舅舅你又不是不知道。这么说我，是什么意思？"

各位观众，你们应该能猜到接下来会发生什么事了。

——勾践复国，文种死了。因为文种见识了勾践的种种丑态。

——刘邦创业成功，韩信死了。因为只有韩信知道刘邦打仗不行。

"狡兔死，走狗烹"这种"狗血剧情"，发生在外甥和舅舅之间，貌似也不足为怪。

335年，拓跋翳槐以"不臣"的罪名，将拓跋蔼头召来杀掉。

蔼头死了，太后王氏出国了，于是贺兰部众趁机挑动拓跋部叛乱，在宇文部伺机而动的拓跋纥那立刻返国，将拓跋翳槐驱逐，重新当了代王。

拓跋翳槐率部众出奔，逃往后赵邺城。

但第二次掌权的拓跋纥那并没有高兴多久。337年，在石虎的支持下，拓跋翳槐和石虎部将李穆率五千骑兵反攻大宁，再次夺得代王位。

拓跋纥那再次出逃。

拓跋翳槐复位后，不敢在大宁待着，重心西移，在原盛乐城的东南十里处，兴建新盛乐城。

一年后，拓跋翳槐逝世，拓跋郁律和王太后之子拓跋什翼犍继立，是为昭成皇帝。

你哥给你在襄国买了"学区房"

好的"学区房"有多重要？古人都知道。

孟母三迁，最终在"学宫"旁买房定居，这大概是史上记录最早的学区房了。

白居易出生河南。当时藩镇割据、河南战乱，他爹便给他在安徽买了学区房，异地高考，得中进士第四名。

拓跋家族里也有一人，出生草原，9岁买河北学区房入学，19岁贵族学校毕业，终成北魏立国前最有作为的代王。

他就是拓跋什翼犍。

拓跋什翼犍这个人，一出生便受尽了折腾。

公元320年，盛乐代王王庭，17岁的美貌王后王氏产下一子。

"是个儿子，不错！"代王拓跋郁律用胡子扎了扎老婆的脸，大手摸了摸儿子的屁股，便转身出帐，招呼部众：走，咱们迁居东木根山去！

于是，还在襁褓中的拓跋什翼犍跟着大队牛车，从西往东，开始了人生第一次旅行。

公元321年，东木根山代王大帐，忽然刀兵四起，代王拓跋郁律被祁氏袭杀。什翼犍就此没有了爹。

大敌围困中，同父异母的哥哥拓跋翳槐逃了，留下什翼犍和母亲王氏在帐中等待命运的裁决。作为拓跋郁律的子嗣，什翼犍正是祁氏捕杀的目标。搜捕的将官到来时，王氏正抱着什翼犍喂奶。情急之下，王氏将襁褓中的什翼犍塞进自己的裤裙之中，许了个愿："天可怜见，如果上天要让我的儿子将来当王，我儿便不哭。"

也不知道是愿力灵验，还是什翼犍听懂了母亲的话，他果然没哭。于是，什翼犍通过了第一次生死考验。

公元329年，拓跋什翼犍9岁。哥哥拓跋翳槐为了贿赂后赵石勒，决定要送一个重要的人质过去。送谁好呢？三弟四弟都还幼小，能拿出手的只有二弟拓跋什翼犍了。按照传统，人质身份尊贵，将来往往会继承大位。但此时拓跋翳槐正是同学少年、青春无限，对拓跋什翼犍来讲，未来还遥遥无期。横看竖看，小拓跋什翼犍将来怎么说也要老死他乡。可是，有选择吗？没有。

或者说，这个选择正是王氏的选择。她是个目光长远的女人，而且敏感聪慧。有道是："重耳在外而生，申生在内而亡。"王氏虽没读过《史记》，政治斗争的定律，她却无师自通。于是，9岁的什翼犍带着母亲王氏，或者说，母亲王氏带着9岁的拓跋什翼犍，还带着两万部众，浩浩荡荡迁居襄国当了人质。

说起人质，拓跋家族里划时代的人物，好几个都当过人质。沙漠汗当过人质，什翼犍当过人质，都是响当当的角儿。化用金庸的话：平生不曾做人质，便称英雄也枉然。自周以降，历秦汉曹魏，到十六国时期，人质始终是个正当"职业"，各国间为了表示友好、归顺，或者联盟、制约，都有互送"质子"的潜规则。而这些"质子"，又往往会左右未来的历史走向。

拓跋什翼犍不是一个人当人质，而是带着"五千余家"部众。草原各部计算人口，常以"家"和"落"为单位，一"家"，大约可算五个人。这样算来，这次南迁襄国的人口大约有两万。

话说回来，后赵跟拓跋代要人质，一个或十几个就够了，要那么多干吗？能养活过来吗？这就关系到"五胡乱华"时代，什么东西最缺的问题。

什么东西最缺？人口！东西南北连年打仗，人口锐减。在这种时候，人口就是生产力，就是战斗力。

这就是为什么，《魏书》上动不动就说谁谁"控弦上马二十万"，彰显实力。更何况，游牧部族是全民皆兵，多收服一个部族，就会多一份实力。这就是为什么，石勒的后赵初立，便听从谋士张宾的建议，大量从各地徙民以充实领地。据史籍记载，仅乞活、乌桓等部族就有六万余户迁往襄国。此外，还有各地的汉人、氐人、羌人、匈奴，乃至鲜卑的慕容、宇文、段和拓跋各部。

这是内迁五胡各部相互熔铸以及汉化的一个重要历史阶段。拓跋什翼犍和他的随从部众，将在此得到一次重要的淬炼和升华。

拓跋什翼犍带部众五千余家迁居襄国，一住就是六年。此时后赵施行"胡汉分治"政策，王氏和拓跋什翼犍所带五千余家部众安排到胡人聚居地，娘俩则在验明正身后，被安排在"质子"的馆舍。这馆舍在襄国繁华地带，不远处就是汉族士人的聚居地崇仁里。平时出入，自有门臣祭酒属下的一干官吏服务、监督。

拓跋什翼犍貌似运气不错，刚入学龄期的他，正赶上了好政策——上学的好政策。后赵石勒刚好在襄国建起了完善的国立小学——崇文、宣教、崇武、崇训等等，共十余所，要求豪强子弟们入学读书。拓跋什翼犍，自然算是鲜卑豪强子弟。（注意：这里的"小学"跟我们现在说的"小学"，可是大不一样的，所教的主要是汉语文字和儒家经典。）好像是，这一切都是为他量身定制的。

这让人脑子里忍不住出现这样的画面：远在大宁的王氏眼看儿子到了上学的年龄，可周围实在没有什么好学校。于是，举家南迁到教育资源更丰富的襄国，买了学区房。这学区房还有点贵，花了几万人马的价钱……

不过，拓跋什翼犍实在算不上是好学生，他只是马马虎虎读了几篇诗文，认识了一些汉字，算是粗略掌握了一门外语。他更感兴趣的是骑马射箭，常常躲到禁卫军营附近，看将军们操练兵马。

有必要介绍下拓跋什翼犍所居的这个"学区"——襄国。

襄国是当时中原第一大国后赵的首都。什翼犍从盛乐到襄国，相当于今天内蒙古的孩子到北京上学。那教育资源的差别，大了去了。后赵的皇帝，大多穷兵黩武、奢华铺张，石勒自然不例外。他的襄国城，可是下了大本钱的。襄国城（在今邢台）号称"卧牛城"，人口七十万。四个城门，又有四个子城拱卫；又引活水周流城内，观赏价值和实用价值都很高。这一点给拓跋什翼犍留下了深刻的印象。

给什翼犍留下更深印象的，是襄国城壮观的宫殿群。这个殿那个殿，这个门那个门，这个宫那个庭，这个台那个楼，这个阁那个堂，这个庙那个坛……数也数不过来。还有观省台、太武殿，金铛银楹、珠帘玉壁，看得人眼花。

我相信，初入襄国的拓跋什翼犍，一定被眼前的景象惊得目瞪口呆。石勒是羯人，所以他建起的宫殿，兼有北方游牧民族和汉族两种风格。这些景象，在什翼犍将来兴建盛乐宫的时候，还常常浮现在眼前。

前面说过，拓跋什翼犍不是个好学生，他虽日日跟着胡汉贵族子弟一起学习汉族文化，但还是粗疏得很。这一点，跟祖上的拓跋沙漠汗是没法比的。不过，有一点他比沙漠汗强，那就是，他对后赵的政治机构和军事建构有着浓厚的兴趣。

在襄国的拓跋什翼犍，也远不如当年在洛阳的拓跋沙漠汗身份尊贵。这跟石勒本人的态度大有关系。对石勒来讲，拓跋代属于弱小的归附国，作为人质的什翼犍年龄也小，所以只把他当一般贵族来看待。

石勒这个人，名声算不上好，但比起嗜杀成性的继任者石虎，就可爱多了。不管传闻中有多少残暴的故事吧，他在民族政策上还是比较宽容。他是羯人，所以羯人被称为"国人"，在国中实质上是第一等人，这是可以理解的。他四处迁徙胡人到襄国，诸胡各色人等都能平等对待，专设通胡语的官吏管理胡人。胡人身份看似比汉人尊贵，但他明令胡人不得"侮易衣冠华族"。起家的时候，他曾大肆屠杀汉人，但立国后，又笼络汉人士族，广泛地招降汉族士人，为这些"衣冠人物"建起豪华聚居地"崇仁里"。在襄国这个南北东西诸民族聚居的地方，石勒巧妙地平衡着各方关系，这也是很不容易的。

在这种平衡中，并不受特殊优待的拓跋什翼犍，却获得意料之外的自由。除了"逃亡归国"这件事不能干之外，他的行为基本是不受限制的。除此之外，他还能出席石勒的国家典礼，看"大赵天王"如何设立百官，分封宗室。这位正在长大的少年，像一只猫头鹰一样窥视着世界，学习着石勒的帝王之术。看人家，如何设置百官，如何妥善权衡五胡归顺部族和汉人，如何利用汉人士族管理国家，如何打造核心武力。

这位看似漫不经心的鲜卑王子，悄悄地将拓跋代和后赵做了一番对比。这样一对比，他就看懂了拓跋代为什么总是被动挨打，为什么总是在短暂的强盛之后，便四分五裂。

一句话，就是没有"施行汉制"。后赵也好，成汉也好，慕容氏也好，都是因"施行汉制"而强大。汉人这个法宝，真的比什么落后的部落臣服关系要管用。

于是，拓跋什翼犍成为拓跋氏"睁眼看世界"的第二人。

这一次，他比拓跋沙漠汗看得更远。从9岁到15岁，拓跋什翼犍在襄国度过了最黄金的岁月，领略了诸民族融合的中原气象，为将来的代国改制注入了文化基因。

第一面：社会青年拓跋什翼犍和高僧佛图澄

333年，后赵石勒病逝，其子石弘继位。334年，石虎杀石弘，篡位。335年，后赵首都从襄国迁至邺城。作为人质的什翼犍和其母王氏，跟着也迁居邺城。

来到邺城的拓跋什翼犍，由小学生变成了社会青年。这一年，他虚岁16岁。

一百年前，曹操说"邺是个好地方"，于是在这里兴建邺城（都），还弄了个铜雀台，意淫了一把大乔小乔。隔了一百年，石虎说"俺也一样"，于是都之。

邺城西依太行，北临漳水，西门豹在这里开过渠，盘庚往这里搬过家；在城市规划上，堪称古代都城的第一模板。这个城市有多牛？你如果看过《长安十二时辰》里的长安城，就可以还原出一点邺城的影子。

拓跋什翼犍搬到邺城以后，就像小孩子见到一块超级无敌大蛋糕，深恨这块蛋糕是人家的，眼馋。比起来，代国的大宁就是块干酪，襄国也不过是个牛肉火烧。这种对邺城的"眼馋基因"后来遗传给了拓跋珪，于是有了魏都平城。

当然啦，社会青年拓跋什翼犍不是来邺城旅游的，他也要交朋友。

常年的异乡生活，见多了羯人的跋扈、汉儒的隐忍、百姓的流离，听多了后赵宫廷那些"烹人"的传闻，16岁的社会青年拓跋什翼犍，已经比他的同龄人更加成熟。

史书上说他，"宽仁大度，喜怒不形于色"，这一点，让人想到他的祖爷爷拓跋力微。

他的身形也长得十分高大，高鼻梁，宽脸膛，应该不是很标致，但有十足的男人味。他也是个胖子，"立发委地，卧则乳垂至席。"

一个不爱读书、宽仁和气、能吃能喝又高大的胖子，人缘一定不会太差。

在这里，他见到了一个重要的故人，还认识了两个重要的人物：佛图澄和李穆。

拓跋什翼犍在邺城见到的故人，正是他的大哥拓跋翳槐。

咱们再回顾一下往事：329年，寄居贺兰部的拓跋翳槐在舅舅贺兰蔼头的帮助下，赶走堂叔拓跋纥那，当王。送拓跋什翼犍到襄国。335年，拓跋翳槐杀舅，国人反。拓跋纥那从宇文部返回，复辟。被赶下台的拓跋翳槐呢，则领着三万余人跑到邺城，投奔石虎。

石虎是十六国排行榜上最醒目的"杀人王"。对于"杀人王"来说，什么最贵？自然是杀人的武器。而拓跋翳槐就是一件武器。

石虎妥善安排了拓跋翳槐的生活，送给他宅第、姬妾、奴婢、器物，将这件武器留在身边，准备合适的时候，宝剑出鞘。

拓跋翳槐来了，拓跋什翼犍母子也高兴了。

这种高兴，不是"你把你的弟弟送走，你也不会快乐很久"的这种幸灾乐祸。

而是：同是天涯沦落人，最是患难见真情。

拓跋翳槐和拓跋什翼犍不是同母所生，原先关系并不算好。比如祁氏叛乱时，拓跋翳槐就自己跑了，对这个二弟不管不顾。现在，兄弟二人在异国他乡有了共同的人质生活，变成了同命鸟，建立起牢固的阶级感情。

拓跋什翼犍原来住的房子小。拓跋翳槐说，到哥哥这儿住吧，我的床铺很大，但我从未睡好。什翼犍和他妈就搬了过去。石虎对此也不介意。

庭院深深，岁月绵长。一家人住在一起，难免会畅想一下诗和远方。

就是在这个华美的宅第里，王氏、拓跋翳槐、拓跋什翼犍三人达成了共同的目标：弟弟助哥哥反攻大宁，夺回王位；哥哥将来再把王位传给弟弟。

但要完成这个目标，尚需组建一个团队，这个团队里，要有文人，要有武人，还要有神人。

石虎麾下有一将领叫李穆。这个李穆，与隋朝名臣李穆同名，不过名气远远不及后者。这个李穆建树平平，名不见经传，也不很受石虎重用。

拓跋什翼犍生性好武，所以跟一些武将打交道是免不了的，结识李穆后，常常会邀李穆来府中做客。

长话短说。

337年的一天，什翼犍又邀李穆宴饮。席间，李穆见拓跋翳槐闷闷不乐，便问：

"大王是有什么心事吗，缺什么跟兄弟说一声就是了。"

翳槐道："没什么，只是想家了。"

李穆道："兄弟帐下有几名西域阮伎，明日过来弹几曲为大王解解闷。"

什翼犍插嘴："大哥客居邺城快三年了，有家难回，故国不再，哪能乐得起来啊。"

李穆沉默片刻。

"何不跟当今大赵天王说说，助你夺回王位？他知你感恩，说不定会同意的。"

什翼犍摇头："石虎喜怒无常，此事还需从长计议。就不知李兄愿不愿意帮忙。"

李穆拍胸脯保证，在所不辞。

什翼犍等的就是这句话。他问李穆："军中最近有什么新鲜事？"

李穆说："前几天燕王（前燕）慕容皝派自己的兄弟慕容汗来邺城当人质，和大赵天王约定一起讨伐段辽。军中盛传，可能就在最近发兵。"

其实这事拓跋什翼犍已经听说。慕容皝和段辽一直是死对头，这次求助于石虎，想要一举攻灭段辽。石虎当然乐意，他正愁出兵东进没有借口。他们俩各打各的算盘，正好为拓跋兄弟所用。

什翼犍便对李穆说："此次东征，李兄应在应征之列。到时候，有劳李兄取道大宁，顺路将拓跋纥那拿下。"

李穆再次拍胸脯保证，没问题。

一直沉默不语的拓跋翳槐这才高兴起来。他长身而起，拜道："多谢李兄。只是，此事怎么跟大赵天王石虎说呢？"

什翼犍沉吟道："石虎笃信大和尚佛图澄。大哥，我想，咱们该抽时间礼礼佛了。"

什翼犍所说的大和尚佛图澄，是两晋时期大大有名的高僧，东晋高僧释道安的师父。佛图澄常以神通教化世人，《高僧传》中就记录了他的神异事迹。

在襄国城时，什翼犍就早听说过佛图澄的神迹。他曾听说，当年刘曜攻打石勒时，群臣都建议石勒不要亲自出战。佛图澄却对石勒说："佛塔相轮上的铃声告诉我，此次出战，刘曜必擒。"于是石勒亲征，果然擒获了刘曜。

什翼犍还听说，石勒在位时，襄国城堑干涸，佛图澄念动咒愿，敕龙取水，解决了一国干旱。石勒、石虎，都对佛图澄崇敬有加。在襄国时，什翼犍也不止一次见到建造塔寺的场景，石勒亲临，王公贵族附后，场面是十分壮观的。

但是大和尚佛图澄的面，拓跋什翼犍还没有见过。这样一个影响力巨大的高僧，会帮助拓跋兄弟吗？

什翼犍的母亲王氏坚信：会的。

于是，在斋戒沐浴之后，择了一个良辰，王氏、拓跋翳槐、拓跋什翼犍母子三人走进了邺城中寺。拜佛之后，弟子引领拜见高僧。

什翼犍抬眼望去，只见蒲团上盘坐着一个高大的老僧，隆额深目，浑身古铜色，宛如一尊雕塑，不由吃了一惊。高僧双目微闭，见有来人，唇角微微一笑。

礼拜毕，拓跋翳槐急急询问："大和尚……"

一旁的弟子示意他噤声："你们的来意，师父已经知道了。"

只见大和尚佛图澄睁开眼睛，命弟子取来麻油胭脂，掺合起来涂在掌心。什翼犍悄悄探看，只见大和尚掌中色彩幻化，像是有很多小人儿在活动。他感到惊讶，但不敢多看，又低下头去。

良久，大和尚开口了。什翼犍以为高僧会诵出一句难懂的偈语，没想到听到耳中的却是一句平实而亲切的安慰：

"你们从草原来，还应回到草原去。此行没甚风险，冬春之交，苍龙显现，兵不血刃，百姓安宁。今天先回去吧。"

这次会面给拓跋什翼犍留下了深刻的印象，不是因为高僧的神通，而是因为，高僧在看他的时候，目光中流出异样的神色。他暗暗定下回头再来参拜的计划。

回到自己的宅第，拓跋翳槐心中尚有疑惑：这就成了吗？大和尚确定懂我们的意思？

王氏和什翼犍异口同声："大和尚已经知道我们是谁，一定是有意帮忙。说不定，这是天命呢！"

果然，一个月之后，他们听说石虎延请大和尚佛图澄升座说法，与会者三千余人。会后不久，便接到石虎要召见拓跋翳槐的旨意。

石虎单独请拓跋翳槐进宫，请他吃了一顿盛宴。丝竹声声、美女环绕间，翳槐战战兢兢地等着石虎开口。但石虎只是不停举杯，劝他吃好喝好。翳槐不敢喝醉，但已经饱得不能再饱了。这时石虎才摇摇晃晃地离座起身，走到翳槐座前给了他一个熊抱。

这一个熊抱，吓出翳槐一身冷汗。

石虎满嘴酒气："兄弟，你说，咱俩算不算兄弟！"

"算、算。"

"兄弟，你说老哥待你如何？"

"天……天王待臣下实在是好得不能再好了。"

"能，谁说不能再好。我现在就再送你一个大大的礼物。"

"礼物？"

"我要率兵去讨伐段辽。前几天大和尚示意我，此行可顺道助一个人复国，这个人就是你。大和尚还说，此行能种善因，可以少行杀戮。不过兄弟，该杀就杀……大和尚还说，你这个人还是有良心的，对吧？"

"有有有，代国永远是大赵天王的臣属，为大赵守边。"

337年寒冬，石虎大军三万人北上，向段辽进发。大将李穆主动请命，带领5000骑兵随行，顺道进击拓跋纥那的王庭大宁。这5000骑兵，有不少是当年拓跋翳槐带来的拓跋部众。

出行时，拓跋什翼犍秘授李穆一个计策：让军士散布消息，就说后赵三万大军将攻大宁。

拓跋纥那听说石虎三万大兵过境，早吓得魂不附体。李穆的5000骑兵一到，拓跋诸部均乱作一团，搞不清南边来了多少人马。于是，诸部再次反水，迎立拓跋翳槐为代王。拓跋纥那逃走，从此下落不明。拓跋纥那和拓跋翳槐，叔侄二人打了几次拉锯战，最终侄儿完胜。

拓跋翳槐兵不血刃复了国。而石虎的那三万大军，压根就没到大宁，路过边境撒了泡尿，就东进攻击段辽去了。

第二面：佛图澄与拓跋什翼犍的一次长谈

拓跋翳槐二度复国后，重心西移，在原盛乐城的东南十里处，兴建新盛乐城。

拓跋什翼犍继续当他的人质。当然，他现在是正式以代国"王储"的身份留在邺城，心境已经大不一样。他开始有意地结交中原士人，为将来继位做准备。

338年，后赵远征军破段辽而还，同时带回一个大名鼎鼎的人物：刘群。以下简称小刘。

说起小刘，我们还得回忆回忆他的父亲，大诗人刘琨。以下简称老刘。

二十多年前，正值平城发生六脩叛乱之时，石勒也率军大举进攻并州老刘。老刘大败，弃城投奔段氏鲜卑段匹磾（姑称老段）。老段很高兴，就与老刘结了个拜。

段匹磾有个政敌——他的从弟段末杯（姑称小段）。318年，小段跟老段争位，还俘虏了老刘的儿子小刘，也和小刘结了个拜。

这就悲剧了，老刘和小刘本来是一家人，现在也成了对手。于是，小刘给老刘偷偷写信：爹，你站错队了。小刘这封信被截获后，他爹老刘被老段杀掉。

　　而小刘呢，就和名士卢谌等人寄身于小段，还伺候了小小段（段牙）、小小小段（段辽）等几代诸侯。

　　337年，慕容皝自称燕王，和后赵石虎相约进攻段辽。338年初，石虎大破段辽，小刘又投降石虎——还被石虎封为中书令。

　　很绕吧，十六国的历史就是这样，一团乱麻，你中有我我中有你，越撕扯越乱。

　　为了稍微理清点头绪，我认为有必要用"不高兴"这几个字来梳理下这几十年。

　　先是，匈奴人刘渊在山西建立汉国，死后其子刘聪继位。

　　晋王朝不高兴了，就派刘琨到并州，对抗刘聪的汉国。刘琨打不过刘聪，就与拓跋猗卢结盟。猗卢帮他打了几个胜仗，他帮猗卢获得"代王"的封号，于是有了代国。

　　刘聪不高兴了，就派石勒进攻刘琨，刘琨败逃辽西，依附鲜卑段部的段匹磾。他儿子刘群先后依附段末杯、段牙、段辽。

　　刘聪死后，刘曜将匈奴刘氏的汉国改名赵国（前赵）。

　　刘聪的部将石勒不高兴了，就宣布独立，也将国号称为赵（后赵）。

　　不久后赵灭了前赵。之后，拓跋猗卢的后人拓跋翳槐为了讨好石勒，将拓跋什翼犍送到后赵首都襄国。

　　石勒死后，石勒的大将石虎不高兴了，就杀了石勒的儿子自立，将首都迁到邺城。

　　此时，辽东慕容部崛起，鲜卑段部惹得慕容部的老大慕容皝不高兴了，慕容皝就与石虎相约攻灭段辽。

　　段辽灭了以后，慕容皝和石虎相互又不高兴了，互撕，石虎败。慕容氏的燕国开始壮大。

　　就是在这个时候，刘琨的儿子刘群投降了石虎，来到邺城。

　　"坑爹"的刘群不是个凡人，他政治素养很高，还是北方士人领袖，有他的辅佐，石虎很高兴。

　　还有一个人也很高兴，那就是拓跋什翼犍。什翼犍他二爷拓跋猗卢和刘群他爹刘琨是结拜兄弟，按照辈分，什翼犍应该称刘群为叔。

什翼犍就瞅个机会去拜见刘世叔。两人从没见过面，但刘群还是很热情地接待了拓跋什翼犍，待以故人之礼。双方在友好的氛围中展开了洽谈，刘群问候了拓跋什翼犍的父亲和二爷，并对他们的遭遇表示同情。什翼犍肯定并颂扬了刘琨在拓跋氏建立代国过程中做出的卓越贡献和国际主义精神，同时也对他们父子江湖流落中的悲剧表示了遗憾。

拉完家常之后，什翼犍就开始步入了正题，问起了天下形势和拓跋代国的未来。刘群分析说，当今燕国在东部兴风作浪，一定会跟中原的赵国来一场生死之战。眼下，代国应该远离纷争，交好友邻，趁着南部边境无事，向北图强。

洋洋洒洒一篇大论之后，停下来问什翼犍：

"世侄真正想问的，恐怕不仅是这件事吧？"

什翼犍笑了，他喜欢跟聪明人谈话。他讲了拓跋翳槐答应将来立自己为王的事情，委婉地表示了自己的担心：

"如今我远在异国，国内一旦生变，我该如何应对？"

刘群点头："你担心得不无道理。最近天象奇异。七月，月掩太白星；九月，太白又犯右执法。这是天下即将有变的征兆，按照方位，此变应在北方。"

什翼犍问："那，是吉是凶？我该做何准备？"

刘群神秘一笑："我又不是神人，怎能猜到？"

刘群口中说起"神人"，让拓跋什翼犍不禁想起了高僧佛图澄。

于是，挑了个吉日，他再次沐浴更衣，去邺城中寺礼佛。出乎预料，拓跋什翼犍刚进山门，知客僧就将他引到佛图澄的禅房之中。不用礼拜、不用焚香，高僧佛图澄正坐在榻上，笑意盈盈地等着他。

这次会见，佛图澄和什翼犍整整谈了两个时辰。

他们到底说了些什么，没有人知道，史书上也没有记载。但从什翼犍后来的治国策略，乃至他的后人建立北魏、大兴佛教、雕凿云冈石窟等一系列举措来看，他们应该谈得很深远。

可以猜测，在与佛图澄的交流中，拓跋什翼犍不仅获取了文明碰撞交融的钥匙，也获知了时间的秘密。

从拓跋什翼犍出生以来，世界就向他展示了残酷的一面，来到中原以后，他更是见多了饥馑、压迫与白骨：八王之乱时，乌桓骑兵南下邺城掳掠，掳走的八千妇女全部沉江。石勒战鹿邑，杀被俘的王公士庶十余万。而变态残忍的石虎，更是以屠城杀人为乐，已经完全越过了人类道德的底线。

这一段历史，对于普通中国人来说是十分难以理解的，当我们回望那黑暗的百年，会觉得十分奇怪：为什么那时候的人那样残忍？为什么有那么多仇恨？为什么有那么多的死亡？难道真如诗人海子所说："已经有的这么多死亡难道不足以使大地肥沃"？

我是这么理解的，那一段历史，是对整个亚欧大陆的动荡考验，当时的人类，遇到了来源于地球环境和人类自身弱点的挑战。这种挑战，从亚欧大陆的最东端一直延伸到英吉利海峡。整个世界处于黑暗森林的包围中。在欧洲，辉煌的罗马文明在草原之鞭的抽打下最终解体。而在中国，来自草原的饿着肚子的五胡们，除了相互的掠夺和杀戮，也南下中原争夺资源。

在当时的情况下，没有一个帝王、一个集团有能力改变这个乱局。咱们可以想想，哪个皇帝不想让自己的王朝长治久安，不想让帝国繁荣从而让自己也过上安稳幸福的生活，为什么要让自己坐在火药桶上呢？

真正的原因是，他们做不到，他们自身的能力做不到，所以，他们只能通过最简单粗暴的方式来治理国家，也就是对他们来讲"成本最低的方式"。当这个"成本最低的方式"也不足以让自己得到安全感的时候，一些皇帝就会成为"变态杀人魔"，及时行乐，破罐子破摔。在这个高压与恐怖、人人自危的时代，佛教却得到了大力传播。因为上至王公贵族，下到黎民百姓，每天都能遇到生死困局，每个人都只能把希望寄托在来世，或者高一点：最终的觉悟。而对于统治者来说，他们不仅需要将佛教尊为国教，为自己打造一把安全锁，也想要从佛教中获得治国的力量。

我相信，拓跋什翼犍看到的和听到的，都会促使他思考：我未来建设的国度，应该是一个怎样的国度？我也相信，拓跋什翼犍在与高僧佛图澄的交流中，至少对这个世界有了更清醒的认识。

怎么说呢，应该是有一个哲学体系在他脑中诞生：我是谁？我从哪里来？我要到哪里去？我是谁？我应该成为谁？我能够成为谁？我应该做什么？我注定做什么？我能够做什么？最终，他几乎做到了。而他的子孙们，也实现了这个时代的共同理想。而中华文明，也因此没有像古罗马那样覆灭。

338年冬，拓跋翳槐在一个大雪纷飞的夜晚离世。

在经历了一次逃亡、一次反攻、再次逃亡和再次反攻，两落两起之后，这位还处于壮年时期的拓跋氏领袖告别了这个世界。

死前，他兑现了自己的承诺。他对各部大人留下遗命："必迎立拓跋什翼犍，社稷可安。"

拓跋翳槐说的是实话。可惜拓跋贵族们不这么看。他们想拥立性格宽厚的拓跋孤当代王。

拓跋翳槐有三个兄弟：拓跋什翼犍、拓跋屈和拓跋孤。拓跋什翼犍在国外，拓跋屈是个暴脾气。于是，拓跋屈就"躺着中枪"了。首倡这件事的是部落大人梁盖，他认为拓跋屈"刚猛多变"，是个不利因素，于是组织了一伙人马秘密地将拓跋屈杀掉。然后他对拓跋孤说："我已经为你清理了障碍，现在你可以即位代王了！"

但是拓跋孤是个厚道人。他说："什翼犍是二哥，我是小弟，我怎么能抢二哥的饭碗呢。你们杀了我三哥也就罢了，万万不能一错再错。"

他不顾诸部大人的反对，亲自带了一批人马南下邺城，请拓跋什翼犍回去主持大局。

国内发生的事情，拓跋什翼犍已有耳闻。此刻的他，正如坐针毡。作为人质的他，没得到石虎的准许，是不能贸然回国的。按照当时做人质的惯例，一个人质离开，必须有另一个人质顶替。

就在这时候，拓跋孤到了。拓跋孤对石虎说："我来替哥哥当人质，请让我哥哥回去吧！"

石虎看着这个壮实憨厚的人，笑了："你是个厚道人。我这个人，最喜欢厚道人，你们都回去吧。"说完这句话，石虎脸上还有几分落寞，"我为什么不能有你们这样的儿子呢？"

残忍嗜杀的石虎做出这样的决定，让周围的侍从目瞪口呆。实际上也不奇怪，石虎也是人，他的内心，也多少有一点尚未泯灭的善念。此前不久，他十分宠爱的皇太子石遂叛乱，刚刚被他杀掉，现在还心有余悸。他想借此告诉臣下：希望你们也能成为拓跋孤这样忠心的人。

于是，石虎亲自派兵，将拓跋什翼犍、拓跋孤兄弟送回代国。刘群将什翼犍等人送到城郊。他送了什翼犍两个字：要快！

什翼犍明白刘群的意思。他定了一条行军路线：从邺城先北上中山，稍作休整后，翻过倒马关（常山关）、沿滱水流域向西北挺进，然后过灵丘、莎泉到浑源县境。

这条路线，后来成为北魏平城通往中原的一条重要通道。也正是这条线路，将北魏的根据地和至关重要的河北农业生产地区连在一起。

当时在浑源西北，有代国的一处前哨行宫——繁畤宫。什翼犍一入繁畤宫，连气也没顾上喘，就在拓跋孤等人的拥立下，即位代王。

这是338年的阴历十一月，拓跋什翼犍19岁。此年被称为建国元年。

为了感谢拓跋孤，同时为了稳定诸部大人的情绪，什翼犍宣布，将国家的一半分给拓跋孤治理。事实上，拓跋孤直到死，都在尽一个臣子的责任，为稳定拓跋代国做出了卓越贡献。40年后，拓跋孤被追封为高凉王。

请我们记住拓跋孤这个名字。在整个北魏建国前的历史中，拓跋孤是一片最亮的绿叶。在兄弟争位、父子相残的那些野蛮岁月，拓跋孤是一个奇葩。他不争、不抢、忠诚、退让，胸怀大局，在他身上，我们看到了人性美好的一面。

一个人、一局棋与一个国

在邺城的时候，拓跋什翼犍曾问刘群："当今天下，谁还能为我所用？"

刘群说："代郡的燕凤，有蜀汉卧龙之风。此人博览经史、谙熟阴阳之术和谶纬之学，却隐居小邦，或许正在等待真龙出世呢！"

什翼犍问："如何能请得动他？"

刘群答："心诚，自然就行。""

什么叫阴阳之术和谶纬之学？说玄一点是先知预言的学说，说白一点就是"政治智慧"。在乱世，也就是讲如何看形势，做推论，得天下，一般来讲，这些跟道家哲学和天文地理也是分不开的。古代的儒生，很多是熟读经史的，但多数和孔融、蔡邕之流一样，不过是些腐儒。但是还有一些人，被称为有"经天纬地"之才，这些人往往比较通达务实。这个，上可以追溯到姜尚、张良，下可以看元末刘基，他们擅长下棋，下天下这盘棋。燕凤，就是这些人中的一个。可惜，他的名气，一直以来不是很大。

什翼犍即位代王之后，所做的第一件事情，就是请燕凤。

燕凤住在代郡，前面所说的卫操，也是住在代郡。可见代郡是一个好地方。东晋十六国时期，代郡处于拓跋代国、慕容燕国、石虎后赵三大势力的交接之处，处境是有些尴尬的。

拓跋什翼犍就派人备了厚礼，去请燕凤来代国做谋臣。

燕凤不肯。燕凤不肯的原因，是他早已看出来这是个烫手的山芋，闹不好就和诸葛孔明一样，"鞠躬尽瘁，死而后已"。

但拓跋什翼犍没有刘备那样的好脾气，什么一顾、两顾、三顾、反复顾，这不是什翼犍的作风。他直接命令军队包围代郡，派大嗓门的兵士向里面喊话：

"你们已经被包围了，早早地交出燕凤，就放你们一条生路，否则，屠城！"

"屠城"这样的事情，代郡人听多了。于是，几个稍有势力的家族联合起来，也不和燕凤商量，直接跑到燕凤府上，把他绑起来，出城送到什翼犍军中。

像《三国演义》里出现过无数次的情节一样，什翼犍满脸堆笑，亲手给燕凤松绑、赔礼道歉，说一些仰慕的话，并待以贵宾之礼。

像所有我们熟悉的情节一样，燕凤不好意思了，就称臣归附了拓跋什翼犍。

如果把此事和"三顾茅庐"放在一起做个对照，我们可以称之为"围城请燕"，也算是美谈吧。我不想写什么《拓跋志通俗演义》，所以就不多啰唆，"围城请燕"的细节，就请各位看官脑补吧。

拓跋什翼犍和燕凤，可谓一见如故。他们俩，一个有壮志雄心，一个是智谋深远。好像草原雄鹰遇上万里长风，两人一见面，就粘在一起，彻夜长谈天下大势。

什翼犍："先祖拓跋猗卢的时候，进能虎视中原，退能长驱漠北，没想到我现在是四面被困，进退两难，先生教我。"

燕凤："如果天下是一盘棋，代国现在就是一盘只剩一口气的死棋。要想活嘛，只能乱中求活。"

什翼犍："对对，如何乱中求活？"

燕凤从怀中拿出一副围棋，摆在桌上。

燕凤："大王请看。这颗白子是代国。代国的东面这一颗黑子，是慕容氏新立的燕国。燕国国主慕容皝是个英雄，士气正盛，所以咱们决不能硬碰硬，只能和亲结盟。与燕和亲好处有两个——一是能保障他不骚扰咱们的东方和北方，给咱们留口气；二是诱使他攻击后赵，咱们正好趁机图强。"

什翼犍："好。南方呢？"

燕凤："代国南面这一大片黑子，是中原。中原现在被后赵石虎占据。石虎残暴，过不多久就会乱起来，慕容燕国也必然趁机南下。"

什翼犍："咱们可有机会？"

燕凤："不。至少现在还不是时候。中原是个大火炉，谁惹上了谁烧身，成为众矢之的。当今之际，只能对后赵继续称臣，保持双方边境安宁。东面南面局势稳定了，我们才能腾出手来干别的事情。"

什翼犍："那，西面和北面呢？"

燕凤："西南这一枚黑子，是铁弗刘虎。铁弗控制河西要道，一定要采取强硬态度。刘虎不可怕，但刘虎后面这几枚黑子，都是氐人势力，将来恐怕是麻烦。所以我们的战略攻防的要点，关键在西面。"

什翼犍："我明白了。稳定好东南之后，控制好河西要道，我们就可以长驱北上。"

燕凤："没错，我们应从漠北高车等部多得地盘，这样就能自造一眼，立于不败之地。"

什翼犍："那，将来如何乱中求胜？中原无望了吗？"

燕凤："难。恐怕还会经历几次生死劫，死中求活而已。世事如棋局，由生入死，由死入生，由乱而治，由治而乱。汉末诸侯并起，由治入乱；司马氏并吞三国，由乱入治；八王兴兵后，草原诸部逐鹿中原，又由治入乱。只不过，当今的乱，又与汉末不同。自古以来，中原都是汉家天下，但永嘉以后，诸胡入主中原，这叫乱中之乱，恐怕两三代人之间，这种情况不会改变。"

什翼犍："先生如何看诸胡成败？"

燕凤："诸胡入中原，必要有正统。匈奴刘渊，自称汉国。羯人石勒，自称赵国。只不过，他们只学到了汉人的皮毛，还没有学到汉人的精神。因此，代国要想图强，还得先好好学学汉人治国的方法。"

什翼犍："好，这件事，先生现在就开始做吧。"

拓跋什翼犍任命燕凤为代国的左长史，让他主持国政，开始汉化改制。

一个人的力量毕竟是有限的。要想改制，首先得有人。燕凤想起自己的同乡好友，代郡人许谦。这俩人，年少时候就经常以诗赋问答，两人也都喜欢天文和"图谶"之学，志趣相投。燕凤给许谦捎了个话，说"我现在在代王拓跋什翼犍帐下干活，代王这个人很不错，不如你也过来吧"。

许谦很痛快，带了宗族老幼，直接把家就搬来了。什翼犍任命他为代王郎中令，兼掌文记。燕凤和许谦，后来也都当了太子的老师，教太子拓跋寔儒家经典。

燕凤在许谦的辅助下，开始了大刀阔斧的改制。

首先是全面引入晋朝的中央官制体系，《魏书》上说，是"掌事立司，各有号秩""余官杂号，多同于晋朝"。拓跋氏不认可司马睿的东晋，因此职官制度都是从西晋继承而来。比较突出的，是设立了中央秘书体系，相当于隋唐尚书台的雏形。代王身边设左右近侍，相当于机要秘书。又设内侍长四名，相当于顾问智囊团，同时还兼职"拾遗应对"，基本上将御史台的职责也监管了。等等等等，其他就不细说了。总之是麻雀虽小，五脏俱全，建立了朝堂，官员们各有名分，设定了基本朝会礼仪。

如果说，猗卢时按照汉人体制建造了最早的国家机器，不过是照猫画虎，那么燕凤的改制，则是一次更为大胆的"复制"。至少从表象上看来，举行朝会大典之类活动的时候，是一个像模像样的王朝了。

但燕凤不是个单单信奉"拿来主义"的人。毕竟管理的是草原部落，毕竟有自己的国情。所以呢，燕凤将拓跋氏原来的"质任"制度进行了升级。什么是"质任"呢，就是将草原诸部大人的子嗣调到中央，任以职位，其实还有一个身份就是"人质"，用来制约诸部大人。这个制度，从拓跋力微的时代就已经有了。不过，经过一百多年的发展，拓跋氏的凝聚力不断增强，原先的"质任"制度就有点跟不上时代了。燕凤的做法，是采取选拔的方式，从诸部大人和豪族大家中，挑选有才干的子弟入职中央，充作侍臣，也就是左右近侍下设的秘书官员。这些选到中央的诸部子弟有几十人到上百人，共同负责代王下达的各种事务，传宣诏命。

经过燕凤的一番折腾，草原诸部和拓跋氏权力核心，有了一种更为规范化的上下级体系，定编制，确立职责，在一定程度上消解了诸部的独立性和决断权。

也就是说，百年前的"内入诸姓"，现在基本纳入拓跋氏的官僚体系，中央和地方的直属关系，进一步增强了。

至于新臣服的"四方诸部"，则采取原来对"内入诸姓"的管理办法。"其诸方杂人来附者，总谓之'乌丸'，各以多少称酋、庶长，分为南北部，复置二部大人以统摄之。""乌丸"就是"乌桓"，这一称谓，意味着"乌桓"这一部族，此时已完全融入拓跋氏的族群，作为一个独立部族的"乌桓"，事实上已不存在了。

以上这"南北两部"，在拓跋代国的权力核心之外，由拓跋什翼犍的弟弟拓跋孤来统管。

这种"一国两制"的创新，为什翼犍复兴代国，奠定了良好的基础。

燕凤改制的另一个重要成就，是明确了律法。拓跋猗卢的时候，刑罚过严，人民怨声载道。猗卢死后，刑罚制度名存实亡，直到燕凤改制，这种局面才彻底改观。燕凤规定的法律并不复杂，但易于执行。主要的法律有六条：

第一：废除拓跋猗卢时候的"连坐"制度。

第二：新设"赎罪"制度。犯了死罪的，可以献上金银财物和马匹等抵罪。

第三：犯有"逆反"罪的，亲族男女老少皆斩，也就是灭族。

第四：犯有杀人罪的，可以拿牛马四十九头来赎罪。相当于，一条人命值四十九头牛。

第五：偷盗罪。偷盗官方财产的，偷一赔五。偷盗私人财产的，偷一赔十。看起来，是更重视对私有财产的保护。这是进步。

第六：男女不以礼交皆死。这个就厉害了，从法律层面规定了社交礼仪，中原传统伦理道德观念，自此开始渗入这个北方部族。

这些法律一出，代国可真是海晏河清，一时祥和安定。

前面说过，拓跋什翼犍即位代王时，第一次有了国号，这个国号叫"建国"。这意味着，作为北方五胡建立的政权，拓跋代国第一次真正以国家的形象出现在历史舞台上了。

河流上下：他想定都于桑干的源头

汉化改制的同时，拓跋什翼犍将目光瞄准一条河。

这条河，跟中华文明大有干系。它就是漯水，也就是桑干河（我国现代女作家丁玲长篇小说《太阳照在桑干河上》所写的那条河）。

桑干河源出朔州，流经大同盆地、河北北部，与来自蒙古草原的洋河汇合后，称为永定河。在这条河的下游，最终诞生了伟大的城市北京。

而这条河的源头，同等重要。

《魏书》："（339年）夏五月，（什翼犍）朝诸大人于参合陂，议欲定都漯源川。"

为什么想要在漯源川建都？这是有历史渊源的。

我们先来上一节地理课，了解下漯水和漯源。

漯水，我们可以简单地认为，在拓跋氏崛起时期，是对桑干河的统称。为什么要说"简单地认为"这样的废话？因为漯水很不简单。在《水经注》里，桑干水算是漯水的其中一段；在当今，人们提起漯水和桑干水的名称来历和源头，那也是众说纷纭。十五个世纪沧海桑田，漯水水系经历了多少变化，也难知。对这个问题不想太纠结，所以只好简单地说。

漯水，从字面来看，应该正如《水经注》所记，是出于雁门累头山。

沧海桑田，今人又多认为，灅水发源于晋西北的管涔山，上源为源子河与恢河，一般以恢河为正源，两河于山西朔州附近汇合后称桑干河。

总之是，有那么几条"水"，在朔州境内汇合了。这个汇合处，有一著名的"神头泉"（古称桑干泉）。神头泉又称神头海，与宁武天池相通。神头海有七大泉群喷涌而出，为桑干河贡献了主要的水量。神头泉群又在附近形成几个较大的湖泊。

可以想见，在十五个世纪之前，朔州一带的水草远比现在要丰茂，泉眼四出、支流庞杂，是一个适合驻牧耕养的好地方。这就是为什么，在朔州神头泉，会留下"拓跋公主生三龙"的传说；这就是为什么，这个地方始终被认为是桑干河的重要母体。这个地方，就是灅源。

更重要的是，灅水出神头泉后，彻底变成一条贪吃蛇。

这条贪吃蛇与左右上下支流汇合又分流，如掌纹似的流经整个大同盆地后，出河北到北京。

简单罗列一下这条贪吃蛇在大同盆地的吞食过程：它从神头泉（桑干泉）出来后，先后吃掉马邑川水（今恢河）、武州塞水（今木瓜河）、枝津（该支流初段已不存在）、夏屋山（草垛山）水，入桑干支水。桑干支水东流，通结两湖，"东湖西浦，渊潭相接"，这两湖当时是很大的。然后又东北注桑干水，此后正式命名为灅水。之后又向东北吃掉如浑水（御河）和崞川水（今浑源县浑河），过恒山山脉和古繁畤。

不错，那个时候就是很多水。

很多水就会产生很多故事，很多故事就会有很多城池。

汉末两晋，在大同盆地，沿灅水有很多重要城池，我们前文讲到过的阴馆、马邑、楼烦、黄瓜堆、繁畤宫，乃至平城，都在灅水流域。

拓跋沙漠汗最早的驻地是阴馆。

拓跋猗卢又在黄瓜堆筑小平城。

拓跋什翼犍又在繁畤宫即位。

北魏时，又专在朔州山阴设桑干郡。

猗卢时候，跟刘琨要来雁门山北五县地盘，从草原迁来十万户拓跋部民，基本上把这里当作中部的重要生息地。

这些，都说明拓跋氏对漯水上游这个大同盆地的重视。

拓跋什翼犍在繁畤宫即位代王后，放眼四顾，像他的祖先拓跋猗卢一样，也看中了漯水源头的这一大片地域。这片地域，应该不在今大同附近，而是在今朔州附近。

这就是什翼犍"议欲定都漯源川"的地理原因。

当时，大宁已经失去了战略攻防要地的地位。而漯源川地处雁北腹地，南可通雁门，北可呼应平城，连通河北，确实是一个好地方。水草丰茂，在此处立都，还可以兼顾游牧和农耕。

但是定都是大事，什翼犍召集重臣开会，商议数日不决。

最后还是王太后一锤定音。王太后说："咱们拓跋家族，自你祖爷爷，你祖爷爷的祖爷爷以来，都习惯了到处迁徙。现在，代国经历了几次变乱，虚弱得很。如果你在这里筑城，一旦敌人再攻过来，你有把握打胜仗吗？"

王太后的懿旨，其实是话里有话。她说怕敌人打过来，这是实话。但她说的不能在这里筑城，绝不是因为"迁徙为业"，而是她还想回到祖宗的发祥地盛乐。那里毕竟是老革命根据地。

什翼犍是个孝子，也是个头脑清醒的人，他顺从地放弃了在漯源川建都的想法。

第二年，拓跋什翼犍在王太后的建议下，迁居云中郡的盛乐宫（这是盛乐附近的一处行宫）。但是都城还是要建的。第三年，在盛乐故城南八里处，修筑盛乐城。

这次新筑盛乐城，大大不同于往日——拓跋什翼犍在位39年间，都城再未迁移过。

以往今天都盛乐，明天迁居东木根山，后天改驻大宁的日子，一去不复返了。

这也是拓跋氏文明历程中的一件大事。

因为拓跋什翼犍是铁了心肠想要定居的，对于太后所说的"迁徙为业"，他始终不以为然。云中盛乐宫西距云中故城40里，东距盛乐不足40里，北距阴山80里，南距黄河君子津（今清水河县喇嘛湾）100里。这一带处于敕勒川平原中心地带，四周一马平川，为荒干水、白渠水、金河的下游，易于灌溉，土地肥沃。什翼犍在此大力发展农耕。

当年跟着他迁居襄国的五千余家部众，有不少人跟着他回来。这些人在中原学会了农耕，拓跋什翼犍便以盛乐宫为中心，设置官署，屯田垦殖。随着农业生产规模的扩大，农具制造、粮食加工等手工业也发展起来。

史载，367年前燕军队曾经过盛乐附近，因损坏了糜子田，而引起什翼犍的震怒。代国当时种植的农作物主要是糜子。糜子加工成炒米，可以改善部民的伙食；糜子的秸秆晒干后，又是上等饲草。农业的发展，让人和马的生活都发生了变化。农业的发展，让拓跋氏核心各部从此趋于定居，人口也大增。

反过来讲，拓跋什翼犍也从来没有忘记漯水流域。他在漯源川同样大力发展农耕，并数次在参合陂兴办讲武大会，东部的大同盆地，依然是一个重要的政治经济中心。这些，也为将来拓跋珪称帝后，迁都平城奠定了基础。

对"漯源"的关注，寄托着人类对水的记忆，以及拓跋氏对河流源头的探求。这种探求和记忆，从拓跋猗卢开始，到拓跋什翼犍，又延续到拓跋珪、拓跋嗣这两代北魏君主。

什翼犍的时代过去后，拓跋珪迁都平城。五年后，拓跋珪亲自视察漯源川，"规度漯南"，准备在漯水之南，面对夏屋山，背靠黄瓜堆，建造一座新城。天赐三年（406年），拓跋珪发八部男丁兴建漯南宫，方圆二十里，门楼十余丈。又围绕"南池"，建巨魏亭、桑干郡治所。于是，围绕南池附近，除了一宫、两亭（另有五石亭），上下游还有早期城、日中城、日没城、繁畤宫等等，《水经注》对此做了详细的记载。

泰常八年（423年），拓跋珪的儿子拓跋嗣"幸马邑，观于漯源"，对漯源川的景象赞叹不已。

我们只能靠想象来复原当时的景象。当时的大同盆地，也就是从今天的大同到朔州一带，水草之丰茂，堪称"塞上江南"。漯水诸支流纵横交错，形成一个又一个湖泊。上文所说"南池"，由东湖和西浦构成，枝津水从中流过，把两湖相连，源潭相接，水映高天，鱼龟潜游，雁凫栖息繁衍，有如仙境一般。

　　拓跋什翼犍的梦想，最终算是实现了。

　　灅源川虽没有成为北魏都城所在地，却成为皇家的苑囿之一。而且整个北魏平城时代，灅源川是百万内迁居民的重要栖息地，京畿的主要农耕中心。

　　这就是水的吸引力。

　　灅水（桑干河）全长506千米，流域面积2.39万平方千米。主要在今天山西的朔州、大同，河北的张家口3个市的范围之内。正如大同人文学者李尔山先生所讲："用准确的地理概念讲，她是大同盆地的'母亲河'。桑干河孕育了数万年的人类史（从'大湖泻，浴水出'算起），5000年的民族国家史，2400年的建城史（大同市）。她阅尽了高原盆地中的世事沧桑，冰河铁马，悲欢离合。大同，春秋代地，战国三郡，两汉平城，以及为今人耳熟能详的北魏京师，辽金陪都，明清重镇，绝不是桑干文化的背景，而是桑干文化的内涵。"

　　这条北方的河流，过河北最终注入永定河，流向北京。

河流上下：我住桑干头，结盟求永定

有一条河流，连接着拓跋氏的代国和慕容氏的燕国。

上游称桑干河，滋养着拓跋氏；下游今称永定河，贯穿燕国的北境。这条河，将拓跋氏与慕容氏的命运神秘联系在一起。

所以，是时候谈谈桑干河下游的慕容氏了。

在金庸小说《天龙八部》里，一心想复兴燕国的慕容复，总是跟一个姓段的过不去。在鲜卑族不断南下的过程中，倒真有这么一回事，鲜卑慕容氏和鲜卑段氏就过不去。

咱们不妨再从头叨叨几句。

遥想当年，早期鲜卑的檀石槐草原联盟解体，拓跋氏南下，鲜卑族形成几个重要的势力：中有拓跋部，东有宇文部、段部和慕容部。东边这几个，一般称为东部鲜卑。

东部鲜卑中的宇文部一直以来与拓跋部有姻亲关系。早些年，拓跋绰将女儿嫁给宇文莫槐之弟——宇文大人普拔之子丘不勤。后来，拓跋禄官又将女儿嫁给莫槐之子逊尼延。拓跋纥那失国后，还逃到宇文部住了七年。但是在拓跋纥那第二次出逃的时候，宇文部已经基本上被慕容部击破，名存实亡了。

在宇文部逐渐衰微的过程中，段部鲜卑先于慕容部崛起。段部鲜卑以彪悍著称。在拓跋猗㐌南下中原试探的时候，段部鲜卑已经和幽州王浚联手大战过石勒，后来刘琨也投奔段部。可惜段部虽盛极一时，却是昙花一现，很快被慕容部和石虎联手攻灭。在东部鲜卑中，段部最为信奉武力，拒绝汉化，因此最后也成为消失得最干净的部族。

相比起来，慕容部恰似段部的反面。慕容部对汉文化有一种近似饥渴的迷恋，他们重视农业，鼓励蚕桑，建立学校，推广儒学，到慕容皝统治的时代，慕容氏在语言礼仪等外观上，已经和汉人看不出多少区别。这可能也是慕容氏能在十六国时期反复立国、名震中原的原因之一。

在拓跋什翼犍即位代王的时候，慕容部已经建立燕国，成为虎视中原的强大势力。而且不论军力还是文明程度，都大大超越拓跋氏。

经过连年战乱，拓跋氏早年的根据地之一大宁已被慕容氏控制，如何保障东线的稳固，是什翼犍上台以来需要考虑的第一个问题。

在这种情况下，拓跋什翼犍不得不笑脸东顾，将姻亲的红丝线伸出来。

在这件事情上，拓跋什翼犍是十分认真的。他派重臣到燕国，备了厚礼拜见燕王慕容皝，提出了"拓跋氏与慕容氏世代结亲"的睦邻友好政策。没想到，慕容皝欣然接受。其实慕容皝早已求之不得，他一直想南下攻赵，又担心西部边境不能安稳，也早想和拓跋氏结盟。现在，拓跋什翼犍伸出了红丝线，岂非天作之合？

什翼犍和慕容皝的结亲，是相互的、你来我往的、不间断的、不把血液混在一起誓不罢休的结亲，是切合两国国情和实际需求的、影响深远的血亲联盟。

请看他们相亲相爱的过程：

建国二年（339年），拓跋什翼犍迎娶慕容皝的妹妹为王后。

这个慕容王后是个短命鬼，嫁过来两年就去世。什翼犍和慕容皝都表示遗憾，于是，在这年（341年）的十二月，慕容皝又向什翼犍推荐了自己的女儿，作为皇后的人选。

但是拓跋什翼犍却没急着迎娶，一直拖了两年。为什么不急着娶呢，因为这个女子并不是慕容皝的亲生女儿，而是他的同宗侄女。这在古代和亲中也是常有的事情。什翼犍有点怀疑慕容皝的诚意。

两年后，也就是建国六年（343年）秋八月，慕容皝派来使者催婚，一再表示这个同宗侄女虽不是自己亲生，但已经入了宗籍，比亲女儿还亲，而且人才品德都是一流，还是早点成婚吧。

为什么慕容皝会变得这么主动呢？因为他这几年又是忙着攻后赵、远征高句丽，又是迁都，还抽空消灭宇文部残余，前方军事吃紧，需要一个稳固的大后方。

话说到这份上，拓跋什翼犍当然会卖这个人情。

建国七年（344年）春二月，拓跋什翼犍派大臣长孙秩远赴燕国境内的和龙（今吉林省东南），迎娶新王后。车驾在路上来回走了四个月，到六月的时候才返回代国。七月的时候，慕容皝再次派来使者，婚事终于在双方嘉宾的共同见证下办了。婚宴期间，使者还捎来慕容皝的另一个请求，大意是说：代王阁下，你娶了我女儿，无形中我成了你丈人，感觉很不好意思。不如这样，你也嫁一个女儿给我，当我的后妃，这样咱俩就扯平了，谁也不亏欠谁。

拓跋什翼犍想，买卖公平，准了。于是，这年九月，他将自己的侄女，也就是大哥拓跋翳槐的女儿嫁给了慕容皝。

这之后，拓跋家和慕容家的关系是真正亲密起来了，逢年过节，都要互派使者送点礼，叙叙旧，表达一下睦邻友好之情。

建国十一年（348年），慕容皝去世，其子慕容儁代立。建国十九年（356年）冬，慕容儁前来求婚，拓跋什翼犍应允。第二年五月，两家再次成婚。

建国二十三年（360年）夏六月，皇后慕容氏逝世。史称昭成皇后。昭成皇后生两子：拓跋寔和拓跋翰。同年，慕容儁死，其子慕容暐继立，什翼犍派使臣前往吊唁，并送去丧礼所需的财物。

建国二十五年（362年），慕容暐又将自己的女儿嫁给拓跋什翼犍作为妃子，姑称慕容妃。这个慕容妃很能生，《资治通鉴》中明确记载的就有六个儿子。

拓跋氏和慕容氏的姻亲，意义是十分深远的。在一定程度上，拓跋代国之所以能够在后来的岁月里死而复生，正是得益于这份姻亲关系。

拓跋珪复国，靠的就是舅舅慕容垂的支持。

铁弗恩怨

341年秋，拓跋什翼犍刚在盛乐城站稳脚跟一个月，西部边境就迎来了一位老对手。

这个老对手，就是为拓跋氏打酱油的老朋友——刘虎。如果没有记错的话，他曾在310年被拓跋猗卢和拓跋郁律狠抽了一顿，又在318年被拓跋郁律击破，还釜底抽薪挖了他一条臂膀（刘路孤）。

但这个朋友不是天生打酱油的，在他的世界里，他也曾经当过主角，而且他还是"铁弗部"这个大型游牧公司的创始人。

所以在谈刘虎之前，先说说铁弗部的来龙去脉。

铁弗部和拓跋部，可谓生来就是对头，这从他们部族名称的来历就能看出来。拓跋，是鲜卑父，匈奴母；铁弗，是匈奴父，鲜卑母。所以历史上，铁弗部又常常被称为铁弗匈奴。

很多年前，拓跋部还未抵达盛乐，拓跋力微还是个毛头小伙，大胡子曹操就将南迁降汉的匈奴分为五部。其中北部匈奴四千余落（大约几万人吧）居住在雁门、管涔山南北，指挥所则在新兴县（今忻州）和雁门郡。

又过了些年，正是拓跋力微以盛乐为中心建立草原部落联盟的时候，统领北部匈奴的刘猛（兼任右贤王）因不满西晋对匈奴人的欺压，发动了一场叛乱。刘猛联合塞外部落进攻并州，兵败被杀。这一年是271年。

刘猛死后，他儿子刘副仑带领部众逃往盛乐投靠了拓跋力微。

刘猛的兄弟诰升爰不愿依附别人，率众驻牧在今忻州北部狭长的地带，他们像幽灵一样游荡，并与鲜卑人接触。他们娶了鲜卑女子，生了娃，逐步混血成一个新的部族。到诰升爰的儿子刘虎的时候，干脆称自己的部族为"铁弗"。

铁弗部族从诞生起，就被拓跋部压得抬不起头来。拓跋氏的两个猛人拓跋猗㐌和拓跋猗卢，从平城到雁门不断碾压，逐渐把铁弗部挤进忻州西北部的山区。为了获取地盘，铁弗部首领刘虎将目光瞄准一个软柿子——时任西晋并州刺史的刘琨，要跟他抢地盘。这时，已是公元310年了。

310年发生的事情我们前文讲过，此处当换个角度，重新温习一遍。

当时，西晋的并州刺史刘琨困守晋阳，铁弗刘虎见有机可乘，与白部鲜卑联合，进攻新兴（今忻州）、雁门（今代县）二郡。刘琨打不过，就找拓跋猗卢助战。

前面谈过，这一战，刘虎损失惨重，只带了少量残兵向西逃窜。

拓跋部在后面猛追，沿路砍杀，在今日朔州平鲁、右玉的败虎堡和破虎堡一带，又将铁弗部连根铲起。

败虎，破虎。刘虎啊刘虎，你的名字真不应该叫"虎"。

刘虎在黄河以东眼看再无立锥之地，决定渡过黄河西逃。

刘虎的堂弟刘路孤却是个投降派，他劝他哥："拓跋氏是草原雄鹰，白部大人跟他们作对，每次都以失败告终，就连刘渊也怕他们几分。刘副仑早就有这种远见，早早投靠了拓跋力微，不如，咱们也服个软……"

刘虎仰头，不语。

刘路孤不死心："黄河以西是刘聪的地盘，刘聪凶恶残暴，哪能容得下咱们？"

已经疲惫不堪的铁弗部众都纷纷附和，表示再这么逃下去，马都要累死了。

刘虎冷冷地看着众人，飞身上马，折箭盟誓："谁再敢说投降的话，有如此箭！我此生与拓跋氏势不两立，请大家相信我，有生之年，我一定会打回来。"

自此，刘虎与刘路孤不和。

但他好像是只打不死的"小强"，带残兵埋头逃窜，最终还是在小沙湾一带向西渡过黄河，逃到朔方（刘虎的主要据点在鄂尔多斯沙漠南缘，无定河上游），落了脚。

自伯父刘猛叛晋出塞、父亲诰升爰继任首领以来，部众一直在塞北与鲜卑人混居，此时到刘虎自己手里，却落了个鸡飞蛋打。铁弗部原来驻牧过的地方，最终成为拓跋猗卢的地盘。猗卢将十万户拓跋部众南迁到雁门关以北的五县，给当地居民来了一次大换血。

而刘虎也不算毫无所得。他这一逃，也逃出了十六国时期的一个重要割据势力。后来的大夏国，因此而生。

逃到朔方的刘虎，过了几年寄人篱下的生活。如他所料，当时的后赵皇帝、刘渊的儿子刘聪高兴地接纳了他。刘聪封他为楼烦公、安北将军，监鲜卑诸军事。也就是说，刘聪利用刘虎的复仇心理，把他安插在朔方，专门来对付盛乐的拓跋势力。刘虎当然也想伺机抢回河东地盘。

这样休养生息几年，刘虎的羽翼渐渐丰满，周围也有不少散落的杂胡部族来归附。而他，终于也等来了一次新的机会。

316年，拓跋鲜卑内乱，猗卢身死。317年，拓跋郁律偏安在盛乐即代王位。趁拓跋郁律立足未稳，318年，刘虎再次出兵攻打拓跋代国的西部。这一次，刘路孤给他来了一个釜底抽薪。

刘路孤说："哥，你当前卫，带兵急进。我带兵从后面包抄。"

刘虎原来也不把希望放在软蛋刘路孤身上，就同意了这个计划。本来讲，两军的实力相差不是很大。但从战斗一开始，刘路孤所部就按兵不动，只是冷眼看着刘虎上前挨揍。孤军深入的刘虎很快就溃败，再次率残兵逃亡。而刘路孤呢，却从此东渡黄河投降了拓跋部，还自称"独孤部"……

两次战役，好像是专门给拓跋部送地盘送人，刘虎真应该被评为"最佳友情演出奖"。

刘虎当然不服。但不服也没办法，这一战直属部众损失一半以上，原先的盟友也都作鸟兽散，只能从头再来。此后，拓跋代国陷入十余年的内部争斗，而刘虎也无力东征。

从某个角度上来讲，"常败将军"刘虎也有让人钦佩的地方。如果他生活在当代，一定是巨人集团史玉柱那样的人物。跌倒了，大不了再爬起来。于是，破产的刘虎再次从小商小贩做起，重开公司重开灶，招兵买马、锐意图强。就这样起早贪黑地干了二十几年，铁弗部在老板刘虎的正确领导下，终于东山再起。而刘虎呢，却已白了头发。当年打天下时用过的那张弓，也已搁在墙角，再也拉不动了。

人往往就是这样，越能打拼的人，就越是放不下。而且是越老越放不下。对刘虎来说，最放不下的，是屡战屡败的耻辱。谁说老了就必须放下恩怨？

公元341年，刘虎重振旗鼓，再次进犯拓跋代国的西境。

此时代国的领袖，正是刚刚上任、刚刚定都盛乐的拓跋什翼犍。

刘虎有他的盘算：这个拓跋什翼犍是个毛头小子，流落中原十年，已经被惯坏了，估计是拉不得弓，骑不得马。而且盛乐城刚刚建设一半，城墙还没有合拢呢！

铁弗部众也都群情激荡。汉人兵法云：哀兵必胜。这一战，胜算至少有九成。

但刘虎还是算错了。两军刚一交锋，他就发现对方的排兵布阵大不一样，还有些看不懂。刘虎的军队整个懵了。刘虎没有料到，在中原十年的拓跋什翼犍根本就没闲着，人家泡在后赵的军营里，早从后赵石勒、石虎的军中，学到了治军必胜的法门。石勒、石虎是什么人？有这样的老师，学生能差得了吗？

刘虎没有让我们失望，他很能打，也很能败。这一次，他又败给了小伙子拓跋什翼犍。他天天盘算着复仇，盘算了二十多年，终于等到这一天。但这一天，跟他预想的，差别有些大。

这是他最后一次失败，也是败得最惨的一次，全军覆没，只有他一个人灰溜溜逃回来，不久就死去了。

但铁弗部并没有就此衰落。

话说，有一种竞争对手，叫作死对头。有一种死对头，叫作冤家。冤家嘛，又免不了会结亲。

拓跋部和铁弗部就是这么一对冤家，两家争斗了几个回合，现在也该和好了。至少是，该表面上和好了。

刘虎一死，他的儿子刘务桓重新召集部众，当了首领。刘务桓是个务实的人，既然打不过拓跋什翼犍，就认人家当老板呗。送上投降书：我铁弗部以后就归你领导。

什翼犍也做了个顺水人情，将女儿嫁给了刘务桓，算是一家人了。

刘务桓当然也得有实质性表示，他将儿子刘悉勿祈和部族首领子弟共12人送到盛乐，充当"质子"，表示正式加入拓跋氏的集团公司。

实际上，两家只能算是结盟关系。对什翼犍来说，要西渡黄河吞并铁弗，这时也是天方夜谭。刘务桓呢，为了保存实力，只好暂时低头。两人都各怀鬼胎。什翼犍忙着和慕容部结亲，和石虎互通使者示好。刘务桓也是表面臣服于拓跋部，暗中与石虎相通，担任后赵的平北将军。但不管怎么说，拓跋和铁弗，总算在之后的十几年内，保持了睦邻友好的关系。

在这十几年里，两家都暗中进行军备竞赛，准备着再次交手。

拓跋什翼犍的帝王养成术

没在草原打过猎，没跟父亲骑过马，9岁到中原当人质，19岁返回北方即代王位，无论从哪个方面来说，拓跋什翼犍都不像是一个有战斗力的人。

然而，刚刚即位就遭遇铁弗入侵的拓跋什翼犍，却轻描淡写就取得胜利。这让所有人都擦亮了眼睛：没想到，这小伙子还是有两把刷子的。

但实际上，拓跋什翼犍绝不只有两把刷子。

在拓跋什翼犍归国之前，拓跋各部族的长老们对他并不看好。要不是拓跋孤力挺，代王的位置根本不会是什翼犍的。所以什翼犍在上任之初也十分头疼，就如何树立威信，增强凝聚力，他倚仗汉臣燕凤的才能，做了不少事情。

对于他的这些作为，一开始人们普遍认为：这只是年轻人在胡折腾而已。

但反攻铁弗刘虎的捷报，给了拓跋什翼犍一个大大的筹码。什翼犍出手很快，马上用这个筹码打出了一张好牌。

大破刘虎的第二年夏天，也就是半年之后，拓跋什翼犍在参合陂举行了一场比武大会。

对这场"比武大会"，拓跋什翼犍非常重视。他安排燕凤亲自担任这场比武大会的主策划和总指挥，并做出指示：不惜代价把排场搞大，就是要做给别人看。

燕凤自然不辱使命。他亲自撰写聚会通告，召集各部首领，在通告中还添油加醋地把拓跋什翼犍平定边患的武功和内政外交策略大大赞誉了一番。他亲自布置会场，会场中间筑起高台，旗帜、斧钺、钟鼓器乐齐备。按照汉人的国家级大会规格，还安排了领导讲话、军事方阵检阅和授衔等仪式。一时间，各部人马齐聚，列阵四方。旌旗蔽天，在参合陂猎猎作响。钟鼓齐鸣间，代王车帐缓缓推出，巨人般的拓跋什翼犍长发披腰，登台献祭，台下欢声雷动。其声势已不亚于"桓帝葬母"时的盛况。

这是拓跋什翼犍即位以来的第一次"全国代表大会"。这次大会不仅是朝会，也是比武选拔良将，炫示国威，增强凝聚力的大会。

从此以后，拓跋代国形成了一种制度，每年夏季在参合陂举行比武大会。大会庆典日，就选在农历七月初七，牛郎织女相会的日子。

在这个日子，他们不是谈情说爱，而是舞刀弄剑。这也真是，除了彪悍的游牧部族，谁也不会有这样"奇葩"的想法。直到今天，大同一带的年轻人过七夕，也不是穿针乞巧，说悄悄话，而是女孩们跟着男孩出去撒风。再说回来，让大同的美女们做女红，也真有点难为她们。

拓跋什翼犍不是一个只会打仗的莽汉，也不是一个好大喜功只懂炫耀的富二代。他这个人很有点意思。

有点意思的意思就是，你常常捉摸不透他会怎么想。

追随燕凤一起来代国效忠的许谦是个能人。但这个能人有个不太好的习惯，喜欢顺手牵羊，把不属于自己的东西拿到自己家里来。这一点，跟偷嫂贪污的汉朝陈平有那么点像。

话说有一次，许谦利用自己郎中令的职务之便，从国库中盗取了两匹绢丝。可巧，这事被管账的一名侍从看到了，就来向什翼犍汇报：

"代王，郎中令盗绢丝二匹。"

什翼犍不动声色："这事我知道了，不必多言，退下吧。"

代国不缺牛马，但这绢丝可是进口货，在当时属于稀有财宝。按照代国律例，盗取官方财物，偷一赔五，许谦是赔不起的。就算是赔得起，这人就丢大了。

什翼犍就把这事给压了下来，不许左右声张。为啥压下来呢，什翼犍爱才嘛。况且，人家是拖家带口，领着全族人来投靠的。当今正是用人之际，不可因小失大。什翼犍多少也在中原学了几年帝王之术，关于刘邦当年对待贪污犯陈平的典故，还是有所了解的。

但什翼犍不是刘邦，他还留了一手。他去找许谦的同乡，左长史燕凤。

他一见燕凤，就拿出一副刚吃了蟑螂的表情："燕凤哪，我最近是不敢见许谦啦。"

燕凤惊问："出什么事了？"

"许谦从国库偷了两匹绢丝，被人发现了。"

燕凤不由失声："哎哟。这可是重罪。大王准备怎么办？"

什翼犍说："放心。我已经吩咐左右，把这事压下来。你也别告诉别人。要是许谦得悉我知道了这件事，也许会羞愧自杀。因为点财物让自己的爱臣受辱，不是一个明君所应该做的。"

燕凤点头称是。

不过作为同乡好友，燕凤还是瞅空将这事告诉了许谦。许谦当然是大为感动，肝脑涂地效忠拓跋氏两朝，最终被拓跋珪封为高阳公。

从这件事，可以看出什翼犍的驭人之术。

《魏书》上说，拓跋什翼犍"宽仁大度"。这四个字可不是随便说说的。

身为帝王，有时候装装样子很容易，但要装一辈子，而且在生死仇怨上也能宽容，就是本性使然了。

帝王的"宽仁大度"，分三个等级。

最下等，是装样子也装不像的。代表人物就是汉末的袁绍。此公发迹之初，荀攸曾评价"绍以宽厚得众心"。但袁绍装了没多久就原形毕露。官渡之战时，谋士田丰向袁绍进忠言，袁绍不听。后来军事失利，袁绍很后悔没听田丰的建议。按理说，该给田丰厚赏，结果呢，怕被耻笑，把田丰给杀了。好像这样做就很有面子似的。此公后来嫉贤妒能的名气很大，怎么装也掩不住，只好在失败、屈辱和众叛亲离中死掉。

中等的，是那种能装一时，得一时之利，但最终原形毕露的。代表人物是刘邦，司马迁说他"仁而爱人，喜施，意豁如也。常有大度"。起家的时候，他什么人也能用，什么官也能给。成功后难免有兔死狗烹的作为。我每次想到韩信等人的结局，不为韩信叫屈，只为刘邦的名声惋惜。

最上等的，是懂得"众星拱之"的道理，即便是装，也能装一辈子。代表人物是李世民。这个人不仅大胆任用敌营人物，而且在对方屡次犯上的情况下，还能容忍。真的是不世出的帝王才。魏徵的故事，绝不是特例。李世民告诉我们，不怕手下将领有本事，不杀功臣，江山照样是稳的。可惜这样简单的道理，并不是人人都懂。

拓跋什翼犍这个人，历史花絮不多，但通过有限的记载，我认为他应该属于上等。在任用人才上，他是真掏了心窝子的。比方像燕凤这种奇才，在十六国时期是抢手货，前秦皇帝苻坚就成天给他抛媚眼、送礼物。要是把这些证据收集起来，给他定个"里通外国"的罪名，那是很容易的。对于苻坚和燕凤的暧昧关系，我不相信当时没有风言风语，但拓跋什翼犍始终像个聋子。这就是人格上的信任。所以燕凤自然会是，你以国士待我，我必以国士报之。拓跋代国最后能死而复生，与什翼犍对燕凤的态度大有关系。

在各部族争战不息的四世纪，草原和大漠赋予了这一方生民很多特点。有些方面，比如残忍、嗜杀、"乱伦"这种动物性，历来典籍记载很多，咱们就不说了。

但我们也不应该忽略，他们中有很多好的品质，值得我们学习。比如毅力的坚韧，胸怀的宽广。这种宽广来自大草原，也来源于大漠上刚柔相济的风。

我这几句话，貌似说得很矫情，但实际上真的是这样。

咱们来做一个对比。

很久以前，有一个以"仁"闻名的国君叫姜小白（不是那种我个人认为十分难喝的酒哈）。小白兄弟相斗，被敌营的管仲射了一箭。小白成了齐桓公后，管仲就成了死囚。最后还是多亏鲍叔牙力荐，小白才赦免了管仲的死罪并拜他为相，成就了一段佳话。

很久以后，又有一个叫铁木真的人，被敌营的箭手射中了坐骑，差点就挂了。这个敌营的人被抓住后，铁木真只是哈哈一笑："你很有将才，当我的千夫长吧。"于是，历史上多了一个叫哲别的神箭手，还被金庸先生写在武侠小说里。

这就是区别。草原的王们，被射一箭，被砍一刀，不当回事。

其实，铁木真这个故事的原版，应该是发生在他的前辈拓跋什翼犍身上。

在一次征讨高车部落的战斗中，拓跋什翼犍被敌人的箭手射中了眼睛。战事结束后，那名箭手被抓。什翼犍的手下个个恨得咬牙切齿，抽出刀来准备将这个倒霉的俘虏砍成碎块。什翼犍大手一挥，只是淡淡地说："大家各自为各自的主子卖命，怎么说也是勇士，放了吧。"

就这样，把这个箭手放了。放了……

这样的豁达，真的少有。

正是因为豁达与宽容，年轻的拓跋什翼犍得到蒙古草原腹地众多部族的支持，独孤部、贺兰部都是死忠粉，阴山北部新兴的柔然诸部落也均表示臣服。自拓跋猗卢去世以来，拓跋氏东西常趋分裂，至此才真正改观。从阴山南北、河套，到今日的乌兰察布、大同，乃至张家口，结成了铁板一块。这一块并不大的地方，成为将来北魏立国的核心区域。

在此区域以外，什翼犍还对漠北进行了持续的扩张。

什翼犍治国共39年，从力微到什翼犍的12位首领中，他一人在位时间占了四分之一，仅次于力微，可见他在草原诸部中的威信。

貌似是，拓跋什翼犍集合了他祖先的很多优点：拓跋力微的闯劲和创新精神，拓跋沙漠汗的汉化思路，拓跋猗卢的赫赫武功。所以，我很想在什翼犍的故事还没有结束的时候，就总结一下他具有突破性的事迹：

他全面按照汉族体制建立国家各级官制。

他首次确立职业军备制度和训练制度。拓跋氏原来是闲时牧马，战时全员出动，现在有了职业常备军。常备军的出现，也是拓跋氏走向现代文明的一个标志。

他大规模鼓励农耕，一改拓跋氏过去游牧为生的生活状态。尤其在盛乐附近和雁门关以北，农耕范围逐渐扩大。农业的发展，带来了人口的翻番，他在位三十多年中，代国人口从六十万发展到百万。

他扭转了拓跋氏持续近百年帝室相仇相杀的乱局，重用兄弟，以信任治天下。

他制定了较为完备的法律和基本的文教礼仪。

这些突破的意义在于，重新缔造了拓跋氏的国家文化。从此后，他们不再是所谓的蛮族，而是一个被教化的族群。即使再经历多少生死波折，拥有了文化的族群，就有了再生的力量。

十二个铁弗留学生

建国十二年，也就是公元349年，拓跋什翼犍的老东家——后赵石虎去世。

石虎一生作恶多端，残暴乖戾。上行下效，暴力基因在子孙中延续。石虎有十四个儿子，其中一个是养子。他宠爱老十三，死后先由老十三石世继位。老九石遵不服，杀死石世自立为帝。老三石鉴又不服，联合冉闵杀死石遵自立为帝。最后，冉闵又杀死石鉴自立为帝。

冉闵是石虎养子冉良的儿子，算是石虎之孙，本来是跟着石虎姓石的。他一当上皇帝，马上回复祖姓冉，改弦更张建国号"魏"，是为冉魏。这是公元350年的事了。

冉闵是中原五胡的一场噩梦。他上台后，颁布"杀胡令"，将石虎的子孙全数屠灭，又对邺城进行了惨绝人寰的大屠杀，累计近百万胡人官员士兵被斩杀，几百万匈奴、羯、羌、氐族包括中原的鲜卑平民受死，羯族在中原地区基本灭绝。

冉闵的暴行无异于自掘坟墓。北方的代国和东方的燕国马上做出反应。

建国十四年（351年），拓跋什翼犍召集群臣和各部大小首领集会宴饮。酒过三巡，什翼犍站起来发表讲话："冉闵篡权，尽数屠戮诸胡，中原纷争，无人拯救，我打算亲率六军，平定四海。"

他说话声音很高，也很坚定，满以为大家会群情激动，一起喊"打他娘的"。没想到换来的却是一片寂静，连喝酒的也停下了。

"怎么回事？"什翼犍有些吃惊。

过了很久，贺兰部首领贺赖头发言了："咱们草原健儿世代驻牧漠北，习惯了骑马打猎，下中原管别人的闲事干什么？大王从中原学来的那一套，我看……"

见什翼犍哼一声，瞥他一眼，赖头忙把后半句咽进肚子里。

但是话匣子已经打开，众人你一言我一语随声附和，都是反对出兵的。

"猗㐌大王那会儿也下过中原，但好像没捞到什么好处。"

"大王，我不是不愿意跟你出兵，但你想想，中原那么远，一年半载能打下来吗？"

"还不如北上大漠，去高车那里抢点牛羊……"

王太后坐在旁侧，什翼犍求助似的望向母亲。

王太后也摇头："咱们草原刚刚安定下来，柔然车鹿会刚刚归附，其心难测。你回来之前，草原各部不和，相互猜忌，现在好不容易好转，你又出兵。你能保证他们不叛乱吗？而且你看，大家都不愿意，这仗能打好吗？"

在一片反对声中，什翼犍宣布散会。回到宫中，闷闷不乐。

这时候，燕凤来求见。

什翼犍眼睛一亮，上前握住燕凤的手："先生今天都看到了，是不是各部都不服我？"

燕凤说："你是代王，代国内外各部，都尊你为共主，是不会起二心的。"

"那这事先生怎么看？"

"不可与战。"

"先生你也……"

"有三不可。第一，冉闵自己作孽，燕国必然出兵。燕王慕容儁跟随其父南征北战多年，与石虎抢夺城池，节节胜利。现在定然趁势西进，一路畅通无阻，咱快不过他。而且，他们若跟大王争夺中原，必然两败俱伤。第二，河西铁弗一直未能真心款服，咱们南下，盛乐空虚，铁弗定然会跨河袭击，动摇咱们的根本。第三，各部大人守旧，难以说服，如果一定强令他们跟随大王出兵，恐怕后果难料。"

拓跋什翼犍只好作罢。

这是拓跋什翼犍唯一一次入主中原的机会。但纵然他天赋英明，也无法战胜代国自身的局限性。汉化也好，改制也罢，都不可能一步登天，让他成为中央集权的君主。

后世有人读史至此，认为是拓跋什翼犍决策失误，痛失了一次良机，白白把大好江山送给慕容氏。此后慕容氏果然顺势西进，于352年攻灭冉魏，并于357年迁都邺城，取代了后赵、冉魏在中原的庄家地位。

如果让一切重来，什翼犍强行说服大家，率几十万军队南下……

历史没有如果。如果有如果的话，我还是不抱乐观的态度。慕容氏汉化已久，统领胡汉各族的经验毕竟丰富，燕齐之地与中原相接，民俗差异也不大，慕容燕国的胜利，是水到渠成的事。比起来，代国还比人家落后五十年，如果贸然出兵，即使没有燕国来相争，步子也迈得太大了点。

后来前秦苻坚就是犯了这样的冒进主义错误。刚刚统一中原，后方还没有安定，就急急投鞭渡江要攻灭东晋，终于后院起火。

从这个角度来看，拓跋什翼犍的这步棋并没有下错。

是非不论。北方局势就此重新洗牌，这已是无可奈何的事实。

此后燕国将代国的东部和南部咽喉死死扼住，终什翼犍一生，不能前进半步。而西南边境的黄河，也一直是他的一块心病。他一生曾多次巡视黄河渡口，有记载的大型考察至少有四次：

349年，西巡，至黄河而还。

356年，西巡，抵达黄河岸边。

362年，南巡，抵达君子津。

369年，南巡，至君子津。

他是闲得没事干，到黄河边上旅游吗？是黄河决口了吗？

当然不是。他是去看对岸的老朋友——铁弗。因为这个老朋友，时不时

会悄悄踅到他院门口，扔块板砖啊，撒泡尿啊，撕个对联啊什么的，让他过个年都过不好。

铁弗刘虎死后，刘务桓和拓跋氏保持了十几年的睦邻友好关系。但这个关系毕竟是脆弱的。刘务桓死后，黄河边果然有动静了。

356年正月，盛乐，拓跋什翼犍王宫。群臣上下正在鸣鞭播鼓，看跳舞吃羊肉，一封来自边关的告急文书送到了。

"大王，铁弗新任首领刘阏头阴谋反叛，叛军正在集结。"

拓跋什翼犍放下碗筷，马上召集兵马，西巡至黄河岸边。

隆冬，黄河冰面冻得铁板一块。黄河对岸，刘阏头已经集合好部众，黑压压站了一大片。

拓跋什翼犍命士兵将火把全部点亮，冰面反射，整个黄河如同烧着一般。

刘阏头已经被吓住了。他本来是准备偷袭的，现在事情败露，进退两难。

什翼犍派使者过河，传达他的口谕：

"自你兄刘务桓归顺我代国，十余年来交好如一家人。今日大军集结于此，所为何事？"

刘阏头讪笑："这个，操练一下兵马。"

使者昂然："练兵卫国是好事，你们应该多多防范西南，这里没你们什么事。"

刘阏头早已泄气，转头对部下说："散了吧，都回去吧。"

铁弗一众人马垂头丧气地回去。一场可能的边患就这样不动声色地消除了。

刘阏头偷鸡不成，反倒让拓跋什翼犍滋生了对他的戒心："是时候亮亮底牌了。"

拓跋什翼犍的底牌，就是铁弗刘务桓15年前送来的12个留学生（人质）。这12个人里，有刘务桓的儿子刘悉勿祈，还有其他铁弗贵族子弟。这15年来，拓跋什翼犍早已把他们养成了自己人。

15年前，按照燕凤和许谦的策略，什翼犍授命成立了一个学宫，也就是留学生班，将这12名铁弗人质和鲜卑贵族子弟集中在一起学习。学什么呢，学鲜卑语，学鲜卑贵族礼仪。经过15年潜移默化的政治教育，这12个人已经鲜卑化了。拓跋什翼犍把他们安排在自己身边，担任一些不重要的官职，时不时给点小恩小惠。鲜卑子弟们也早已跟他们打得火热。

拓跋什翼犍将他们集合起来，开了个座谈会。

什翼犍先跟他们拉了拉家常，比方说这些年来住得习惯不习惯，有什么要求，有什么想法什么的。然后忽然问道："你们想家吗？"

大家互相看了看，不说话。

什翼犍说："人都是父母所生，我知道你们都想家。现在是你们回家的时候了。"

顿了顿他又说："拓跋氏和铁弗氏同出一源，都是黄帝苗裔。按照汉人礼法，王位是父死子继。你们看，我的儿子拓跋寔，我已经立他为太子。"

众人点头，不知他是何用意。

只见拓跋什翼犍上身前俯，压低声音说："现在刘务桓去世了，谁应该继任铁弗部的首领呢？"

大家齐声道："自然是刘悉勿祈。"

拓跋什翼犍站起来，环视众人，声音提高八度："但是，刘务桓的弟弟刘阏头现在窃取了铁弗大人的地位，我们该不该夺回来？"

众人义愤填膺："请大王派我们回去，助刘悉勿祈夺回我们的土地和牛羊。"

这年春，刘悉勿祈等12人秘密渡河，潜入铁弗各部，游说部众反对刘阏头。经过一年多的策反，到358年的时候，刘阏头所部部民大多反叛，刘悉勿祈担任了新一任铁弗大人。

众叛亲离的刘阏头无处藏身，在一个初春的夜晚带领少量忠于他的部众悄悄渡河，准备向东逃窜。像他的祖先一样，他的运气同样不好。刚刚渡河一半，黄河冰面忽然塌陷，没淹死的部众纷纷后撤，投奔了刘悉勿祈。

而刘阏头呢，充分展现了他爹刘虎逃命的本事和惊人的轻功，居然成功渡过黄河，只身逃往盛乐，找拓跋什翼犍投案自首去了。拓跋什翼犍微笑将他收留。此人后来改姓更名，毕生小心翼翼藏于拓跋氏深宫之中，忘却前事，得了善终。

西北望敕勒

拓跋什翼犍有两只脚。

一只脚，常在黄河边上；另一只脚，常在漠北草原。而且这两只脚往往前后相随。左脚一到河边，右脚必踏大漠，征伐高车。

高车就是本书一开始就提到的"丁零"。这个民族散布很广。除了匈奴、鲜卑、羯、氐、羌"五胡"之外，高车是两晋时期对中国历史影响最大的非汉民族，也是一个说起来特别绕的一个民族。

首先是名称很绕。汉魏时期，叫丁零；十六国和北朝时期，叫高车；隋唐时候，叫铁勒。关键是十六国时期，有人叫他们敕勒，有人叫他们高车，而早先内入中原的那些同族，还叫丁零。

其次是种族与分布也很乱。

高车族本来属于白皮肤蓝眼睛的高加索人种，但是在后来的民族融合中，也在不断发生变化。

咱们从他们还叫"丁零"的时候说起。丁零人早先居住在贝加尔湖畔，两汉时期，"苏武牧羊"的时候就见过丁零人。匈奴王冒顿时期，丁零被征服，数十万丁零人沦为草原上的奴隶。

后来匈奴衰落，丁零人和鲜卑人联手赶跑匈奴。此后，丁零人分为四股。

一部分丁零人留在漠南，和匈奴、鲜卑融合。北魏"勋臣八姓"中，有两个姓氏就属于丁零姓氏。在"内入六十八姓"中，有至少二十个姓氏属于丁零姓氏。所以说，北魏鲜卑人是融合了白种人、黄种人两种基因。

一部分丁零人依旧住在漠北，人们叫他们"高车"或者"敕勒"。

一部分丁零人逐渐迁居到准噶尔盆地北部，成为今天维吾尔族的祖先。他们在那里还建立过一个国家，叫高车。北魏建国后，跟他们还发生了很多故事。

还有一小部分丁零人，游击队似的进入中原，和"五胡"杂居。其中最著名的丁零"翟氏"，还短暂建立过"大魏国"。

拓跋什翼犍远征的对象，是漠北高车，也就是那部分住在漠北的丁零人。漠北高车人口众多，分布范围极广，实际上占据了大漠南北的广大地区。

高车人都是优秀的造车专家，以造车业闻名当世。他们造的多辐条车，车轮直径最长者达1.4米左右，超过了当地牛身的高度，与马的身高相差无几。这种高轮大车，可以在草茂而高、积雪深厚，且多沼泽的地区顺利通行。"高车"这一称谓，就是这么来的。

高车人也都是优秀的畜牧专家，比鲜卑人还会养牛羊。人均畜养能达到百余头，富得流油。

造车手艺高，牛羊多，不见得打仗厉害。高车各部族没有统一的联盟首领，打仗的时候也不讲究行列阵势，就是左冲右突各自为战。鲜卑拓跋氏就笑他们"不能坚战"。

所以他们就常常成为骁勇善战的鲜卑人的猎物。

拓跋什翼犍第一次征伐高车，在建国二十六年，也就是363年。

征伐高车，在一定程度上是被逼的——被他大舅子慕容儁和外舅慕容暐给逼的。

357年正月，慕容儁派慕容垂、慕容虔率军八万，掠过代国的东北边境，突入高车。此时正是严冬，高车诸部按照惯例"避寒向温"，转牧于大漠与阴山之间晒太阳。高车毫无准备，也毫无战斗力，前燕军队大肆抢掠一番，十余万高车人被斩杀和俘虏。被打懵了的高车诸部赶紧乞降，主动送上马、牛、羊等贡品。此战还顺便挖了代国的墙脚，原来归附代国的贺兰氏一支——贺赖头率部落三万五千口也被迫投降了前燕。前燕将他们安置在代郡平舒城（今大同广灵附近），作为两国军事缓冲带的一枚棋子。

362年，燕将傅颜率军再次袭击高车，"大获而还"。

对于大舅子这种家门口抢食的行为，拓跋什翼犍当然不能示弱。他没有跟前燕动手，而是喊着"高车是拓跋氏的高车"这样的口号，于363年发动大军袭击高车。

他的时机选的是阴历冬十月，也是高车部族南迁漠北晒太阳的日子。没有什么悬念，"大破之"，抢了一万多人口和百万余只马、牛、羊回来。算是小小回敬了前燕一下。

这段时间，前燕在中原战事太多，后勤供给匮乏，急需一个大后方补充养料。很明显，高车诸部的人、马、牛、羊就是天然的后勤库房。高车人可怜啊，前燕想要抢他，控制他，代国却想要更高的控制权和资源开发权。于是，两个掠夺者之间的矛盾达到了燃点。

367年阴历二月，前燕大将慕容厉再次长途奔袭高车诸部，经过代国边境时，践踏了代国的穄子地。代王拓跋什翼犍非常生气，他本来正在准备渡河西击铁弗，这时便整顿军马，掉过头来，准备切断慕容厉的后路。

慕容厉早有预防，早在出征时，就安排前燕平北将军慕舆泥率领幽州军，在代国边境的云中城（今内蒙古托克托东北）戍守，等于是安排了一枚钉子。

对于前燕在家门口的挑衅行为，拓跋什翼犍这次再无姑息，亲自率大军猛攻云中。这是代国与前燕唯一的一次正面交锋。前燕是入侵者，代国相当于是卫国战争，军士们士气高昂，很快就攻下了并不坚固的云中城，慕舆泥弃城逃走，燕振威将军慕舆贺辛战死。慕容厉见势不妙，早带着抢来的数万头牛马绕道走了。

拓跋什翼犍这次大败前燕军队后，彻底切断了前燕掳掠高车的去路。此后，什翼犍渡河击败铁弗，休整两年后，再次于370年阴历冬十一月征伐高车。此时前燕已被前秦攻灭，代国成为高车南部唯一的征服者。很多高车部族屈于代国的武力，表示臣服，并定时缴纳数量巨大的马、牛、羊等贡品。

在征伐高车部的间隙，什翼犍还攻破了没歌部，将兴起不久的柔然各部收服，势力范围北达大漠，西部与前凉国接壤。东自濊貊高句丽，西及破洛那（为吐谷浑一支，早期在今甘肃、青海等地），"莫不款附"。

这也是拓跋各部与高车、柔然诸部的大范围亲密接触。此后，又经拓跋氏几代人的努力，终于将整个漠南草原、中原和西域连成一片，各民族大融合。

在阴山脚下的敕勒川，至今有歌谣传唱不息：

敕勒川，阴山下。

天似穹庐，笼盖四野。

天苍苍，野茫茫，风吹草低见牛羊。

但是，拓跋什翼犍的几次征服活动，始终无法对朔方进行实际控制。而前秦的苻坚，却已经发展成一个巨无霸。

黄河，那个补不上的漏洞

很多年以后，当拓跋什翼犍囚居在潼关以西的长安城，他一定仍然会坚定地认为，他一生有一条永无法真正跨越的河。那就是黄河。

黄河是一道天堑，让盛乐城经年安稳无忧。但黄河也是一道障碍，让拓跋什翼犍的事业永远有一个漏洞，怎么打补丁也打不上。

直到他的孙子拓跋珪风云再起，将黄河降服为拓跋氏的内河，才真正把这个天大的漏洞填起。

咱们还得回过头来，重新谈谈朔方局势。

前面说过，拓跋什翼犍一手扶持的十二个铁弗留学生回到朔方，将刘阏头赶走，刘悉勿祈上位。

这是铁弗历史上最纯粹的亲拓跋政权，可惜好景不长，刘悉勿祈在位一年就死了。

刘悉勿祈正当盛年，他的死是一个历史疑点。虽然史籍对此没有记载，但我们能从中找到一些蛛丝马迹。因为刘悉勿祈一死，他的弟弟刘卫辰就迫不及待地杀死刘悉勿祈的儿子，自己上位。拥立刘悉勿祈的十一个铁弗留学生也从此杳无音讯。

其实这事情的苗头，拓跋什翼犍的王后慕容氏（昭成皇后）早就看出来了。

什翼犍送刘悉勿祈归国的时候，慕容氏专门交代他："回去后一定要提防你弟弟刘卫辰，那是个狼子野心的家伙。你若不听，迟早会死在他手上。"

《魏书·皇后列传》讲，昭成皇后慕容氏"聪敏多知，沉厚善决断"。她早就看出刘悉勿祈不是刘卫辰的对手。刘悉勿祈在"海外"花天酒地享福的时候，刘卫辰可是真枪实弹跟着父亲干过仗抓过生产的。在刘卫辰看来，自己才是根正苗红的接班人。他哪能放得过这个连口音都说不标准的哥哥？

缺乏政治斗争经验的刘悉勿祈没把慕容氏的话放在心上，于是，他就"死翘翘"了。他儿子也被杀，刘卫辰成了新一代铁弗领袖。

对于拓跋氏来说，这绝不是好事。

这是359年阴历四月的事情。到八月的时候，刘卫辰派他儿子到盛乐朝贡。所谓朝贡，其实是想要得到拓跋什翼犍的认可。

拓跋什翼犍毫无办法。再扶持新人？自己培植的人已经死光了。出兵攻打刘卫辰？人家已经来表示好意，有必要吗？何况，渡河……这个黄河真的是有点麻烦。

只好默认。同时好言抚慰：乖乖听话，不要乱来。

刘卫辰此时羽翼未丰，自然不会乱来。一年后，也就是360年，什翼犍的王后慕容氏去世，刘卫辰亲自到盛乐参加葬礼，还顺便向什翼犍求婚，把什翼犍的女儿带回家。两家就此和亲，算是再续前缘吧。

但什翼犍毕竟还是不放心，在出兵远征高车的前一年（362年），还专程到黄河君子津渡口视察，主要是监视刘卫辰的动向。这时候刘卫辰正跟前秦苻坚闹别扭，一心依附代国。

此后两年间，什翼犍专心远征高车、没歌等部，扩张自己在漠南漠北的影响力，也就没把刘卫辰放在心上。

但是什翼犍啊，我提醒你，该来的总会来的。

刘卫辰是个什么人？他是个狡猾多变、反复无常的人，同时也是具有坚定的铁弗精神的、死皮赖脸要为子孙打基业的奸雄。他依代国、依前秦、依后秦、依西燕、依后燕，依来依去，献媚献宝，就从来没有真正臣服过谁。

这样的人，注定要在乱世搅和风云。对于拓跋什翼犍来说，刘卫辰就是上天派来的克星，舞台上的第一大反派。

好吧，现在我们将主角位置交给刘卫辰。

铁弗部起家是在朔方的肆卢川，经过几代人的经营，慢慢向南发展，与新崛起的前秦接壤。所以，刘卫辰上台后，第一时间找的大哥不是拓跋什翼犍，而是前秦的苻坚。刘卫辰表达的意思非常清楚：第一，我铁弗部从此就投靠你了，是你"大秦"帝国不可分割的一部分；第二，我想跟你讨点土地，发展发展农业。

苻坚同意了，将关中闲置的耕地划给刘卫辰一部分。双方约定，铁弗部民春天来耕种，秋天收获后就返回。作为回报，刘卫辰也定时向苻坚进贡。

但是苻坚的部下就不乐意了。刘卫辰的部民刚刚进入关中，云中护军贾雍就派兵打劫，抢夺了很多财物。苻坚是个有大志的人，当然不能容忍这种做法，于是，罢免贾雍，归还刘卫辰财物，并加以抚慰。

刘卫辰很是感激，很想表达谢意。公元361年，过大年的时候，刘卫辰从前秦的边境掳掠了五十多人，作为奴婢进献给苻坚。话说这刘卫辰的脑回路也真是清奇，到人家家里抢上东西，再作为礼物送给人家，有创意。

苻坚当然很生气：从哪拿来的，送回哪儿去。小小年纪，学会偷了……

话说这刘卫辰还很爱面子，就跟苻坚翻了脸。地也不种了，年底也不进贡了，回过头又去盛乐，朝拜拓跋什翼犍，诉说相思之情。

但消停了没两年，刘卫辰就又坐不住了。

365年春正月，刘卫辰率众东渡黄河，准备袭击拓跋什翼犍。

这年过的！边报一起，什翼犍亲自率军征讨。两军根本就没有对阵，刘卫辰和他的祖先一样，打仗不行，逃跑有一套。逃了。

刘卫辰有句座右铭，叫"没个厚脸皮，不在江湖混"。吃了败仗的刘卫辰马上又跑到苻坚那儿：拓跋什翼犍欺负我，请大哥给我做主。

苻坚淡淡一笑：好吧，哥还罩着你。

可能是嫌苻坚不给他出气，半年后刘卫辰又反了。他联合匈奴右贤王曹毂，举兵二万反秦，攻打杏城以南郡县，屯兵马兰山。苻坚派建节将军邓羌攻打刘卫辰，在朔方的木根山将他擒获。做了俘虏的刘卫辰依然一副赖皮相：大哥我这下真的服了，以后铁了心跟哥干！

苻坚哭笑不得。毕竟，铁弗部还得有人管，你刘卫辰再胡闹，还能通了天不成？仍然让刘卫辰统领部众，还封他为夏阳公。

但拓跋什翼犍没有这么好的脾气。

他本来就对刘卫辰没啥好感。这货居然还闲得没事干，专门找碴。既然想打，就干脆来点硬的。367年冬，拓跋什翼犍发动了对铁弗刘卫辰的大规模进击。

十月的天气还不太冷，黄河河面布满了浮冰。人不能过，船不能行。

部下建议："大王，要不再等两个月，等黄河完全结冰了，再打？"

什翼犍说："兵贵用奇，这个时候渡河，能打他个出其不意。"

但是，这河该怎么过呢？

拓跋什翼犍笑笑，然后下令：左军割芦苇五千捆，右军编粗绳五百条，后卫运稻草百车，然后用粗绳将冰块缠绕、填塞冰缝，再将芦苇、稻草撒在冰上。

十月的西北风一刮，冰与草冻在一起，一架人工浮桥就此建成。众将士齐声欢呼：大王真是智计百出！

这个故事告诉我们，学好物理是多么重要啊。

拓跋什翼犍的大军过河后，刘卫辰的部众还各自在家里睡大觉，听到呼喊声，一个个来不及披挂就四散奔逃。腿脚慢的，要钱不要命的，还有睡眠质量特别好的，都做了俘虏。

这一战，俘获铁弗部人马、牛羊累计数十万。其他那些抓不走的铁弗部众，什翼犍派军士予以驱赶。自刘虎以来，惨淡经营三代的铁弗部，损失十之六七。

看起来，这一战应该把河西的隐患全部消除了吧？

非也，拓跋什翼犍还是棋差一着——刘卫辰逃了。此后，在苻坚的扶持下，逃了的刘卫辰再次返回朔方，重振残部。

只要刘卫辰活着，就永远给铁弗部留着一口气，就永远给代国留着一枚炸弹。374年，什翼犍再次攻打刘卫辰，没想到，刘卫辰再次成功逃脱。

拓跋什翼犍在位39年，铁弗部始终是打得赢又打不死的"小强"。什翼犍西征阿尔泰山，北伐大漠，已然是蒙古高原的王者。他刚好把黄河河套包住，但黄河河套的下半部分，却永远是过得来却降不服的漏洞。因为这个漏洞下面，垫着一把坚硬的锤子。

这把锤子，就是起于关中的前秦苻坚。

苻坚：真正的对手

367年冬，拓跋什翼犍发动了对铁弗刘卫辰的大规模进击。此役几乎是决定性的战役，刘卫辰领导的铁弗杂部覆灭大半。

然而，打了胜仗的拓跋什翼犍清扫完战场，居然啥也没干就回盛乐去了。

读者一定有疑问了，既然打了胜仗，对手都逃光了，拓跋什翼犍为啥不把朔方及周边这一大片地方接管起来，而是率部又回去了？

这就关系到朔方局势的问题。朔方以下，洛水以上，黄河以西，这块地方就是西北各部族的大杂烩。除了铁弗之外，还有什么丁零、黑羌、白羌、西羌、卢水、白虏、支胡、粟特，什么五部屠各（匈奴）、西域杂胡……乱七八糟就是一锅烩菜。问题是这各部落仍是各自分片居住，土豆还是土豆，肉还是肉，用一个碗把他们盛起来，还得有个具体掌勺的。

这个掌勺的，就是铁弗。自刘虎渡河以来，这地方最强盛的一支就是铁弗部，周围那些小部族，勉强还算听铁弗刘氏的召唤。

因为隔了一条黄河，拓跋氏始终没法把铁弗收服为"内入诸部"，只能作为藩属来控制。

相比起来，新兴的前秦对这一带的管理就方便多了。

我们可以这么理解，铁弗部本来是夹在代国和前秦之间的缓冲地带，随着前秦的逐步强大，实际上慢慢成为前秦的一个州郡。

这有赖于刘卫辰这个跳梁小丑的神助攻。

咱们再回顾一下。365年，刘卫辰联合曹毂反秦，失败被擒。这次叛乱引起了苻坚对朔方诸部的重视。他亲自驾临朔方，"巡抚夷狄"，然后对散在朔方的各部族进行了大清理和大整顿，曹毂部和刘卫辰部被强迁到长安东北的贰城与夏阳。

367年，拓跋什翼犍又渡河对刘卫辰及朔方诸部进行了一次大扫荡。这次扫荡实际上为前秦再次整顿朔方创造了条件。此后一两年间，苻坚对洛水到朔方一带的区域进行了分片管理，设定界碑，派驻护军，等于是直接统辖了这一片地方，稳定了北部边陲。而且，仍派遣刘卫辰回朔方，代为治理。

对于这个打不死、甩不脱的鼻涕似的刘卫辰，代王拓跋什翼犍真的感到心累。他向北用兵，打高车，打没歌，还和前燕干了一仗，所向披靡，唯有朔方一带成为一块心病。

更让拓跋什翼犍头疼的是，朔方下面的前秦好像打了激素，见风长。没错，拓跋什翼犍真正的对手来了，这个对手，就是前秦王苻坚。

苻坚比拓跋什翼犍小18岁。什翼犍继位代王的时候，苻坚才刚学会爬。什翼犍当代王的第十四个年头，前秦才在关中创立。什翼犍当代王的第二十个年头，苻坚才通过政变成为"大秦天王"。

这两人虽相差18岁，但颇有些共同之处：都有并吞天下之志，都提倡汉化、任用汉人，都很宽容，都是改革先锋。

只不过，无论从哪方面比，什翼犍都比苻坚差了一小截。呃，年龄倒是老了一大截。

年轻的大秦天王苻坚一上台，就重用汉人王猛，尊儒术、兴教育，搞汉化改革。而且在儒学教育和汉化上，比代国走得更远。他在关中地域全面扶贫，开矿山，抓农林渔业促生产。到363年拓跋什翼犍征伐高车的时候，苻坚管理的"大秦"已经出现繁荣安定的大好局面，长安城已经具备大都市气象。

拓跋什翼犍感受到了压力。

建国二十九年（366年）夏五月，他派燕凤出使前秦，刺探虚实。同时还有一层意思，此时他准备进攻刘卫辰，想看看苻坚是什么态度。当然，这个态度现在我们已经知道了：苻坚不仅不放手朔方，还想要代国。

燕凤一进长安城，就叹息连连："这才是文明该有的样子。"宫殿雄伟，楼阁林立，学校兴盛，长安大街更是宽敞繁华，甚至华丽的车盖下，还有文士吟诗作画。从长安到各州郡，还有新修的水陆交通要道，夹路是浓密的槐柳。这一幕场景，燕凤在梦中见到过，在梦中，他所辅佐的代王也建了一座城，正是这样的景象。

发展经济，兴儒学教育，国家才能富强。国家富强，才是战斗力的根本。但此时的代国，毕竟还是深受局限啊。

叹息归叹息，作为使者的燕凤，当然绝不能长他人志气，灭自己威风。

苻坚在大殿接见了燕凤。苻坚开门见山：

"代王是个什么样的人？"

"代王宽和仁爱，文韬武略，有吞吐天下之志。"燕凤的这句回答，不算是吹牛。

苻坚又问："你们这些北方野人，将士们没有坚固的盔甲，打仗没有严密的阵法，怎么能够吞吐天下呢？我看只能被人吞。"

燕凤昂然道："我们虽然盔甲不如你们坚固，但皮糙肉厚，勇猛彪悍。我们虽然阵法不如你们花样多，但战士们上马，手里能同时挥动三种兵器。我们征伐北方，万国臣服。现在我们有精兵百万，只要代王喊一声，大家就会同时进攻。而且，我们打仗不需要粮草辎重，轻装上阵，迅疾如风，没有粮草，就抢敌人的粮草。"

这还是实话。北方的轻骑兵，确实常常让南方的军队疲惫不堪。

苻坚又问："代国现在有多少人马？"

燕凤说："精兵几十万，战马一百万。"

说到战马，苻坚感兴趣了，他身子前倾，摇头道："战马不可能有这么多。"

燕凤说："大王算一算，云中川从东山到西河长二百里，北山到南山宽一百多里，每年的初秋，我们的马匹聚在这里，像野草一样稠密。这么说来，应该远远超过一百万呢！"

符坚又聊了些闲话，还表达了秦国和代国和平共处的意思。燕凤的一番吹嘘，确实也让符坚不敢轻举妄动，但"马匹一百万"这个信息，让他有些兴奋。他正缺马呢！

符坚对燕凤印象不错：这个北方汉人，仪表不凡，谈吐机智。虽然暂时不能为我所用，但迟早有一天，要纳入我的帐下。

临走的时候，符坚送给燕凤很多礼品，相约：再见之时，一如旧友。

从长安回来后，拓跋什翼犍问燕凤："怎么样？"

燕凤只说出六个字："只可和，不可战。"

什翼犍低头不语，自己身边卧着两只猛虎，秦国和燕国，都拥有富庶之地，虎狼之师。他第一次有了一种力不从心之感。

公元369年，燕、秦两国战事升温。不久，前秦占了上风，前燕内乱，一代枭雄慕容垂逃到长安，归附符坚。坐在代郡的拓跋什翼犍只能坐山观虎斗，眼睁睁看着符坚攻灭前燕。从中原到齐鲁的广大土地，成为前秦国土。从长安到东海的通道也已打通，前秦成为一个巨无霸。这个巨无霸正张开血盆大口，虎视着代国。

这时的拓跋什翼犍已经老了，代国内部也开始出现叛乱。他的时代就要过去了。

对于此时的前秦来讲，拓跋氏的代国成为最后的障碍。前燕被灭之后，前秦所占的朔方、幽州已经在一条线上，偏偏在这条线的中间隔了个代国，就好像好端端的高速公路，中间建了个收费站。这个收费站，非取缔不可。

对于代国来讲，这是个悲伤的故事。这个故事，我们下一章再讲。

我想再多说符坚几句。

在中国的帝王史上，符坚属于少有的好皇帝。学过中学历史的都知道，他开明，国家治理得好，打仗也很厉害，对待北方胡族和汉人都一视同仁，爱才，大度，文学修为也很高。如果不是淝水之战功亏一篑，他完全可以与历史上有名的大帝并称。柏杨就曾经这么夸张地说过："在中国数千年历史上，有资格称得上大帝的不过五人，他们是秦始皇、汉武帝、前秦王符坚、唐太宗李世民和康熙。"

　　苻坚也是稀有地被百姓封为神（苻家神）的帝王。

　　说实话，拓跋什翼犍最终能败在这个人手上，也不冤了。

贺氏，你的美丽不是错误

就像大多数曾经英明雄武的帝王一样，拓跋什翼犍晚年得了一种病。

老病。贪图美色，宠爱幼子，这是一种老病。对子女和老臣子弟疏于了解，一碗水端不平，看不到危机，这也是一种老病。拓跋什翼犍这两种老病都有。

拓跋什翼犍子嗣众多，最宠爱的是两个。老二拓跋寔，昭成皇后慕容氏所生，虽是老二，却是嫡长子，宠爱有加，自幼跟着燕凤和许谦学儒家文化。老三拓跋翰，也是昭成皇后所生，自小勇武过人，十五岁便带兵打仗，可惜年纪轻轻就战死了。

庶长子拓跋实君（一作拓跋寔君），不很受待见。

昭成皇后去世后，前燕慕容暐又送来一女作为什翼犍的后妃，我们可以称她为慕容妃。慕容妃很能生，膝下有拓跋阏婆、拓跋寿鸠、拓跋纥根、拓跋地干、拓跋力真、拓跋窟咄等。

昭成皇后贤德，因此拓跋什翼犍早将太子之位授予嫡长子拓跋寔。拓跋寔学汉礼，孝顺父母，又文武双全。什翼犍对他寄予厚望。

本来一切都很好。将来拓跋寔顺理成章继承代王，也没人能说些什么。

但因为一件意外，历史被改写了。

371年春，什翼犍邀请近臣和各部大人宫中宴饮。酒正酣，拔拔斤站起来献酒了。这个拔拔斤是拓跋"帝室十姓"拔拔氏的后人，世袭部族大人之位。什翼犍执政后，进行改制，很多所谓"大人"都失去独立性，这个拔拔斤实则是在北部大人的管辖之下。

拔拔斤对自己失去实权早有怨望，趁着敬酒之际，忽然从腰间拔刀，刺向什翼犍。太子拓跋寔一向跟父亲是秤不离砣，此刻正坐在什翼犍身旁。眼见拔拔斤一刀抽出，拓跋寔一跃而起挡在父亲面前，徒手与之格斗。

拓跋什翼犍躲过了一劫，但太子拓跋寔被刺伤了肋部。

众人一拥而上，当场将拔拔斤诛杀。什翼犍毕竟宽厚，拔拔斤的兄弟子嗣未受株连，后来世代传承，在北魏建国后，被改姓为"长孙氏"。

太子拓跋寔受伤太重，两个月之后便不治而死。

拓跋寔死时，他的妻子贺氏已怀有七个月身孕。

贺氏出于贺兰部，是拓跋氏最铁杆的两支外族亲戚之一（另一支当然是独孤部）。从拓跋郁律的时代，拓跋氏就已与贺兰部结亲。到贺野干统领贺兰部时，拓跋什翼犍将女儿辽西公主嫁给他作为侧室。太子拓跋寔长大后，拓跋什翼犍又去向贺野干求亲。贺野干便将正室所生的女儿嫁过来，成了拓跋什翼犍的儿媳妇。

拓跋什翼犍是贺野干的岳父，贺氏本应叫什翼犍"外公"，现在嫁过来，又得叫什翼犍"公公"。这个"亲上加亲"的关系真是有点乱。不过，更乱的还在后头。

话说这贺氏，长得姿色绝世、窈窕可人，是草原上百年一遇的美女。拓跋什翼犍第一眼见到儿媳，便觉十分喜欢，时常殷勤照料，不像公公对儿媳，倒像是大哥对小妹。自古英雄人物都爱美女，因为是自己做主娶来的儿媳，拓跋什翼犍倒是没有什么非分之想。

但太子拓跋寔死后，拓跋什翼犍的内心发生了微妙的变化。

这一日，拓跋什翼犍又去儿媳房中探望。一个死了丈夫，一个失去了爱子，两人难免相互安慰一番。说话间，拓跋什翼犍很自然地拉住儿媳的手，关切道：

"你腹中怀着太子的骨血，定要保重好身体。"

　　贺氏脸微微一红："也是您的嫡孙。"

　　什翼犍叹道："可怜，这孩子……将来你们打算怎么办？"

　　贺氏道："听大王的安排便是。"

　　按照拓跋氏的传统，丈夫死后，一般自然跟了丈夫的兄弟。不用改嫁，也没有仪式。在草原上，女人不过是男人们的财物而已。但代王对自己的亲昵态度，贺氏也早有觉察。代王虽年老，但代王若想要，自己也不能不给。此刻她自己不谈意见，实在是自己做不了自己的主。

　　拓跋什翼犍沉吟片刻，也不绕圈子了："这孩子，我交给谁都不放心。我想亲自照料他。"

　　于是，贺氏便做了拓跋什翼犍的妻室。公公变成了丈夫。

　　这没什么奇怪的。司马迁在《史记·匈奴列传》中早有记载："父死，妻其后母；兄弟死，皆取其妻妻之。"美人王昭君远嫁匈奴，也是跟了父子二人。后来李唐王朝也延续了鲜卑传统，李隆基就娶了儿媳杨玉环。看来美人的命运都差不多。

　　这年的农历七月初七，一年一度的"设坛讲武"大会在参合陂召开。一片锣鼓声、士兵操演声和兵刃相击声中，拓跋寔和贺氏的孩子出生了。

　　拓跋什翼犍非常喜欢，将这个孙子视为己出，取名"拓跋珪"。大赦天下，以示庆祝。

　　这次公开炫示，让人们在后来很长一段时间，都以为拓跋珪是拓跋什翼犍和贺氏所生。

　　事实上，拓跋什翼犍此后确实和贺氏生了三个儿子：拓跋仪、拓跋烈、拓跋觚。这三个孩子，与拓跋珪同母异父。从母亲角度讲，他们是拓跋珪的弟弟。

　　很多年以后，这三个孩子的身份成了一宗疑案，贺氏对此也讳莫如深。后代史官在记载中，把这三个孩子当作拓跋翰的儿子，也就是拓跋什翼犍之孙。但按照年龄推算，这三个孩子出生之时，拓跋翰早已战死。他总不能在死后还能生孩子吧？

　　再说了，骨血之亲怎能掩盖？此后经年，贺氏带着拓跋珪、拓跋仪、拓跋烈、拓跋觚四个孩子流落江湖，而拓跋珪对自己的几个兄弟始终情分深重。又很多年后，拓跋觚客死他乡，听闻消息后，贺氏悲伤而死，拓跋珪则几度昏厥。

对于贺氏和拓跋什翼犍的这段秘史，史家在记录中闪烁其词，所以颇多前后矛盾之处。对这一点，我们不用多理会。

抛开什翼犍的家事不谈。此时前燕已为前秦所灭，代国实际上已经处于前秦幽州、并州、关中和朔方的包裹之中。但什翼犍不服输，也不服老，试图突入朔方，解除前秦安置在河套下方的压力。

373年，什翼犍派燕凤出使长安，与苻坚谈判：刘卫辰与代国有世代恩仇，代王想渡河击之，希望大秦天王能保持中立。

此时苻坚正忙着攻打梁州和益州，急于突入蜀地，便给了个顺水人情，答应了。

374年，趁着苻坚平定益州叛乱，代国军队再次渡河攻击刘卫辰。刘卫辰丢盔弃甲，又一次跑掉。

之后一两年，拓跋代国获得了短暂的平静。

但平静只是表面的。在外，南逃的刘卫辰这个炸弹随时又会引爆。在内，拓跋什翼犍已经"老病昏悖"，诸王子明争暗斗，想要夺取王位；原来臣服的草原诸部也蠢蠢欲动。

这个世界，要变天了。

草原的那个黑夜

公元375年，被什翼犍逼得走投无路的刘卫辰，再次找到苻坚求救。

这给了苻坚攻击代国的理由。此时苻坚在东南蜀地的战事已经平定，稍作休整之后，于公元376年发起了与代国的大决战。

苻坚的布局是这样的：

东北线，从和龙（在今吉林境）、幽州、和上都（在今锡林郭勒境内）出兵，北面向西包抄，切断代国与北境贺兰部和高车诸部的联系。

南线，派大司马苻洛率兵二十万，以刘卫辰为向导，从朔方突破黄河，侵逼代国南境，准备与幽州兵会师代北。

就在大军压境、生死决战的前夜，代国发生了内乱。内乱的原因还是因为立嗣问题。

拓跋什翼犍晚年，在立嗣问题上始终犹豫不决。他喜爱的两个儿子——拓跋寔和拓跋翰，都早死。他内心偏爱嫡孙，也就是贺氏的幼子拓跋珪，可拓跋珪又太小。所以什翼犍对这个事情，就是拖，拖，说不定能拖到拓跋珪长大……

儿子们可没这么好耐心。庶长子拓跋寔君向来受冷落，但自太子死后，他的地位有所上升。慕容妃所生的几个王子，阏婆、寿鸠、纥根、地干、力真、窟咄等，大多已成年，都有继位的可能。可是老代王不说选谁，大家都心里没底。心里没底，又暗暗较劲儿。尤其是拓跋实君，受慕容妃的几个儿子排挤，心里一直憋着口气。

矛盾实际上是一触即发。

就在这时候，点火药桶的拓跋斤出来了。

在这里先声明一点：这个拓跋斤和前文所说的拔拔斤，可不是一个人。拔拔斤的后人，后来被赐姓长孙氏。拓跋斤的后人，则是世袭高凉王，一直到第五代高凉王拓跋纥，都还是姓拓跋，后来改姓元。这两个人，只是碰巧都叫"斤"，又碰巧都谋反了一下。

言归正传。拓跋斤是拓跋孤的儿子，但他和他老子一点都不一样。他老子拓跋孤，是一个毫不利己，专门利人，拥有高尚情操的人，代王的王位送到眼前，看都不看一眼。儿子拓跋斤就不同了，他对他父亲让位给拓跋什翼犍这事儿，一直感到遗憾。

当年拓跋什翼犍即代王位后，为了感谢拓跋孤，"分国半部以与之"，实际上是让他做了北部大人，另还有南部大人，是由拓跋实君担任。

拓跋孤死后，拓跋斤却没有如愿继任北部大人。没让他任职的原因也很简单：拔拔斤谋反，格杀太子，什翼犍要整顿北部。这就像多米诺骨牌，一个拔拔斤谋反，引起了另一个拓跋斤谋反。

做不成北部大人的拓跋斤，变成了一个妄图颠覆代国的反动分子。他早已看出代王各王子为了争位，相互钩心斗角，拆台设陷，人人自危；箭在弦上，弓已拉满，稍有触动，便会发生混乱。

现在前秦大军压境，更是人心惶惶，这正是极好的机会。

此时苻洛的二十万大军驻在君子津，随时将发动攻击。什翼犍已派白部和独孤部到黄河沿岸，与苻洛军对峙，自己在后军监战。阏婆、寿鸠等六个儿子各自调动人马布防，每夜安排军士在庐帐外守卫。

拓跋斤看在眼里，一个恶毒的计划盘算在心里。

他趁天黑摸到南部大人拓跋实君的营帐，故意显出神秘莫测又惊魂未定的样子。

拓跋实君心下猜疑，沉声道："老弟大半夜过来，何事？"

拓跋斤示意他屏退左右："大人，我感觉你的处境十分不利。"

"嗯？"拓跋实君皱起眉毛。

"有人想要你消失。"

"是谁？"

"不是一个人，阏婆、寿鸠、纥根、地干、力真、窟咄他们，都想要你的命。还有代王也……"拓跋斤继续说，"大人没听到传言吗，代王想要立慕容妃之子……只有你，是他们的障碍。"

拓跋实君惨淡一笑："哈哈，我哪有这么大面子。他们是后妃所生，而我，不过是寄人篱下的奴仆罢了。"

拓跋斤道："不管怎么说，大人是代王长子，而且又掌管南部，麾下人马众多。"

听了这话，拓跋实君有点犹疑，派手下悄悄去打探。

良久，探子回来禀报：

"大人，诸王子庐帐外有很多人点着火把，手执刀戟，整队来回走动，不知道是干什么。"

拓跋斤趁势道："他们这就是要准备对付你啊，大人。"

事实俱在，拓跋实君霎时大怒："我不图你，你倒来图我！"

当夜，拓跋实君秘密通知麾下各部集结，说有大事发生，慕容妃所生六个王子谋反，代王有危险，赶紧去救难。

他们的行动十分迅速，三更之前就赶到六个王子的驻地，包围夹击。六个王子正在睡梦中，听到外面呐喊声，看到外面火光连天，拓跋实君已经带着部将冲进来，逢男人就砍。

这一场大屠杀持续了一个多时辰，代王和慕容妃所生的众多王子、部将随从等几乎全部被诛杀。除了窟咄，其他王子全部不明不白地死去，他们没留下任何事迹，有的连名字也没有留下。

诸王子妃和少量残留下的部众逃出，连滚带爬，慌不择路，一路向北，最后居然遇到了邓羌、李柔、张蚝等率领的前秦东北线部队。军士将这些妇孺捕获，一问情况，知道代国发生了内乱，也顾不上等苻洛军会合了，李柔、张蚝带兵直奔云中，大肆砍杀，代国部众逃溃，国中大乱。发动叛乱的拓跋实君和拓跋斤得意没多久，就碰上李柔军，悉数被俘。

闻到军讯，苻洛军也大举进发，代国在前线抵御的白部和独孤部军心已乱，无力抵抗。代王拓跋什翼犍正患病，不能亲自上阵，在后方指挥。因为国内大乱，什翼犍此时手里能控制的只剩最后十万骑兵，他派忠诚能战的独孤部刘库仁为统帅，与前秦军队在石子岭交战，苦战后，刘库仁兵败被俘。

前秦灭代这一战，基本上没遇到多少有效的抵抗，不像是交战，倒像是收编。

代王病，诸王子自相残杀，贺兰部被前秦北军切断，只有独孤部勉强呐喊了几声。至于外围的柔然和高车诸部，这时候早已各自离散，寻找自己的快乐国土去了。

代王拓跋什翼犍带领残留部众，逃奔到阴山以北，过去臣服诸部已经叛离，无人来救。不久，什翼犍被前秦军俘获。

前秦统一北方，代国亡。

此后十年间，"代国"名号从地图上消除。

而祸国贼拓跋实君和拓跋斤呢？他俩被押送长安后，苻坚问明情况，大为感慨。如果不是他们作乱，代国还真没有这么容易打下来。

不久，燕凤从代地来长安，苻坚问燕凤：拓跋实君怎么处置？

燕凤说：此人不孝、不忠、不智，是罪恶的典型。如果留着他，等于为臣民树立一个坏的榜样。

于是，下令在长安西市车裂。

燕凤的一步暗棋

公元376年，代国国土沦陷，拓跋氏诸部全部沦入前秦。苻洛军与邓羌军在盛乐汇合，均不见拓跋什翼犍。又下令四处追击。

拓跋什翼犍时年57岁，又身染疾病，只带少量随从部众向北逃亡，一路逃到漠北。漠北高车诸部反叛，倒戈反向追击。这时正是隆冬十一月，人不得食，马不得草，什翼犍一行又折而向南，逃回阴山。不久，被秦军追获。（关于拓跋什翼犍兵败被俘一事，《魏书》中讳莫如深。但根据后人所撰的《晋书·苻坚载记》和《南齐书·魏虏传》，拓跋什翼犍是被俘到长安，并"入太学习礼"。拓跋珪等几个年幼子弟也随着留在长安，这才有后来的"坚败……随舅慕容垂就中山"。）

拓跋实君作乱时，贺氏带了拓跋珪、拓跋仪、拓跋烈和拓跋觚几个小儿子独自出逃。她的本意是逃回贺兰部找弟弟贺讷，但贺讷部已被秦军切断，不久受降。贺氏只好绕道继续北上。她的情况比什翼犍好不到哪里，也遇到了高车叛部的追击。贺氏命随从驾车折返，走到半路，固定车轴的车辖脱落，后有追兵，眼看就要遭难。贺氏仰天祷告："嘎仙之神啊，我这车上载着的可是拓跋王室仅有的后人，上天不会灭绝我拓跋氏吧，神灵助我！"

就这样一边祈祷，一边急行，走了一百多里，车轮居然没有脱落。众人逃到七介山（在今乌兰察布岱海西），惊魂未定，却也被秦军俘获。

什翼犍和贺氏及诸子被抓回盛乐，相见黯然。

如何处置这几个人，苻洛不敢做主，便亲自将什翼犍一家送往长安，等秦王苻坚裁决。

拓跋什翼犍和苻坚，两个绝世英雄，竟然以这样的形式初见。实在是造化弄人。

苻坚这个人，生平最敬重英雄好汉，不管朋友也好，敌人也好。不管是敌手也好，败将也好。他见拓跋什翼犍虽年老须白，满脸风霜病色，但肩背直挺，目光平静，不愧是一方英豪。忙喝散军士，下阶相迎，先请什翼犍等人落座。

客套几句，苻坚指着拓跋珪问贺氏："这个孩子是谁，看起来聪慧得很？"

此时拓跋珪才六岁，但已经晓得世事，深知问话的就是强占了自己国家的大对头，内心生出一股桀骜之气。没等贺氏回答，拓跋珪就站出来昂然说："代王拓跋什翼犍之孙，拓跋珪。"

苻坚鼓掌："好男儿！"

苻坚又问："那几个孩子呢？"

没等贺氏回答，苻坚就微微一笑："我的意思是，你们都在长安住下来。"

缓了缓又道："孩子们该上学了。"

其实，在此之前，什翼犍的能臣燕凤已与苻坚进行了一次长谈。

代国军败，燕凤、许谦是最受优待的"俘虏"。许谦被苻洛"请"到军中，左右参谋。燕凤则由苻坚下旨，带回长安。

苻坚一见燕凤就拉住手："先生总算来了，以后还望先生多出谋划策。"

燕凤俯首："亡国之臣，不敢多求。只是代北诸部初降，人心还没有安定，还望大王能体恤百姓，少生杀戮，安抚众心。"

苻坚呵呵一笑："那是自然。我正想问问先生的意见。"

燕凤反问："大王是怎么想的呢？"

　　苻坚道："有点为难，苻洛、邓羌等将，不习北地风俗，让他们打仗还可以，安置一方诸侯，不能靠他们。平定代国，刘卫辰功劳很大，而且他算是拓跋什翼犍的女婿，跟北方诸部多有来往。我想让他来管理。先生看他怎么样？"

　　燕凤不答，继续反问："大王觉得刘卫辰是个什么人呢？"

　　苻坚摇头道："这正是我发愁的。此人能力很强，但心狠手辣，反复无常，曾多次背叛我。"

　　燕凤顺势说："恶犬要用铁链拴住。"

　　苻坚："先生有什么办法？"

　　苻坚道："大王一定听过，当年汉武帝重用卫皇后的弟弟卫青，又怕他权力太大，就起用年轻的霍去病，两人同时担任大司马，以此来互相牵制。"

　　苻坚点头。

　　燕凤继续："独孤刘库仁为人豪爽，也有谋略，过去跟随代王什翼犍的时候，忠诚不贰，又能死战。现在归顺了大王，一定不会生异心。而且，他也是拓跋什翼犍的女婿。"

　　"你的意思是，让刘卫辰和刘库仁分统代国部众？"

　　"正是。代国西部让刘卫辰统领，代国东部让刘库仁统领。再设一人总摄，牵制此二人。"

　　苻坚鼓掌，哈哈大笑："我就知道先生定不会让我失望。人选就由先生定吧。"

　　燕凤道："贺兰部首领贺讷威信很高，让他久居在部中会对我们不利。不如将他迁居大宁，总摄东部。"

　　苻坚赞同。

　　苻坚又问燕凤想不想去见见什翼犍，燕凤说，还是不见为好。说起如何安置什翼犍一家，燕凤表示，如今大秦一统北方，民心思定，代王宗室不算什么威胁，反倒是留在手中的棋子。"北方局势，虽有刘卫辰、刘库仁、贺讷三人互相牵制，但久必生乱。什翼犍的嫡孙拓跋珪这孩子器宇不凡，等他成人后，还可以让他统领代北。大王应该好好待他。"

符坚初定北方，又想并吞东晋，一颗野心早安在江东石头城上。对于燕凤的意见，他虽不完全苟同，但也感觉没什么不妥。

于是，什翼犍一家人就此幽禁于长安深宫。和他们一起囚禁长安的，还有大乱中幸存下来的慕容妃之子拓跋窟咄。窟咄年长，跟他们并不在一起。

贺氏数次向符坚恳求，想带孩子们回娘家，符坚始终不发一言。到最后，干脆拒绝接见贺氏。

符坚又下令将代国部众分散安置在北方四郡，由刘库仁、刘卫辰分别监管。另加封刘库仁为陵江将军、关内侯。贺讷居大宁，为东部大人。

平代国最大的功臣符洛，是符坚的从弟，符坚任命他镇守和龙。代王故臣许谦一开始跟随符洛，不久便辞官归隐。

燕凤呢？符坚一心想要留燕凤在身边，但燕凤一再推辞。燕凤的意思，是实在不好意思再见到代王什翼犍，不如回代郡，还可以顺便监督东部大人贺讷。燕凤一再表示："大王要是想我了，就托人捎个话，我自己来，陪大王喝酒聊天。"

符坚虽不舍，但他这人就是尊重读书人，就由着燕凤去了。

这是拓跋什翼犍的落日时光。

符坚让什翼犍和他的孩子们一起学礼。已经老迈的拓跋什翼犍经过人生的大起大落，已经变得平静如水。他带着一把胡子和孩子们一起背诵《诗经》，诵读老庄，认真的样子像个账房先生。

他好像已经完全忘记了过去，甚至忘记了自己是谁。从前在襄国的时候，他对军事兵法非常感兴趣，现在却爱上了黄老之学，有时，还会想起在邺城时，佛图澄跟他说过的话。

"宿命……真的不可违……"

有一次，符坚来太学看望拓跋什翼犍。呃，完全是抱着探望退休老干部的态度。那是一种什么态度呢？当然是十分"平易近人"的送温暖的态度，加上一点点的揶揄，当然也少不了对老年人的继续教育。

以下是他们发生过的一段对话。

符坚："我们中原饮食粗淡，通过学养修身养性，人都活得长寿。而你们漠北天天吃牛羊肉，但人的寿命却很短。这是为什么呢？"

什翼犍："……"

苻坚："你们拓跋部众有能当将领的没有？可以召来封他个官职。"

什翼犍："我们野蛮人只会骑马放羊，哪里有草去哪里，怎么能当得了将军呢。"

苻坚："你们部族的人崇拜儒家文化吗？"

什翼犍："如果不崇拜，陛下把我放在太学干什么呢？"

真是一段有趣的对话。作为氐族人的苻坚，已经以中原通儒自居，少不得笑话什翼犍几句。而什翼犍的表现则让人莞尔。这个老家伙，此时很明显已深得老子"呆若木鸡"的养生精髓，故意自黑，卖蠢卖萌，实在应该被评为老年大学的优秀学员。

几年后，拓跋什翼犍在长安城静悄悄地死去。

代国的余晖散尽，但，新的朝阳终将带着万丈光环喷薄而出。

拓跋珪：我的377年

我总觉得，任何故事都可以有另一种讲法。

比方说拓跋珪的童年，可以这么讲：公元377年的夏天，拓跋珪和他母亲住在长安城里。那时候的长安城和汉长安城没有多少大的不同，傍晚的时候，高高柳树上的蝉一样嘶叫得很凶。

学业是很无聊的，要不是母亲贺氏总逼着他背什么《易》《诗》《书》等经，拓跋珪宁愿躲在花园草丛里和拓跋觚、拓跋仪两个弟弟一起斗蛐蛐。五经博士也一样无聊，他们个个骨瘦如柴，还拖着长长的胡子，讲起课来摇头晃脑。那些脑袋一晃，拓跋珪就会觉得很晕，有时候就这样睡过去，一直到一把戒尺把他打醒。

有一门神秘的课程叫作"周礼"，讲课的是一位神秘的老太太，大家叫她宣文君。对于这门课程，拓跋珪搞不太懂。对这位老太太，拓跋珪却很感兴趣。所以上这门课时，他从来没有睡着过。上"周礼"课，需要结伴走出宫门，到宣文君的家里去听讲。拓跋珪从来没有看见过这个老太太的脸，她讲课的时候，前面总有一道红色的纱帷遮着。老太太声音很好听，像年轻的小姑娘。拓跋珪听课的时候，总是探头探脑，想要看见点什么，但什么也看不到。他也不知道老太太到底多少岁了，有人说是八十五，有人说是八十七。总而言之吧，调皮的拓跋珪经过一段时间的学习之后，对礼乐产生了浓厚的兴趣。主要是，他听到"礼乐"这两个字，脑海中就总是浮现出一张漂亮女性的面庞。

公元377年夏天，拓跋珪虚岁七岁。这时距离他被俘到长安城已经半年有余。七岁的拓跋珪强迫自己忘掉在粗陋的盛乐城里当王子的往事。他已经会说不伦不类的长安话，这一点和大街上穿长袍、坐高车、吟汉诗的氐人羌人也没什么不同。他长得比弟弟拓跋仪矮一点，壮一点；弟弟拓跋仪比他长得秀美一点，英气一点。奇怪的是，拓跋珪的人缘很明显要比弟弟好。

七岁的拓跋珪已经能看出后来的模样：额角宽广，颚骨方而大，下巴宽厚圆润。这样的长相可能是比较讨喜的，但拓跋珪宁愿自己能再威严一点。苻坚有一次说他"嶷然不群"，眼光里还露出异样的神色。

重说一遍，公元377年的夏天，长安城里住着一个叫拓跋珪的公子哥儿。他就住在宫里，除了不能到处乱跑，和别的公子哥儿没有什么不同。父亲（祖父）拓跋什翼犍跟他一起上学，而且总是想和他一起下棋，下棋的时候，给他讲一些阴阳啊，道啊，冲啊，盈啊，空啊，有啊什么的，很玄妙的东西。这些名词和棋盘上的黑白子一样，在很多年以后，都缠绕在暮晚的蝉鸣声中，让成年的拓跋珪分不清真伪。

公元377年的夏天，拓跋珪忽然多了一个舅舅。

那是一个燥热难耐的中午，拓跋珪从太学归来，刚刚换好衣服，一个高大威猛的老人走了进来。这个老人，看起来刚刚比拓跋什翼犍小几岁。他很奇怪，母亲贺氏让他叫"舅父"。

"舅父好。"拓跋珪按照既定程式施礼。

这个舅舅夸了他一句："果然是拓跋家的好儿郎。"然后径直和他母亲走入内堂，仔细攀谈起来。

从那个燥热的中午开始，这个叫慕容垂的舅舅就经常入宫来看他。有时是中午，有时是晚上，每次都要和母亲攀谈许久。拓跋珪发现，母亲待舅舅的态度总是十分殷勤。

直到很多年后，拓跋珪才明白了这个舅舅的真相和自己的身世。

为了说清楚，我不得不用第三人称视角来替拓跋珪厘清这点人物关系：

　　拓跋什翼犍的王后慕容氏（昭成皇后）是慕容垂的妹妹。昭成皇后生拓跋寔，所以拓跋寔应该叫慕容垂舅舅。拓跋寔和贺氏生拓跋珪，所以拓跋珪应该叫慕容垂舅爷。但是——贺氏后来转嫁了拓跋什翼犍，转嫁后拓跋珪才出生，因此拓跋珪又该叫拓跋什翼犍父亲，所以又该叫慕容垂舅舅。

　　拓跋珪后来终于搞清楚这段关系，对自己绕口令似的身世和亲属关系大感屈辱。很多年后，当他返回草原建立魏国之后，重新祭奠追谥生父拓跋寔，并发布官方声明：魏王拓跋珪是献明皇帝拓跋寔之子，昭成皇帝拓跋什翼犍之孙。

　　让我们重新回到377年那个炎热的夏天。从那个夏天开始，慕容垂舅舅就会常常来宫里看望拓跋珪、他的几个弟弟和他母亲。当然，每次都会和母亲在内堂聊很长时间。拓跋珪不知道他们在聊点什么。

　　有一次，母亲似乎是有意地跟他泄露："慕容垂舅舅是个大官，是京兆尹，管理着京城呢。"

　　拓跋珪说："但他是鲜卑人。"

　　母亲贺氏说："他这个鲜卑人和我们不一样。"

　　拓跋珪这个不一样的鲜卑舅舅慕容垂，本来是燕王慕容皝的第五子，因为燕国内乱，早在8年前就叛国出逃，投奔了前秦王苻坚。苻坚很喜欢他。后来燕国灭亡了，苻坚对他更加重视，封了他很多官职。但是苻坚的第一汉臣王猛不喜欢慕容垂，多次劝苻坚把他杀掉。对这些话，苻坚一直听不进去。再后来，王猛也死了。王猛死后，苻坚对慕容垂言听计从。慕容垂能旁若无人地进宫，这都是苻坚的纵容。

　　从公元377年那个炎热的夏天开始，拓跋珪就经常能见到这个叫慕容垂的舅舅。这个舅舅经常跟他谈论武艺和骑射。舅舅谈起这些的时候，总是会摇头："你是个好苗子，可惜总被困在宫里。等你再大些，再大些就好了。"拓跋珪并不明白这些话的重要意义。几年后，当他跟着慕容垂东西征战，并结识了有趣的慕容麟之后，他才会明白，公元377年的夏天对他而言意味着什么。

　　啊，我必须反复地提到公元377年。因为从历史的断面来讲，任何一个年份都能看到全部的历史。这很科幻，但也是事实。前一年，也就是公元376年，前秦攻灭了前凉和代国，北方疆土全部处于前秦统治之下。东晋偏安一隅，看起来根本不是前秦的对手。

就像暴雨来临之前的空气一样，公元377年出现了可怕的平静。就连慧远法师也悄然远游，抵达庐山脚下，从此足迹再未出过庐山。

这一年，高僧释道安依然住在长安的五重寺中。在拓跋珪逐渐长大的过程中，多次亲眼见到这位高僧。那些场景是雷同的：太学的博士们恭恭敬敬把释道安请来，猫着腰请法师辨认大鼎或古旧竹简上的字迹。站在大人们身后的拓跋珪像看戏似的瞅着这一切，他感觉那些难认的字正在接受审判，而释道安就是决定这些弯弯曲曲铭文、书字命运的法官。高僧的博学，给拓跋珪留下深刻的印象。

当时的长安城流行这样一句话："读书人若不以道安为师，就难以解决学习中的疑难问题。"而少年拓跋珪却产生了这样的印象：人世间难以解决的问题，真正的高僧都能够解决。

对于道安法师以"释氏"为姓，拓跋珪也留下深刻的印象。道安法师曾经说："江河流入大海，就没有江河了。"对于这句话，拓跋珪似懂非懂。作为留着拓跋王室血脉的他，隐约感到自己的命运如一片竹筏，在江河间漂荡。这种生命的渺小感让他困惑，更让他困惑的是，当江河不再是江河，将会成为什么。他可能并没有想到，一百年后，他的子孙的血液都将会融入华夏民族这个大海里。那，就是最终的答案。

也就是在这一年，慕容垂和他的儿子慕容农有过一段重要的对话。

慕容农说："现在那个老看我们不顺眼的王猛死了，苻坚越来越骄傲，法制废弛，王公贵族只顾着贪图享乐。在孩儿看来，咱们应该多接纳天下英豪，找准机会复兴燕国。"

慕容垂笑道："小孩子懂什么事，不要乱说。"

其实他内心是这么想的：这不秃子头上的虱子——明摆着嘛，还用你说！你老爹我自有主张。

公元377年的拓跋珪，成功地完成了身份的转换。他变成了一个学生，一个不好不坏的学生。他没头没尾地学了一些知识，但这时候还不知道这些知识有什么用。他见到了母亲和舅舅的亲密关系，但还无法猜透其中的秘密。但他已隐隐感觉到，所有发生的事情，都将是十分重要的。

回乡路上的慕容和拓跋

符坚的大秦帝国是个饕餮兽，它一扩张，很多人就没了家。比如慕容氏，比如拓跋氏。

慕容氏的前燕370年就亡了国，王公贵族们一时都成丧家之犬。符坚大帝充分展示了他的儒者风度和帝王气质：把他们都带到我身边来。

符坚尊才爱士是有名的，他还是一个倡导诸民族平等的大中华主义实施者。他的扩张宣言是这样的：我不是要灭你的国，我是要让匈奴、鲜卑、羯、氐、羌、汉都成为一个大家庭的成员。你原来是贵族，就还是贵族。你原来有职位我就还给你职位。不管你是汉人也好，是羌人也好，是鲜卑人也好，只要你读书多，会打仗，我就把你纳入我的团队。

于是，从370年年底开始，前燕王公百官和各级将士们就分批被迁往长安，前后被迫定居长安的鲜卑慕容氏，多达四万多户——请注意，这里是"户"——相当于一个县的人口。

这还不算，他还要给前燕贵族封官，封大官。比如，封慕容暐为新兴侯、尚书，慕容评为给事中，慕容德为张掖太守，慕容冲为平阳太守。根据《资治通鉴》记载，前燕其他故臣被封将军、尚书、都尉、郎官的，亦不在少数。当然，早先投诚的慕容垂早已受到重用，将军封号一大堆，同时还任命为京兆尹，管理长安和京畿。

所以苻坚的弟弟苻融就受不了，他上奏苻坚说：陛下的天下是辛苦打出来的，不是其他国家主动来归附的。你灭了人家国，人家伤疤还没好全，你就让人家父子兄弟列满你的朝堂，还倍加宠幸，这太危险啦。

太史令张孟的意见更为激进：应该将慕容皇族全部杀掉。

苻坚却不以为然：我的理想是"混六合以一家，同有形于赤子"，你们不要有种族偏见，更不要有种族仇视。

七年后被灭国的拓跋氏就没有这么好的待遇了。同样是鲜卑人，慕容氏早已头戴金步摇，口诵《风》《雅》《颂》，在苻坚眼里是文化人，拓跋氏却是"只识弯弓射大雕"，让苻坚看不起。就连在中原留学九年的拓跋什翼犍，苻坚都认为他"荒俗"。

不过苻坚自己说过，不能有种族歧视，要有平等待遇的。于是就让拓跋氏的贵族们入太学学礼。这样看起来也很公平，你读书少，先去考个学历，我再安排你。

就这样，拓跋什翼犍和他的子孙们，什么拓跋窟咄、拓跋珪、拓跋仪、拓跋觚……都被迫去读汉人的诗书。很多年后，拓跋珪广罗天下文士，拓跋仪马上控弦、马下与文人作答，拓跋觚读解经书数十卷，成了有名的学者……这些，都有赖于苻坚校长的栽培。

我们有必要以热烈的掌声，再一次感谢苻坚校长。

我们不能不佩服苻坚的超前理念，不能不佩服他的宽大。应该说，苻坚是一个有着远大大同理想的大好中年。可惜呀，他步子迈得太大。有句话说得好，超前一步是先驱，超前三步是先烈。苻坚的问题，就是理念太超前，现实跟不上了。

我们学过中学历史的都知道，淝水之战时，苻坚统一的北方各族，没一个跟他一心的。他的"混六合以一家"，还只是一个未能实现的乌托邦。

失去奶茶和骏马的拓跋们，想着草原。失去故地的慕容们，想着河北的富庶和辽东的安逸。不管他们现在拥有什么，他们失去了家，他们想回家。

这就是苻坚没有看到的现实。

第一汉臣王猛去世后，苻坚变得越来越膨胀。

公元382年，膨胀到极致的苻坚召集众臣到太极殿开会，决定与东晋展开大决战。

这是十月，坐在龙椅上的苻坚志得意满：我大秦现在可召集大军九十万，我准备御驾亲征，一举攻灭东晋，统一天下。

太子苻宏说：不可。

弟弟苻融说：不可。

最爱的张夫人说：不可。

最爱的小儿子苻诜说：不可。

最尊敬的高僧释道安说：不可。

群臣大多数都说：这事该从长计议，不能贸然出兵。

对这些回答，苻坚很不满意。

只有冠军将军、京兆尹慕容垂表示赞同。慕容垂说："大吃小，强并弱，这是天理。当今陛下威加海内，只差收服小小的江南晋朝，就可以一统天下。陛下自己决定就好了，何必跟朝堂里那些糊涂虫商量呢。"

苻坚大喜，说："当今天下，只有你是我的张良、鲁肃。"

很明显，慕容垂是个"大忽悠"。他忽悠苻坚用兵，目的自然是趁乱独立，复兴燕国。

但苻坚偏偏接受了他的忽悠。

接下来的事情大家就都知道了，383年秋，苻坚发大军八十七万，历史上最著名的以弱胜强的淝水之战就这样发生。苻坚兵败，只领着一千余骑兵逃走。

但是慕容垂呢？他在湖北拔下郧城后，就按兵观望。"诸军皆溃，惟慕容垂所将三万人独全。"这个野心家的目的达到了。

此后的诸般曲折不及详述。总之呢，慕容垂就此蛟龙腾渊，开始了回乡复兴燕国之旅。他到邺城收服旧部，之后攻下邺城。385年12月，定都中山，之后称帝。他复兴的这个燕国，史称"后燕"，占据河北、山东等大片土地。

淝水之战后，苻坚的前秦帝国很快分离崩析。慕容氏的其他皇族子弟们也开始了还乡之旅。

384年，听说慕容垂攻打邺城，慕容泓于是也召集旧部在华阴起兵，其弟慕容冲则在河东起兵，拥兵两万。此后，慕容泓建立燕国，慕容冲、慕容永也先后掌国。慕容的这一个燕国，最后定都山西的长子县，史称"西燕"。他们回不了乡，只好把他乡当作故乡，把控了山西和河南的一部分。

有了慕容垂和慕容永的这两个燕国，客居长安的四万余家慕容氏，终于有了自己的落脚之地。

那，拓跋氏王族的几个子弟呢？

拓跋窟咄跟着慕容永东迁，最后在西燕担任了新兴太守。新兴郡离拓跋故地只隔着一个雁门关，拓跋窟咄夙兴夜寐，思谋着还乡复国。

拓跋珪、拓跋仪、拓跋觚、拓跋烈兄弟几人呢？淝水之战时，拓跋什翼犍已死，他们只能跟着舅舅跑了。依托贺氏与慕容垂的亲密关系，他们作为随军家属跟着慕容垂出征。

拓跋珪毕竟年纪还小，没有参与战事。他跟着慕容垂大军南北辗转，多数时候在后方营地。自然，他也亲眼见识了战争的残酷与形势的多变。

他最大的收获，是结识了比自己大七八岁的慕容麟。慕容麟是慕容垂的第五子。他母亲出身低微，故而慕容麟从小不受父亲待见。据说这熊孩子小时候脑子缺根筋，两次告发父兄。第一次，揭发父亲叛逃，差点把慕容垂害死。第二次，揭发兄长叛乱，成功把兄长害死了。慕容垂因此杀了他母亲，但心一软，把慕容麟放过了。等于是捡了一条命。

长大后，慕容麟的脑瓜恢复了正常。淝水之战后，慕容麟跟在慕容垂身边，为复兴燕国出了很多点子。他还很能打，属于打仗不要命那种，能胜任苦战。于是，慕容垂开始对这孩子的态度有了转变，任命他干了很多大事。主要嘛，还是把他当炮灰使，封太子嘛，跟他是无缘的。

384年阴历六月，慕容麟率军围攻中山，经一个月苦战攻克了中山，慕容垂就命他在此驻守。这段时间，拓跋珪母子也随着迁居中山。

慕容麟和拓跋珪可谓是一见如故。慕容麟在燕国诸王子中间，没啥存在感。拓跋珪呢，是个落难王子。慕容麟喜欢打仗，但兄弟们喜欢谈辞赋，谈不来；而拓跋珪和他一样，喜欢刀枪。两人于是惺惺相惜。

　　慕容麟对这个异姓小弟很是喜欢。在一定程度上，慕容麟还担任了拓跋珪的武术老师。什么骑马、射箭，甚至排兵布阵什么的，有时间就教他。

　　拓跋珪呢，就根据小时候模糊的记忆和母亲的讲述，跟慕容麟吹嘘点草原上各部族的事情。什么大碗喝酒，大块吃肉，摔跤比赛，篝火晚会……嗨，慕容麟还就爱听这个。

　　东闯西荡中，拓跋珪慢慢长大了。和拓跋窟咄一样，他也在日日思念着故都和故地，等着还乡复国的良机。这个良机，很快就要到来了。

　　苻坚统一北方不足十年，"混六合以一家"的理想尚未完成，帝国就在一夜之间分离崩析，成为北方其他民族再次建立国家的孵化器。苻坚本人，则被建立后秦的姚苌所杀。

　　苻坚死后数十年间，从西凉到辽东，先后出现了十余个国家。关东出现了慕容氏的后燕、南燕和汉人冯氏的北燕，关中出现慕容氏的西燕（后迁山西）、羌人姚氏的后秦，关中北面出现铁弗氏的夏，河西陇右出现氐人的后凉、鲜卑乞伏氏的西秦、鲜卑秃发氏的南凉、汉人段业和卢水胡沮渠氏的北凉。在战乱中，各部族不断融合，最终被拓跋珪所建立的北魏一举统一。

　　苻坚没有实现的理想，拓跋珪最终替他实现了。

从中山来的年轻人

384年阴历七月，慕容麟攻克中山，名声大振。远在邺城前线的慕容垂听说后，不由对这个儿子刮目相看，封慕容麟为抚军将军，命他镇守中山。

这是慕容麟开始扬眉吐气的日子，也是拓跋珪母子一段短暂的小阳春。闲暇的时候，慕容麟会和拓跋珪一起下下棋，教他骑射。

但是安逸日子没过多久，慕容麟就收到前线吃紧的消息。

此时前秦残部还在苻坚父子的带领下负隅顽抗。苻丕守邺城，慕容垂久攻不下。苻冲则令合幽州刺史王永从北南下，威逼慕容麟。王永还顺路拉拢了一个助手——时任前秦振威将军的刘库仁。

刘库仁，不就是拓跋什翼犍的女婿，拓跋珪的姑父吗？没错，正是此人。咱们前面谈到，刘库仁是个能干而可靠的人。代国灭亡前，刘库仁一直苦战到最后一刻，算是对得起拓跋什翼犍了；代国灭亡后，苻坚采纳燕凤建议重用刘库仁，不但让他掌管代国东部，而且封爵封侯。七八年间，刘库仁的独孤部越来越壮大，向西击破刘卫辰，使刘卫辰龟缩在朔方不能动弹；向东驱走贺讷，让贺讷退守到善无（今朔州右玉）北境。当年燕凤所谓的"三权分立"制衡代北的格局，已经成了刘库仁一家独大。尽管如此，苻坚对刘库仁还是非常信任，仍对他大加赏赐。

现在前秦陷入生死存亡之境，不忘恩义的刘库仁自然不会坐视不理。因此，王永的求援信一到，刘库仁马上派大舅哥公孙希率三千独孤铁骑助战。

可别小看刘库仁这三千铁骑。当时前秦余部主力都在邺城，幽州兵根本不堪一战，所以王永才向刘库仁求援。独孤氏的骑兵一出，苻冲、王永军心大振，一举击败后燕将军平规，坑杀降卒五千余人。之后，乘胜长驱直进，占据唐城（在今河北定州），与慕容麟的军队对峙。

刘库仁的骑兵连胜几场，慕容麟的前线军士开始纷纷传言："数万匈奴兵打来啦！"中山城一时人心摇动。

其实所谓的"匈奴兵"，就是刘库仁的独孤骑兵。独孤氏和铁弗氏都出身于匈奴贵族，南方人不能明辨，仍习惯称他们"匈奴"。

对此，慕容麟倒是心如明镜。打仗，慕容麟是不怕的，但要想从根本上清除刘库仁骑兵的威胁，还需要"釜底抽薪"之计。

慕容麟召开军中大会，宽慰各位将士：匈奴兵不可怕，你们只要好好守着，过几天他们自己会退兵。

慕容麟为什么会有这样的自信？因为他还有一枚棋子，这枚棋子就是拓跋珪。

他找到拓跋珪，开门见山地说："兄弟，大哥送你一个前程。"

拓跋珪这时才14岁，但已经有了成年人的沉稳："大哥请讲。"

"你可知父王对你的期许？"

"舅父曾对母亲言到，将来可助我兴复代国大业。但现在……"

"现在正是时候。燕国灭秦，已是大势。这是天命，谁也阻挡不得。但现在独孤部刘库仁助秦王攻我，这是逆天而动，将来独孤部定生内乱。大哥希望你现在就回去找刘库仁。他若明理，你就劝他迷途知返，不要掺和燕秦之争。他若不听你的话，你便伺机召集旧部自立，复兴代国。慕容氏和拓跋氏同出一源，世代姻亲，将来只要你忠于父王，我们始终是你的后盾。"

这话说得再明白不过，拓跋珪自然不会拒绝。

慕容麟修书一封，快马飞报慕容垂，很快就收到回复。

慕容垂的回信很干脆：若平定雁北，封拓跋珪为西单于、上谷王。

就这样，在慕容麟的护送下，拓跋珪母子五人在一个星夜秘密潜回雁北。

刘库仁刚收到公孙希打赢的消息，见到前来投奔的拓跋珪，一时悲喜交加：没想到代王的骨血还在！能见到世子，老臣死也瞑目了。

刘库仁说的是真心话。他这个人，一辈子就信一个"忠"字，一个"情"字。作为代王旧臣，他是真心希望代王的后人能过上好日子。《魏书》评价他"不以兴废易节"，虽然代国不存在了，他对待拓跋珪还是行使臣子的礼节，妥善给母子五人安排了住所、奴仆和牧场，让他们安心居住。

拓跋珪这时已年近15，宽肩膀，宽声带，宽脸膛，有着草原儿女天生的豪情。刘库仁看在眼里，甚为喜欢，军国大事也找他商议。

这一日，他派人接拓跋珪到帐中谈话：

"世子，公孙希回报说，独孤骑兵所向披靡，不久就会攻下中山。你刚从中山回来，是不是这样啊？"

拓跋珪看着这位姑父，不知道他是真傻还是装傻。

"公孙希确实很能打。但依侄儿来看，中山城是拿不下的。慕容垂号称常胜将军，慕容麟也没有打过败仗。"

刘库仁点了点头，表情沉重起来。半晌，他才又说：

"秦王待我甚厚。我想集合雁门、上谷、代郡之兵，南下帮助苻丕解邺城之围。如果邺城围解，我会恳求秦王，重新让你兴复代国。"

拓跋珪道："姑父要慎重啊。我跟随慕容垂多年，知道他绝不是等闲之辈。现在中原大部分已落入慕容氏手中，方今天下，天命在燕而不在秦，姑父还是最好趁早收兵，更不要起南下助战的念头。独孤部僻居代北，应该结交强国，保境安民，徐图发展。再说，上谷、代郡的乌桓杂部久不习战，战必生乱。"

刘库仁叹息一声："我也知形势凶险。我这一举，是明知不可为而为之。秦王苻坚封我关内侯、振威将军，这份情我总是要报的。"

拓跋珪再三劝谏，刘库仁总是不听。

最后，刘库仁抚着拓跋珪肩膀说："你先回去吧！我若兵败，你和我弟弟好好打理部中事务。我会吩咐他，帮你招抚流散的旧部。"

刘库仁的弟弟刘眷，儿子刘显、刘亢埿都在旁侧。拓跋珪走后，刘库仁很认真地对他们说：

"拓跋珪不是寻常儿，他心里面有天下，将来他定会兴复祖宗基业。你们应该助他，和他友好相处，结为兄弟之邦。"

刘眷点头。刘显撇嘴。刘亢埿面无表情。

谁都看得出，刘库仁是铁了心要出兵南下当死士了，这一番话，相当于是交代后事。

刘库仁下令征集雁门、上谷、代郡三郡兵马，几万乌合之众不几天就聚集完毕，浩浩荡荡驻扎在繁畤，倒也壮观。刘库仁发布了演说，计划整顿几日后，就要南下攻击慕容垂。

这三郡的兵马，除了刘库仁的独孤部本部，大多数是五胡杂部遗民，混称"乌桓"。混在乌桓杂部里的人之中，居然还有一个前燕贵族，此人叫慕容文。十多年前，苻坚强行迁徙四万户前燕遗民到长安时，慕容文带领十几人半路逃亡，投靠刘库仁寻求庇护。刘库仁好心安置了他们，然后就把他们给忘了。

随便忘记一个异族是很要紧的，尤其这个人本来是贵族。慕容文听说慕容垂兴复燕国之后，早就想找机会脱离独孤部，现在正是良机。他听见军中怨声载道，那些乌桓杂胡这些年来好不容易安定下来，都不愿意南征，有的甚至商量着逃跑。

于是，一直龟缩在军中的慕容文出来煽风点火，挑拨三郡人叛乱。叛乱起于一个夜间，三郡遗民一起点火，刘库仁毫无防备，躲藏在马厩之中，被慕容文找到后一把杀掉。

刘库仁，这位颇有"豪侠"之名的忠勇之将，死得有点不明不白。他本来想像一个烈士一样死在中原战场上，结果却出师未捷，被慕容文恩将仇报，刺死在马厩里。

而慕容文等人呢，抢夺了刘库仁的快马，一路逃归慕容垂。

听闻独孤部发生叛乱，刘库仁被刺，公孙希率三千骑兵从唐城前线撤走，投奔丁零人翟真去了。

慕容麟猜到了结尾，但没猜中开头。但不管怎么说，拓跋珪这枚棋子，他是已经放回了北方。将来的历史怎么写，就要看拓跋珪的造化了。

　　独孤部王庭在今朔州，刘库仁死后，他的弟弟刘眷继位。刘眷是个老实人，既然哥哥吩咐我好好待拓跋珪，那我就还把拓跋珪当亲戚。大家一起大碗喝酒，大块吃肉，一起分享牧场。

　　但是很明显，拓跋珪是一条闯入鱼塘的鲶鱼。独孤部的平衡，很快就要被打破了。

　　只可惜，迟钝的刘眷什么也看不出来。在他看来，拓跋珪还只是个15岁的少年。这个15岁的少年，还带着几个弟弟，跟着他美貌的母亲，连个落脚点也没有，显然是弱势群体。

　　但拓跋珪真的是一个乳臭未干的少年吗？对于拓跋珪的心理年龄，我有点吃不准。他幼年家国遭难，流落敌国。少年辗转中原，见多了流民白骨。父亲到底是谁，又说不清楚。他所承受的，已远远超过了同龄人。所以，15岁的少年拓跋珪，在青春的豪情之外，应该是更多了几分老成。

　　关于他的一场大戏，现在才刚刚开演。

伟大的母性，引领我们向前

384年阴历十月，刘库仁死，刘眷继任独孤部首领。在刘眷的关照下，贺氏拓跋珪母子五人倒也逍遥快活。忽忽又大半年时间过去，拓跋珪又长了一岁，按虚岁算，15岁了。15岁的拓跋珪已经没有了稚气，寡言、和善，还有点草原人不具备的高贵。不管走到哪里，他的身后总是跟着两个人：左边拓跋仪，右边拓跋觚。

拓跋仪身材挺拔，英气勃勃，随身带着黑鞘长剑。他精通剑术和骑射，在后来随着年纪的增长，又加了一把乌黑整齐的连鬓长须，有如关云长。拓跋觚威武结实，目光如电，开口说话时，又颇有些儒雅从容。

这样的画面，常常让我想起刚刚寄居荆州的刘备，身后也总是带着两个兄弟。

拓跋珪这个人是自带磁场的，作为代王嫡传，又流落中原多年，胸有大志，有主见，还有一种奇怪的吸引力。这大半年来，拓跋珪有如一个社会活动家，四处交游。当年跟随过拓跋什翼犍的一些旧臣听说拓跋珪回来了，有时会来看他。在交往后，有些就成了死党。

为了后面的故事讲述方便，我们简要介绍几个他的死党，有请他们出场：

首先出场的是长孙肥。他是拓跋"帝室十姓"拔拔氏的后人，从13岁就开始跟随拓跋什翼犍，担任内侍。现在拓跋珪回来了，长孙肥就第一时间前来投奔，跟随左右。此人少言语，性格刚毅，是个合格的保镖。

第二个出场的是穆崇。他的家族，世代效忠于拓跋氏，早在拓跋力微、拓跋猗㐌、拓跋猗卢的时候，就已是"内入诸姓"之一。穆崇这后生，有点时迁那样的"鬼灵精怪"，脑子好使，不务正业。代国灭亡之后，他就干起了盗马偷羊的行当。所谓行行出状元，穆崇因此发了不少财。他一心想结交拓跋氏的后人拓跋珪，就常常劫富济贫，把偷来的财物送给拓跋珪母子。拓跋珪对他十分喜爱，允诺将来如果富贵了，一定给他这个窃贼洗白白。

和穆崇一起出场的是奚牧，他跟穆崇是老乡。奚氏，出于拓跋"帝室十姓"的达奚氏。奚牧人厚道，又有智谋，两种非常难得的品行集中在一个人身上。拓跋珪一见到奚牧，就大生亲近之感，直接认了"义兄"。这义兄也不谦虚，笑纳了。

第四个出场的叫安同。安同祖上住在辽东，是前燕臣属。前燕灭亡后，安同的父亲的朋友（公孙眷，和前面所说的公孙希是兄弟）的妹妹嫁给了刘库仁，成为刘库仁的宠妾。因为这层关系，安同就经常跟着公孙眷来独孤部做生意。来得次数多了，就见到了拓跋珪。安同很喜欢拓跋珪这个年轻人，认为他会有大作为，忽然爱心泛滥，就留下来陪伴左右，生意也不做了。

第五个出场的叫庾业延。此人是个畜牧行业的大佬，他老爸和老哥是拓跋什翼犍的牧场管理员，而他呢，继承并发扬了优秀基因。代国灭亡后，他趁各部大乱收敛畜产，大发横财，史书说他"富拟国君"。富豪庾业延选择了拓跋珪作为他政治投资的目标，待拓跋珪十分尊敬。后来，拓跋珪给他改名为庾岳。

此外还有汉人李栗，堂叔拓跋纥罗，族人拓跋他、叔孙建、王建等等一干人，此处就不一一罗列了。

拓跋珪与这些人的交往，引起了一个人的猜忌，那就是刘显。

刘显是刘库仁的儿子。刘库仁死后，刘显本来想继位部落大人，没想到部众居然拥立了他叔叔刘眷。野心勃勃的他自然不肯罢手，早就在图谋叛乱。他眼中有两个敌人，第一个是"夺"了他位子的刘眷，第二个便是潜在的对手拓跋珪。

对刘显的狼子野心，刘眷的儿子刘罗辰早有察觉。他对父亲说："爹你别老顾着打仗，要小心身边的心腹之患。"

刘眷奇怪："有什么心腹之患？"

刘罗辰说："我堂兄刘显呀，他从小就心胸狭窄，又残忍，咱们还是防着点儿他好。"

刘眷说"哦哦"，然后就把这件事忘了。他最近在忙着打仗——先是在善无和贺兰部打了一仗，打得贺兰部继续后撤，直接撤回老家；然后又在意辛山大败柔然别部，等于是断了贺兰部一条臂膀。

这年七月，志得意满的刘眷带着部众到他新扩张的领地"牛川"驻牧，刘显也带着部众跟从。

一天早晨，刘眷正在帐中睡大觉，忽然听见帐外人马嘶鸣。刘眷正纳闷间，只见刘显全副披挂冲进来，劈头盖脸说了一句："拓跋珪叛乱！"

刘眷大惊："在何处？"

刘显道："就在此处，你就是同谋！"

手起刀落，将刘眷斩于床头。

刘显谋逆已久，早已勾结了国中大部分部众，连刘眷的亲侍也暗暗收买。刘眷一死，刘显又杀气腾腾率部回到独孤王庭马邑，当众宣布继任首领，并传达口谕："刘眷阴谋叛国，已被我杀死。同谋的还有拓跋珪，赶紧把他抓起来杀掉。"

国中出了大事，很多部众都赶来看热闹。拓跋珪还没搞清发生了什么事，也懵懵懂懂跟着各部人马前来集会。这不是来送死吗？

也是命不该绝，拓跋珪从前相熟的一个商人王霸见他主动前来送死，就在人群中踩了他一脚，眼角暗示"快逃"。拓跋珪会意，赶忙骑马飞奔回家。贺氏见儿子出了一趟门就匆匆赶回，问发生了什么事。拓跋珪说，好像国中出了大事。但他还不明白自己已经成了通缉犯。

刘显有一个谋士叫梁六眷，是拓跋什翼犍父亲拓跋郁律的外孙。得知拓跋珪危在旦夕，梁六眷偷偷跑出去找拓跋珪的死党穆崇：

"通知拓跋珪快逃，刘显就要带兵来杀他们母子！"

穆崇道："我去通知，你怎么办？你如今泄密，刘显迟早会知道，不如我们和拓跋珪一起逃吧。"

梁六眷摇头："我留下，可以作为缓兵之计。现在我将妻、子和马匹托付给你，你先带他们走，如此如此，这般这般……"

穆崇是个聪明人，得计后飞驰到拓跋珪营帐，入门告急。帐内早坐着一个女子正和拓跋珪母亲贺氏说话，也是满脸惊慌。这女子是贺氏的姑母，刘显弟弟刘亢埿的妻子。得知刘显的阴谋后，她也是第一时间赶来报信。

穆崇和刘亢埿的妻子通报的信息一样：刘显的人马此时就在来的路上。

贺氏忙吩咐拓跋珪带三个弟弟快走："去找族人拓跋他帮忙，再叫上你表舅贺悦，你们一起去你舅舅家避难！"

"母亲，您也一起走。"

贺氏笑道："刘显不会把我怎么样。你们先走，我拖一拖他。"

拓跋珪知道事不宜迟，表情复杂地看了母亲一眼，翻身上马，带三个弟弟离去。

看着孩子们平安离去，贺氏松了一口气。她洗了一把脸，整了整鬓角，换了一身鲜亮的衣服，慢慢踱出帐外，一边挤牛奶，一边等刘显的到来。

刘显果然不久就带着一队人马来了。他本来气势汹汹，看到阳光下贺氏慢吞吞挤牛奶的样子，露出了得意的微笑。他示意手下安静，然后慢吞吞地问道："孩子们呢？就你一个人挤奶？"

贺氏回头捋一捋头发，微微一笑："孩子们在牧场，天黑就回来。大人是专程来看望我们母子吗？请大人先下马更衣，贱妾这就备点炊饭，陪大王饮几杯。"

贺氏此时已年近四十，容颜不但没有衰减，反而比起少女时候更多了一种风韵。唉，美貌的女子都有一种可怕的直觉，看一眼就知道哪个男人该用什么办法来对付。她怎么会看不出，这个刘显早已对自己垂涎三尺呢？

刘显此刻算是志得意满，篡位刚刚成功，又有觊觎许久的女子对自己暗送秋波。在同一天得到女人和权力，也真的该庆祝一番。他偷偷吩咐手下，天黑后，等拓跋珪三人回来，就偷偷把他们杀掉。"不要惊动我，今天我要

好好喝一顿。"他补充道。

当晚，贺氏与刘显一直饮酒到深夜，然后同床共寝。

半夜，贺氏早早就醒来。天快亮的时候，她故意走进马厩，惊动群马嘶鸣。刘显被马鸣声惊醒，忙跑出来看什么事。只见贺氏披头散发坐在草料堆上大哭：

"谁杀了我的孩儿们！谁杀了我的孩儿们！我的孩儿们呀，你们每天和马睡在一起，现在马还在，你们哪里去啦！"

刘显宿酒未醒，隐约记得自己吩咐手下杀拓跋珪兄弟的事情，心想：呵呵，你们几个倒霉孩儿，估计早去阴间见你爹去了。

假意安慰贺氏几句后，刘显称有要事，就此作别。

贺氏擦干眼泪，平静地收拾好行装，逃命去了。这就是伟大的母爱，母亲为了自己的孩子，什么东西都愿意牺牲。

写到这里，我忍不住想啰唆几句。有句话说：自古红颜多薄命。还有句话叫：自古红颜多祸水。用贺氏对拓跋珪说过的一句话来说就是："是过美，必有不善。"这里的"不善"，不是不善良，而是不祥。

翻译成金庸《倚天屠龙记》中的一句话是："越是漂亮的女人就越会骗人。"

拓跋珪的母亲贺氏，就是个红颜。她生来就是个不祥的女人，一个善于利用美貌来骗人的人。

在拓跋珪的复国过程中，贺氏利用自己的美貌委曲求全，数次为自己的爱子做出牺牲。她依慕容垂，从刘显，在男人们的咸猪手里苟且偷生。但所有这一切，都是为了自己的孩子。为了一个将来能兴复祖宗大业的孩子。

美貌的女性，像贺氏这样无私、坚韧、富有牺牲精神且有远见的，确实还是凤毛麟角。

从这个角度来说，这个薄命的美人贺氏，也不失为一个英雄。

我写到此处，不想再开玩笑，只想献上对贺氏最真挚的敬意。

警匪片里常有这样的情节：黑老大派人暗杀好人后，总会吩咐一句，"死要见尸。"

但刘显很明显忘了这茬。直到他赶回自己的王庭，才收到部下急报：

拓跋珪逃了！外部大人贺悦也带部众跟着逃了！

刘显大怒，得知中了贺氏美人计，马上派人去捉拿贺氏。贺氏早有预料，逃到自己姑父刘亢埿家中，躲在放置神像的车辆中。

我现在终于知道，为啥电影里人们逃避追踪，总要找个破庙，躲在神像后头。因为百试不爽啊！刘显一连在刘亢埿家搜查三天，什么也没有找到。

刘亢埿毕竟也念着与贺氏的亲戚之情，他对刘显保证："大王，我绝对没见过贺氏，我用我全家老小的人头担保！"

刘显只好作罢。实际上，他现在是有些焦头烂额了。本来，叛逆杀叔这事儿，很多部众就不服；现在拓跋珪逃走，还带了不少死党，一时各种"谣言"四起。什么刘显杀叔篡位不祥啦，什么拓跋珪是真命天子啦，谁谁谁也逃了啦，谁谁谁要自立啦。

刘显为了稳定众心，不得不放弃了追杀拓跋珪母子的打算。但有个账还是要算的：拓跋珪逃走，一定是有人告密。果然如梁六眷所料，刘显第一个怀疑的就是他——他和拓跋珪是亲戚嘛！刘显下令将梁六眷抓起来，打入死囚牢。

生死之间，鬼精灵穆崇救了他。

此时穆崇已经随从拓跋珪出逃。他派手下到独孤部散发流言：那个梁六眷不是好人，作为拓跋氏的亲戚，却不顾恩义，伙同外人刘显一起谋逆，想要杀死前代王的嫡子拓跋珪。为了惩罚他，穆崇已经俘虏了梁六眷的妻和子，让他们世代为奴。

流言传到刘显耳朵里，刘显就把梁六眷放了。敌人的敌人就是朋友嘛！

总之呢，经此一乱，刘显的势力大大削弱了。拓跋他、贺悦、长孙嵩等叛走，刘亢埿也徐图自立。代国故地，一场新的逐鹿即将开始。

元从二十一人

385年阴历八月，在贺氏的巧妙安排下，拓跋珪如愿逃到贺兰部，不久，在庾和辰（庾业延哥哥）的帮助下，贺氏也安全逃归。

现在我们来盘点一下，拓跋珪在逃往贺兰部的过程中，失去了什么，又得到了什么？

失去的只有一件东西：锁链。现在是龙归大海。

得到的就不止一件了。他得到了创业的核心团队，还有第一桶金：一定数量的人马和创业基金。

先盘点人马和基金。

其一是属于拓跋氏支系的拓跋纥罗和拓跋建，他们跟随拓跋珪北逃，带了大约三百家部众。

其二是贺氏的表弟贺悦，他带来的部众也大约是三百家。

其三是长孙嵩本部的七百家人马。刘显叛乱时，长孙嵩第一时间就带部众向西北逃走了。他貌似没什么目的，快走到五原（今包头一带）的时候，正好碰上拓跋实君的儿子聚众自立，于是准备去投奔。这时他见到一个神秘的人物乌渥。乌渥是谁，史籍中没有记载。总之这个人是极力反对他的计划，并且对他说："拓跋实君是个逆子，杀了那么多兄弟，还想连父亲也杀了。他名声这么坏，他的儿子怎么会有号召力呢？不如去投奔拓跋珪，他才是代王的嫡孙。"长孙嵩犹豫不决，这个乌渥就拽住他的牛头，强行让他折回。长孙嵩这才跟了拓跋珪。当然，拓跋珪后来待他也够意思。

以上人马加起来，有大约一千三百家，粗略算一下，能控弦上马的至少有三五千吧。

至于创业基金，则由那个已经成为拓跋珪死党、"富拟国君"的庾岳提供。

接下来再说拓跋珪创业初始核心团队成员。

这些成员有的是随着他从独孤部逃出的，有的是到贺兰部立足后，又投奔而来的。

首先是拓跋家族成员：

拓跋仪、拓跋烈、拓跋觚，这是三个弟弟。

拓跋他、拓跋纥罗、拓跋建，都是王室支系，随他一起拉队伍出来的。

拓跋遵、拓跋虔，这是被拓跋实君杀死的那几个王子的儿子。

贺悦，表舅，随他一起拉队伍出来的。

叔孙建，"帝室十姓"之一，拓跋什翼犍母后的养子之子。

王建，拓跋什翼犍母后王氏族人。他娶了拓跋什翼犍的女儿，曾担任什翼犍的外朝大人，是个实力派。

其次是当年拓跋代国的贵族后裔和拓跋珪死党：

长孙嵩，"帝室十姓"拔拔氏后裔，带了七百家部众来投奔，功劳很大。因此拓跋王室待他也不薄，生前就封了王，死后又配飨庙庭。

长孙肥，"帝室十姓"拔拔氏后裔，死党兼保镖。

穆崇，"勋臣八姓"之一的丘穆陵氏，死党。

奚牧，穆崇手下，拓跋珪"义兄"。

庾岳，拓跋珪复国大财团，死党。

安同，死党兼随从。

李栗，唯一的汉人死党。

还有和跋、来初真、尉古真尉诺兄弟、莫题、贺狄干、穆丑善等。

总共算起来有二十多人，其中的二十一人，被称为"元从二十一人"，相当于朱元璋的"淮西二十四将"。也相当于马云的"创业十八罗汉"。至于二十一人到底是哪二十一人，因为崔浩国史之狱，很多史料后来被故意削减，大家只能靠猜了。

有了团队就好干事，更何况这二十一人团队中，尽是些厉害角色。

有的是武力担当，大部分后来都成名将。比如尉古真、尉诺兄弟，都是打仗不怕死的主儿，伤一只眼不喊疼，有曹操猛将夏侯惇之勇。比如拓跋虔，他用的武器叫矟，特制巨矟，一般人扛都扛不动，有张飞之猛。再比如最厉害的拓跋仪，此人文武双全，剑术骑射都一流，后来作战立了首功。

有的是智囊担当。比如拓跋仪，不但是武力担当，还是智囊担当。因为他的好名声，还会有两个人加入这个团队。这两人现在还没到，不过很快就到了，他们是张衮和许谦。张衮和许谦不远千里从上谷郡（今河北怀来）赶来，对复兴代国提出了具体方案。两位汉人名士的到来，奠定了拓跋珪的创业团队文化建设的基础。

资金有了，骨干有了，人马有了，看起来拓跋珪离注册公司也为时不远了。

还缺一样，那就是老东家贺兰部的支持。不管怎么说，拓跋珪此刻是寄居在贺兰部的，需要得到贺兰部主要领导的重视和支持。

贺兰部支不支持，跟贺兰部现在的局势有关。

贺兰部现在的日子不好过。当年的总摄东部大人贺讷，在独孤部刘库仁、刘眷的打击下，一再向北撤退，退守到意辛山附近的狭长地带。再退，就连老根据地也没了。

好在刘眷死后，刘显忙着平乱，将刘眷刚得到的牛川暂时放弃。此时的牛川、盛乐一带，相当于挡在贺兰部和独孤部中间的战略缓冲带。

贺讷这个人没有多大野心，他是只想自保。所以外甥拓跋珪来投奔，他还是很高兴的。对于拥立拓跋珪当代王，贺讷有三点不得不做的理由。

第一点，如上所说，形势。拥立拓跋珪当代王，让他驻牧在牛川一带，当挡箭牌。

第二点，部族里大部分人都赞同。拓跋氏和贺兰氏世代结亲。贺氏是贺讷的亲妹妹，拓跋珪是亲外甥。贺讷的父亲贺野干，娶的是拓跋什翼犍的女儿辽西公主（这个名字有点怪，她跟辽西有什么关系呢）。如今贺野干已死，辽西公主还在。辽西公主和贺氏亲近，当然会拥护拓跋珪。拓跋纥罗和拓跋建等代国宗室成员，也力推拓跋珪。

第三点，贺兰部原来就是代国臣属，从忠义上来讲，帮助拓跋珪复国也是当仁不让。

于是，贺讷就召开部族会议，说贺兰部向来是代国的臣属，两家又世代通婚，现在代王嫡孙拓跋珪回来了，不如拥立他为代王，重建代国。

大家都鼓掌通过。好，就这么愉快地决定了，来年正月举行大典。

但是有一个人是有强烈反对意见的，这个人就是贺讷的弟弟贺染干。贺染干独立领一部，他自己也看中了牛川的鲜美牧场。"不让自己的弟弟去驻牧，却让给了外人！"他对哥哥的决定不服。

不服，又说服不了大家，那就来阴的。

贺染干吩咐手下侯引和乙突，择日率杀手到拓跋珪的行宫行刺。这话被尉古真听到了，就提前骑马去通知了拓跋珪。

秘密泄露，侯引、乙突就来找贺染干报告："没法去行刺了，秘密好像被发现了。"

"谁告的密？

"根据探子的追踪，好像是尉古真干的。"

贺染干就将尉古真抓起来，逼他承认。他命人将尉古真的手脚拴住，用两根车轴夹他的脑袋。

"是不是你告的密，说！"

这尉古真也真是硬气，脑袋被车轴挤了，一只眼珠子都给挤出来了，居然还直挺挺站着，就是不承认。

贺染干敬佩他是条汉子，自己又没有证据，就把他放了。

一次不成，再来一次。这一次得亲自出手。又过了几天，感觉拓跋珪该松懈了，贺染干带领一批部众包围了拓跋珪的行宫，喊着要诛灭拓跋珪。

拓跋珪的母亲贺氏再次显示了母爱的强大。她走出去站在贺染干面前，身子弱小，却威风凛凛："你连姐姐的儿子也不放过？你想杀吗，那就先把姐姐杀掉吧。"

贺染干慑于贺氏的威风，竟然半晌不敢动手。

僵持之间，贺讷也闻讯赶来，劝说道："拓跋珪是代王嫡孙，本该复兴祖宗的基业。再说，代国重建对我们来说又有啥不好，代国强大就是贺兰部强大。作为代国故臣，你这是谋逆啊。"

贺染干未能得逞，带领本部人马悻悻而去。

贺染干走了，拓跋珪的复国大业全票通过。这年十月，拓跋珪带着贺讷的祝福，带着元从二十一人，带着几千部属，迁徙到牛川草原驻牧，开始张罗复国大典的具体事宜。

从西拉木伦河逆行来的儒生

公元385年阴历十月，拓跋珪率部移居牛川，搭建行宫、分配牧场之后，开始准备第二年正月的复国大典。

这一天，沿着西拉木伦河，有两个人、一架车队，由南往北沿河岸而来。这两个人五十岁左右，都是穿着宽大长袍、头戴儒冠，一看就是南面来的汉人。其中一个年长者会说几句鲜卑话，逢人就问拓跋仪的营帐在哪儿。

早有人通报了拓跋仪。拓跋仪小拓跋珪一岁，但身形长大，又精通鲜卑、诸胡、汉话多种语言，所以哥哥顾不上的时候，他会代为接待各路豪杰。这几个月来，拓跋珪在草原上有了些名头，拓跋家的亲戚也好，原来的代国旧部也好，以及那些走投无路的、打家劫舍的也好，他都见识过。但汉家儒士点名道姓来找他，这还是大姑娘上轿——头一遭。

拓跋仪就心里头嘀咕，这年头，见过北方人到南方当雇佣兵的，没见过汉人文士来北方旅游的。况且，牛川这地方固然水草肥美，但地处偏僻，一般汉人路也找不见，来的一定不是一般人。他不敢怠慢，殷勤将二人接入自己帐中，待以上宾之礼。

好几碗奶酒下肚了，那俩人还是没有说明来意，只是捋着胡须看着拓跋仪微笑。

拓跋仪到底忍不住了，躬身问道："二位先生远道而来，定有指教。"

两位先生互相对视一眼，年龄稍长的那个故作神秘："我二人会望气，我们望见此处有王者之气，所以就跑来看个究竟。"

拓跋仪心道，对了，果然是高人。连忙起身再拜："此地确实有王者，但不是我，那是我哥——代王拓跋珪。走，我这就带二位先生去见代王。"

那老者摆摆手："呵呵，不急，我们就是想先跟你聊聊。"

拓跋仪有点窘："先生貌似……应该不认识我这小辈吧……"

那老者爽朗一笑："公子不认识老夫，老夫倒是识得公子。说起来，你跟小时候的相貌还有那么一点像……"

"先生见过我？"

"岂止是见过，我还抱过你哩！"

是故人啊！拓跋仪忙屈身请教别来情由。

这位故弄玄虚、爱说笑的老者，原来正是我们的老朋友，前代王拓跋什翼犍的郎中令，许谦。这许先生算是有点个性（前面讲过，他还有小偷小摸的毛病）。当时，汉人名士普遍是不愿意到胡地为臣的。比如当年，他好朋友燕凤，就是请也请不过来，最后靠武力才抢来的。而这位许先生呢，根本就不用请，自己拉家带口就来了。他好像是就看中了拓跋家族，代国灭亡后，苻坚的从弟苻洛想重用他，他只待了几天，就以母亲老病为由，辞官回代郡归隐。一晃快十年过去了，听说拓跋珪从中原北归，准备复兴代国，他就又屁颠屁颠跑来。来也不空手，还说服了另一个名士也来投奔。

这位名士，就是被誉为"北魏开国文臣第一"的张衮，张洪龙。

张衮是上谷沮阳（今河北怀来）县人，出身于当时的上谷世家。他的祖父张翼做过前燕辽东太守，父亲张卓做过昌黎太守，都很受前燕慕容氏的重用。

张衮本人，不但学识渊博，才智高于父祖，而且人品十分敦厚。二十来岁的时候，就在士人圈很有声望。但是他运气不好，赶上了前燕慕容氏皇族内斗的衰败期，人才不受重视，所以只当了个小小的五官掾。五官掾是郡守的属吏，基本上算不上是朝廷任命，主要掌管春秋祭祀之类的闲事。可以说，张衮是生不逢时。

小官当了没几年，张衮见朝政腐败，就主动辞官回家，年纪轻轻就处于隐居状态。此后前秦灭前燕，后燕灭前秦，同一个地方今天属你，明天属他，你方唱罢我登场，张衮只是冷眼旁观。

张衮的冷眼不是冷淡，而是冷静。和当时很多北方名士一样，他也有"天下"的理想。他希望中原有一个统一稳定的开明王朝，希望幽州、并州乃至青徐冀豫等各州不要再割裂，更希望南北不要对立，天下混一。他内心里，其实一直希望有一个真命天子出现，不管是胡人也好，汉人也好，只要能够实现这个理想，只要能尊重文士，重视文化，他就愿意不遗余力辅佐这个人。

关键一点，这个真命天子还得懂得赏识他的才能。

但现实是，氐人苻坚失败了，慕容氏让他失望了。失望之余，他也并没有"躲进小楼成一统"，而是保持了与河北幽并一带名士官员的交流。比如和崔宏、崔逞，甚至小一辈的贾彝，都有书信往来。

上谷郡和代郡相邻，同样隐居在家的许谦，有时也会驾车前来张衮家中做客。许谦比张衮大四岁，见的世面多，也比张衮爱吹嘘。他俩坐而论道，论来论去，就谈到当年拓跋什翼犍的往事。许谦把拓跋什翼犍如何宽厚待人吹得天花乱坠，当然，他自己"盗绢"那个事是不会讲的。然后又谈到什翼犍的嫡孙拓跋珪如何胸有大志，准备兴复代国，而他的弟弟拓跋仪又是"少年才俊"，很能礼贤下士，"我们不如助他们成就一番大业"。

在许谦的一番鼓动下，47岁的张衮眼睛亮了。这是公元385年深秋，慕容垂大军已经平定河北，而许谦和张衮两位河北名士却逆向而行，走向草原深处。

按照许谦的设想，他们先去拜会拓跋仪，主要是探探拓跋仪的口风，看他是不是真像传说中那样。毕竟，这兄弟俩还只是乳臭未干的黄口小儿。

于是就出现了本文开头的那一幕。

许谦、张衮和拓跋仪初见面就交流了很久，这一番交流，让许谦二人大为折服。拓跋仪气质高贵、文武双全，本来就很受人喜欢。没想到谈论起天下大事，更有一番指画山河的气度，什么南北政局、城池要塞、山河地理，这十几岁的少年都能侃侃而谈。

一番论道之后，许谦悄悄对张衮说："拓跋仪有大才不世之略，跟着他干不会错的。"

张衮点头："弟弟如此，哥哥必然也是大英雄。"

拓跋珪没有让他们失望。三人见面后，果然相谈甚欢，他们的政治理想，完全一致。和拓跋猗㐌、拓跋什翼犍一样，拓跋珪对这两位名士，是推心置腹，真当宝贝来看。他也不来虚的，直接封张衮为左长史，许谦为右司马，并且将复国大典和郊天祭祀的各项礼仪，以及代国重建后的官制体系，都交给他们来办。

公元386年正月，在众人拥护下，拓跋珪在牛川即位，郊天祭祀，重建代国。建年号"登国"。

在张衮和许谦的协助下，拓跋珪仿照汉制，结合草原各部实际情况，重新建立了具有草原特色的山寨版王国。

张衮为左长史，许谦为右司马。实际上，他俩都算谋臣，既谋行政，也参军事。

长孙嵩为南部大人，叔孙普洛为北部大人。设南北部，这是旧制。南部长孙嵩，统领的主要还是以他带来的"七百余家"为主的部众。北部大人叔孙普洛属于拓跋氏"帝室十姓"，他统领的，其实也是以他为主的拓跋旧部。这俩人，属于实力派，也都有自己的独立武装。

如何安排"元从二十一人"中的其他功臣？在张衮、许谦的参谋下，拓跋珪进行了一番改革创新。创新的基本思路，就是增设"国家任命"的官僚体系，来制衡南北部大人的独立武装。

首先是军事上的创新，置都统长和禁兵。都统长相当于清朝的九门提督。同时设幢将员六人，这幢将相当于禁兵将领，下属有什么郎官、侍中侍卫什么的。拓跋珪安排自己的死党长孙肥和奚斤统领禁兵。自此，代王有了直属军队。"禁兵"制度几乎是照抄汉武帝，自登国元年创立以后，拓跋珪有了自己的直属武装，六七年间，禁兵力量发展到五万人以上。此后拓跋珪南征北战，禁兵屡创奇功；拓跋珪在军事上曾屡遭危难，但每次都能迎刃而解，且没有引起代国分裂，这也是归功于禁兵制度。

设左右侍从，由长孙道生（长孙嵩的侄子）、贺毗等人担任，主要任务是传递命令。

政治上的创新，是改革"大人"制，增设"外朝大人"官。很明显，这是针对以往南部大人和北部大人势力太大而设置的。"外朝大人"没有直属的部民，代王可以随时任命，也可以随时撤换，这就加强了代王的权力。起初任命的王建、和跋、叔孙建、庾岳等外朝大人，多是代王的亲信，他们同时兼任王宫警卫和军事决策。

在这个基础上，拓跋珪后来又增设什么"天部大人""方面大人""中部大人"。从名称就可以看出，这些所谓的"大人"再也没有独立的部众，而是成为代王的属官。

其他的"元从二十一人"，自然各有封赏，在此不一一列举。

比起拓跋什翼犍建国二年的百官设置，拓跋珪的官制看起来要简单得多，但也有效得多。

在张衮和许谦的谋划下，拓跋珪复兴的代国表面上简陋，实际上却大大迈出了一步：分解传统部落力量，加强中央集权。套用历史书上常用的说法就是：

这是拓跋代国从原始社会部落联盟迈入封建制的关键一步。

这关键一步，得益于拓跋珪和张衮、许谦的相互信任。说句实话，拓跋珪复国，比他爷爷什翼犍时候还寒碜。他在借来的土地上，暂时纠集了不同的部族，连都城也没有，发号施令还在帐中。就是在这样的条件下，张衮、许谦联手建立了一套国家政治体系，而且让所有人相信：这就是国。

除了建元"登国"，郊天祭祀，虚张声势以外，张衮、许谦的另一件功劳是劝拓跋珪设置"公侯"爵位。

登国元年的代国，只是不多几个部落的联盟，不能像晋朝那样设置百官。人多官少，那些出生入死的兄弟，那些闻风归附的拓跋贵胄怎么办？封公封侯呗。于是，登国二年大赏群臣的时候，拓跋珪的兄弟叔侄，都封了公。比方说拓跋仪是九原公，拓跋遵是略阳公，拓跋虔是陈留公。话说这略阳和陈留是人家别国的地盘，就这样被他拿来送空头人情了。跟着打仗的功臣们，很多封了侯。这样，等于是又增强了代王的直属力量。

好了，代国总算是在一张白纸上建立了。

再说几句君臣的闲话。许谦和张衮前来投奔拓跋珪时，两人撇开拓跋珪，先去和帅哥拓跋仪聊了个热乎。对此，拓跋珪并没有生气，而是放手任用。这是拓跋珪的用人之量。许谦比张衮大，又是老臣，代王却让张衮位列许谦之上，这是许谦的容人之量。张衮作为一个"新臣"，能不顾嫌疑，大胆倡议改革，这是张衮作为能臣的治国之量。

一个十六岁的少年王，两个五十岁的汉家臣，三人能相得益彰，是因为他们都是理想主义者，也都是革命浪漫主义者，所以他们才能冲破藩篱，建立新的体系。

尤其是张衮，在之后十余年的汉化改制中，他将成为航母级别的存在。

张衮曾把自己比作战国改革家乐毅、三国军事家荀攸，但对拓跋珪的评价，则超过了曹操，说他"必能囊括六合，混一四海"。这里面有没有吹牛拍马的成分？应该有。但他敢把筹码压在蛮荒的草原部落，不能不说是政治眼光独到。所以拓跋珪也是把他当张良、萧何来任用。

可以毫不夸张地说，没有张衮，就没有北魏后来的满朝文臣，就没有北魏。反过来说，如果没有拓跋珪，张衮也不会出现在历代开国名臣之列。

改革的急性子

拓跋珪，应该算是一个少年老成的王。但他毕竟还是少年。

这少年有一肚子的想法想要实施，他顾不得舞台还没有搭建好，顾不得彩排，就匆匆想把他独创的剧目上演。

对这少年而言，牛川太土了，场地太小了。386年即位第二个月，他就带领部众迁居盛乐，准备在拓跋氏的龙兴之地搞出一番作为。他在这里颁布了一道法令："息众课农"，也就是大力发展农耕，做了一个经济体制改革的试点。

"代王"的称号太小了。四月的时候，他又迫不及待地改称"代王"为"魏王"。这次王号的改称并没有提交大会讨论，但他的意图是明显的：我所新建的国家，不再是汉人王朝的边陲属国"代"，而是继承了中原"魏国"的正统。

这是一个静悄悄的，却十分重要的政治文化事件。我们从中也能看出拓跋珪的野心，绝不仅在区区草原。他没有大张旗鼓地宣称"改国号魏"，但至少，已开了头。

既然是正统的"魏"，就要像中原国家一样，屯田、富国、强兵。

"息众课农"是一个大事件。这是拓跋氏有史以来第一次以国家号令的方式，开展的一次"草原新生活运动"。不游牧了，改种地。

诗意一点的解释就是：从明天起，做一个幸福的人。耕地，种植，关心粮食和蔬菜。从明天起，不再游牧流浪，我有一个部落，面朝黍子，春暖花开。

但是那些逐水草而居"逐"惯了的部民，并不觉得这有多么诗意。他们不会吟唱"雨我公田，遂及我私"，他们只会诅咒"不稼不穑，胡取禾三百囷兮"。

所以我们有理由认为，拓跋珪很有可能是为自己挖了一个坑。

拓跋珪并不是没有意识到，自己离开盛乐后的十年，草原文明经历了一次大倒退，在贺兰部和独孤部的领导下，人们已重新回到靠草吃饭的生活。原来拓跋什翼犍耕种过的土地，已经荒芜。

越是如此，拓跋珪越压抑不住改革的冲动。

在长安的时候，他见识了前秦苻坚兴修水利、发展农业的强大。在河北等地流浪的时候，他也见识了自曹魏以来"屯田"的果实。所以，作为一个已经被新思想包装起来的领主，拓跋珪发表的第一个重要讲话就是：

解放思想，发展农耕。

他在祖先游牧过的土地上，颁布新的法令：息众课农，分土，定居，立监事，领押部民开垦土地。

新政不是没有吸引力。拓跋珪的魄力，吸引来一个重要队友——刘罗辰。刘罗辰是刘眷的儿子，他早就对杀父仇人刘显怀恨在心，此时见拓跋珪一上台就与众不同，本着敌人的敌人就是朋友的态度，率众投靠了拓跋珪。他还给拓跋珪带了一个美丽的礼物——他的妹妹。于是，刘罗辰摇身一变成了拓跋珪的大舅子。此后，刘罗辰与他的妹妹独孤刘氏，成为拓跋王室的重要力量。

但拓跋珪毕竟还是胆子大了些，步子也迈得快了些。

理想很饱满，但现实也是骨感的。所谓"息众课农"，并不是自由的农耕，而是非拓跋部的"低等"部族，在拓跋部贵族的管理下，进行农耕。原来聚居一起的本部族也被打乱，大家一起变成垦土的农奴。对于这些人来说，在草原上自由驰骋，才是他们的梦想。

果然，在"息众课农"三个月后，护佛侯部帅侯辰、乙弗部帅代题率众叛逃。

拓跋珪的亲信诸将准备派兵去追，拓跋珪摇头道：

"侯辰和代题世代忠于我拓跋部，岁时朝贡从来没有拖延过。现在代国初立，改革初兴，他们不能够理解也是正常的，由他。总有一天他们还会回来。"

拓跋珪猜对一半，因为两个月后，代题真的又回来了。

拓跋珪没猜对的另一半是，代题回来安生了没几天，就又逃走投奔刘显。

说起刘显，就不能不说说拓跋珪立国之后的草原形势。

贺讷扶助拓跋珪在牛川重立代国，实际上是恢复了拓跋力微最开始立足的一小块根据地，大致相当于今包头市、呼和浩特市、乌兰察布盟所辖的区域。

而原来拓跋什翼犍的代国，实际上自上而下被裁为三截。

最上面是贺兰部，占据阴山北部。中间是拓跋部，以盛乐为中心。最下面是刘显的独孤部，以马邑为中心。十多年前，贺兰部和独孤部都是拓跋部的臣属，现在三部则相当于独立的"三国"。本来是独孤部刘显一家独大，现在拓跋珪横空出世，两家争锋，而贺兰部僻居北疆坐山观虎斗。

如果代国故地是个足球场，这将是一场决定最终出线名单的竞技赛。

竞技双方：拓跋队与独孤队。

拓跋队，属于重组队，以前多次拿过冠军，后来一败涂地。重组后装备差、队员少，但主力队员强硬，有外籍教练张衮等每天强化训练，属于黑马型。缺点：队长拓跋珪缺乏经验。

独孤队，老牌强队，曾经拿过冠军，实力型。虽然最近队员刘亢埿搞内讧，但一旦刘亢埿和刘显联手，不可小觑。缺点：队长刘显的名声不好。

按照常规的判断，新崛起的拓跋队根正苗红，国际声誉也不差，应该有较大的取胜几率。但队长拓跋珪一开始就犯了一个致命错误——那就是急于求成。套用电影《让子弹飞》中的一句话就是："步子迈得太大，容易扯了蛋。"

年少气盛的拓跋珪一上手就下了一步狠棋：改革、借鉴、创新，用外籍教练，按照国际流行趋势，探索最新的打法。

这听起来真没什么错。但拓跋珪忽略了一点：创新改革的基础是什么？

我们读历史，读过很多改革成功和失败的例子。改革成功的，往往是经过大讨论，在思想上统一了，在保证团队凝聚力的基础上，循序渐进地搞。那些急于求成的，往往会激起众多的反对。

拓跋珪刚刚组队，凝聚力还没有形成，很多队员的名字都不熟，就开始大刀阔斧地搞整顿、搞改革，让大家放下马鞭拿起锄头，你说队员们能听话吗？

所以，这场竞技刚开始，裁判的哨声还没响，拓跋珪就陷入争议之中。在争议中，护佛侯部和乙弗部叛走。

而独孤部刘显的弟弟刘亢埿则放了一把风筝：他先替哥哥刘显来攻击拓跋珪，绕了一圈之后，又背叛刘显，投靠了拓跋珪。隔了一个月，这个刘亢埿又叛走投靠刘显。

很明显，在人才争夺战中，拓跋珪输了一筹。

虎视眈眈的刘显本来就想灭拓跋珪而后快，拓跋珪的"息众课农"改革，无疑给了刘显一个机会。更要紧的是，拓跋珪任命奚牧为治民长，让他插手南部大人和北部大人的军事和经济事务。南部大人长孙嵩所带七百余家，本来就曾在马邑一带从事过农耕，自然是配合的。但北部大人叔孙普洛就不乐意了，这为将来事变发生后的分裂，埋下了祸根。

拓跋珪，这个改革的急性子，很快就要为自己的冒失交一笔学费了。

最后争锋：独孤与拓跋

很多年以后，大魏明元帝拓跋嗣一定会记得，他母亲向他讲述的，那个逃离独孤部，从善无投奔盛乐的遥远旅程。那时候，他的父亲拓跋珪刚刚十五岁，在牛川建立起一个空头"代国"。那时候，他的外公刚被堂舅杀死，舅舅刘罗辰带着母亲投奔拓跋珪。舅舅送给父亲的见面礼，就是他的母亲刘氏。

那时候父亲和母亲都惶惶如丧家之犬，他们在乱军中结合，生下了他，并为他取名"拓跋嗣"，意思就是，让他延续拓跋氏和独孤刘氏的血脉。

他也一定不会忘记母亲刘氏临死之前对他讲的一段话：

"你是拓跋氏与独孤氏共同的血脉，将来你的子孙将世享帝位，这也是我独孤氏之福。我今虽死无憾。"

当时，独孤氏与拓跋氏已难分彼此。大约二百年后，独孤信将三个女儿嫁给了北周豪族，三个女儿都成为皇后。其中一位，是隋文帝杨坚的"独孤皇后"；另一位，则是唐高祖李渊的生母，被尊为"元贞皇后"。

前后二百年间，传奇般的独孤氏将北魏与隋唐连接起来。

独孤与拓跋的第一次通婚，是在公元318年。那一年，刘路孤脱离刘虎，投奔拓跋郁律，号"独孤部"，成为拓跋代国的臣属。376年，代国亡，刘路孤之子刘库仁统领代国中部、东部部众，臣子又变成了主子。383年，刘库仁死，他的弟弟刘眷继位。385年，刘显杀刘眷自立，又欲杀拓跋珪。拓跋珪逃离独孤部自立，于386年正月称王。

这是一段恩怨交织的岁月。就是在这样的恩怨交织中，孤独与拓跋有了第二次通婚。

刘眷死后，刘眷的儿子刘罗辰逃亡善无山中，日夜站在山头向南怒目，目眦尽裂。386年阴历三月，听闻拓跋珪在盛乐称王，刘罗辰率所部人马北上投奔。刘罗辰对拓跋珪说："刘显与我有杀父之仇，大王与刘显也势不两立。我今率众来归，大王如能助我报得此仇，今后必将世代追随大王左右。"

刘罗辰将妹妹嫁于拓跋珪。这就是拓跋珪的第一个妻子刘氏。刘氏相貌虽不算出众，但端庄大气，贤淑忠厚，几年后，为拓跋珪生了一子一女。儿子取名叫拓跋嗣。后来，刘罗辰确实兑现了自己的承诺，忠心不贰，后被封为南部大人、永安公，儿孙在北魏世代为臣。

但是在当时看来，刘罗辰投靠拓跋珪，有点像孤注一掷。因为拓跋珪的麻烦很快就来了。年轻冒失的拓跋珪立足未稳，就下令改革，息众课农，导致部众离心离德，没几个月，刚刚建立的国就濒于溃散边缘。而南面虎视眈眈的刘显，则拉起了一杆大旗，威逼南境。

这杆大旗就是拓跋窟咄。

野心家刘显对自己有清醒的认识：拓跋珪名正言顺，是代王嫡孙，而自己是杀叔篡权的"僭王"。于是，他秘密从雁门关内请来一位大神——拓跋窟咄。

拓跋窟咄是前代王拓跋什翼犍和慕容妃之子，拓跋实君之乱时，侥幸存活下来，曾和拓跋珪一起在长安学礼。后来，拓跋窟咄跟随鲜卑慕容永到并州立足，担任新兴郡太守。

同为代国王室，同在长安学礼，拓跋窟咄又比拓跋珪年长，天平瞬间倒向拓跋窟咄。

刘亢埿本来与刘显不和，看到刘显请来了大神，又回头投靠刘显。他主动和拓跋窟咄、刘显联手，威逼拓跋珪南境，驻军在今山西右玉一带。战斗还没有打响，拓跋珪的队伍就濒临瓦解。

拓跋珪手下的莫题第一时间叛变。为了向拓跋窟咄表示忠心，莫题托人捎一支箭给拓跋窟咄，还捎了句话："三岁犊岂胜重载？"意思是，拓跋珪乳臭未干，哪能承担复兴代国的重任？

这话分量极重，留言传开后，拓跋珪更多部众叛走。

穆崇有个外甥，叫勿忸于桓（勿忸于氏后改为于氏），一直没受到拓跋珪的重用。听说拓跋窟咄和刘显的大兵压境，于桓大喜，心想我要是将拓跋珪抓住送给拓跋窟咄，岂是大功一件？于是，他勾结了一帮人，准备伺机动手。他还想拉拢自己的舅舅，就来策反穆崇：

"现在各部部众大多归顺了拓跋窟咄，我们也应相机行事。抓住拓跋珪可是大功一件，咱们的富贵在此一举！"

穆崇表面点头应诺，心里面却是为拓跋珪抓急。于桓离开后，穆崇连夜密告拓跋珪，说有人想害他。拓跋珪早已知情。于桓拉拢的同谋人中，有一个叫单乌干的，早就将于桓的阴谋透露给拓跋珪。现在听穆崇这么说，知道众心已散，这地方不能待了。

拓跋珪长叹一声，杀掉于桓为首的五人后，率部北逃阴山，到贺兰部避难。

拓跋珪与刘显的第一场竞技，拓跋珪完败。

这是拓跋珪遇到的第一次危机。刚刚得到的盛乐和牛川，转瞬间便失去。刚刚立起的国，低头抬头间便只剩了个国名。

困顿之中，左长史张衮提醒拓跋珪：你别忘了从前的铁杆队友慕容麟。

张衮的原话是："可遣使告慕容垂，共相声援，东西俱举，势必擒之。然后总括英雄，抚怀遐迩，此千载一时，不可失也。"

这话的意思再明白不过：挑战就是机遇，挑战越大机遇越大。慕容垂拿你当棋子，自然不会坐视不理，而我们也正好借力打力，搞定刘显。

拓跋珪就问随从的几位铁杆："谁能代我下中山跑一趟？"

商旅出身的安同马上应声："那边我熟，我去吧。"

拓跋珪给安同配了个助手，长孙贺。

这个助手很没出息。两人从阴山南下不久，长孙贺就半路跑掉，投奔了拓跋窟咄。安同只好一个人昼伏夜行，辗转抵达中山，向慕容麟哭诉了拓跋珪的情况。慕容麟二话没说，整顿了一支六千人的兵马，吩咐安同：

"你先回去报信，我带大军随后。"

安同骑马一路狂奔，刚走到牛川，遇上了拓跋窟咄的侄子拓跋意烈正沿途搜查"奸细"。安同向来与各路商旅相熟，情急之下，见一个商队马背上驮着货物，就钻进一个口袋里，躲过了搜查。当夜，又躲进一口枯井中，直到听得拓跋意烈的搜查队走远了，才出来。沿途都是岗哨，没办法报信了，安同只得折返，回到慕容麟军中等待时机。

安同迟迟没有信儿，愁坏了拓跋珪，却高兴坏了贺染干。贺染干早就想除掉拓跋珪，于是便趁机痛打落水狗，联合拓跋窟咄进攻拓跋珪。此时是人人惊惧，都认为大势已去，北部大人叔孙普洛等十三人率部逃走，投奔了朔方刘卫辰。叔孙普洛属拓跋鲜卑"帝室十姓"，他带人一逃，拓跋珪这个"王"的根基也动摇了。

拓跋珪各部将四散的消息传到慕容麟军中，安同再也坐不住了。

"代王的使命还没有完成，我却躲在这里贪生怕死。大不了一死，死也要把信送回去。"

他对慕容麟说："将军请速向北进军，我去与代王相约，两军在高柳汇合！"

他从慕容麟军中挑选了十来个死士，痛饮烈酒之后，大声道："去就算是上刀山，下火海，也一定要冲破重围，把信送到。"

事情往往就是这样，你越是冒着必死的决心，死神反而就绕道走了。安同一行快马由南而北、跨河穿谷，反而没有遇见一个敌人。

拓跋珪此时正困守弩山，看到安同的快马，大笑道："救兵来了。"

安同还未走近，就在马上挥旗大喊："慕容麟的救兵来了！"各部部众听到这个消息，重新振奋起来。未逃走的各部与拓跋珪集会牛川，然后一路向东南，过参合陂，与慕容麟会师高柳。

安同真的是一个优秀的信使，这一次又是他先行，提前抵达慕容麟军中，报告了拓跋珪已经南下的消息。

此时拓跋窟咄正屯兵高柳，与慕容麟对峙。本来准备一战而胜，不想身后又出现了拓跋珪的军队，前后夹击。窟咄也不知敌人到底多少人马，还未交战就率众逃走。

两军追击，窟咄一路西奔，跨河逃到刘卫辰处求救。

慕容垂、慕容麟纵横中原，所向无敌，草原诸部都有耳闻。得知慕容麟大军助战拓跋珪，原先逃走的叔孙普洛等十三人率众返回代地，刘卫辰见拓跋珪势大，不敢得罪，于是将拓跋窟咄杀掉，表示没有敌意。慕容麟助战大胜后，班师回中山。

第二场竞技，拓跋珪完胜。

在慕容麟的帮助下，拓跋珪一举干掉了自己的政敌拓跋窟咄，也将刘显的独孤部打得七零八落。

原来代国的大境，从盛乐到平城、参合陂、上谷一带，重新被拓跋珪掌控，四散的各部也重新归顺。原先跟着拓跋窟咄的部众，以及拓跋支系的后人，也全部表示支持拓跋珪。

这年十二月，慕容垂派使者来，封拓跋珪为"上谷王"，加"西单于"印绶。

但是拓跋珪不想寄人篱下，礼貌地跟使者说："败兵之将，全靠燕王助战才免于一难，哪敢接受这样的封号呢　代我谢谢燕王的好意，但请把印绶拿回吧。"

心里面却在说：我如今已经是"魏王"，哪能接受你燕王的封赐！

至此，代国故地重新为拓跋氏所有。

而独孤部刘显和他的部众呢？

刘显一个贪小便宜的举动最终让自己灰飞烟灭。前文提过有个跳梁小丑刘卫辰，他一直蛰伏在朔方。为了交好后燕，他派人送了三千匹马给慕容垂。可能是输急了的缘故，刘显当了一回强盗，将这三千匹马给抢了。慕容垂大怒，派慕容麟汇合拓跋珪再次进攻刘显。刘显生死不明，他的部众大多被慕容垂迁到中山。刘亢埿投靠慕容垂，多年以后，被拓跋珪攻灭。

而那些留在雁北的独孤部众，则从此纳入拓跋珪的管理之下。很多年后，魏王拓跋珪一统北方，又数次"离散部众"，将原来独立存在的拓跋部完全打乱，独孤氏就此淹没在鲜卑拓跋氏的洪流之中，再也难分彼此。

387年正月，"魏王"拓跋珪召开大会，安抚新归降的各部，安顿新加入的胡汉各路将领，赏赐群臣。仅受到封赏的就有七十三人。长孙嵩在危难之际最为忠勇，赏赐最厚。拓跋王室的后人拓跋因、拓跋敦、拓跋颇、拓跋素延、拓跋目辰、拓跋郁、拓跋度、拓跋谓，以及王族支系拓跋泥，全部封赏为重要将领。前面提到的那些早期跟随拓跋珪的将才、文士，也各有封赏。

至此时，代国（以后该称"魏国"了）才算是真正复兴。而人才之鼎盛，则大大胜过前代。

拓跋珪，正是靠这一支前所未有的强大团队，为拓跋氏开出新的篇章。

新篇章的开笔，就是向自己的舅氏贺兰部下手。

舅舅，请借地盘一用

公元409年深秋的一个夜晚，16岁的拓跋绍潜入魏都平城天安殿，将睡梦中的父亲拓跋珪杀死。拓跋珪一定没有料到，17年前的那一场孽缘，早已注定了最后的结局。

393年，拓跋珪到贺兰部巡视的时候，见到一个绝色美女。"世界上居然有比我妈妈还漂亮的女子。"23岁的拓跋珪第一次有了怦然心动的感觉，这是作为帝王的他，从未有过的体验。

一问之下才知道，这女子是他母亲的妹妹，应该叫姨妈。

姨妈就姨妈，反正这女子我娶定了！拓跋珪跟母亲贺氏商量。贺氏极力反对：人家已经有丈夫了。还说了一句名言："是过美，必有不善。"

美丽的女子往往是祸根，即便不是祸根，命运也多半不好。这一点，贺氏自己深有体会。

可惜拓跋珪不理会这一套，管她姨妈不姨妈，管她有没有丈夫。

拓跋珪秘密令人将姨夫杀掉，将自己的姨妈娶过来，纳为侧室，是为鼎鼎有名的美貌贺夫人。拓跋珪专宠贺夫人，对贺夫人生的拓跋绍也是百般娇惯，后来，终于教养出一个弑父的无赖。

这是后话了。如果把历史的镜头重放一次，我们能够看到：对于贺兰部来说，拓跋部早已欠他们太多。

俗话说，外甥是狗，吃了就走。又说，子系中山狼，得志便猖狂。

贺兰部很早就是拓跋氏的母舅家。想当年，拓跋翳槐在舅舅贺蔼头的帮助下复国，结果，翳槐恩将仇报，将舅舅杀掉。

对这件事，贺兰部没有记仇，两家继续结亲。

到拓跋珪这一代，又是走投无路的时候去投奔舅舅贺讷。贺讷又是收留他，又是给地盘，终于帮助他复了国。

复国第二年，拓跋珪击败独孤刘显，翅膀硬了，开始把目光瞄准从阴山北麓到漠北、从阿尔泰山到辽河以西的广大草原。这是个野心勃勃的计划，很明显，贺兰部在拓跋珪的扩张计划之内。可惜，贺讷一开始并没有猜到。

经过刘显之乱，拓跋珪变得现实了，也更狠毒了。他开始认识到，现在谈"息众课农"，确实有些为时过早。要想实现自己"大魏国"的理想，首先得增强自己的实力，最简单的办法就是征伐，抢掠，先抢夺地盘、牛羊和人口，其他再说。

汉化改制，也是需要基础的。远离中原，身处蛮荒之地，必须服从狼性的法则和强盗的法律。因为打仗的时候，文明人远远不是野蛮人的对手。

"我要先让自己成为最厉害的强盗。"387年阴历八月，打了第一场胜仗的拓跋珪面对北方，发出了这样的咆哮。

拓跋珪兵锋所指的第一个地方，是燕山以北、辽河以西的松漠地区。松漠地区，在地理上连接着大兴安岭和匈奴故地，早年在檀石槐时代，这一大片草原和松漠连在一起，是游牧民族东西驰骋的通道。西晋灭亡以来，这地方共同生活着库莫奚和契丹两个部族。

这年阴历十月，拓跋珪大军移师濡源（今河北沽源附近），同时派外朝大人王建出使中山，朝拜慕容垂。王建这个人很有点像现在的传销大亨，偏执自信，激情饱满，无论打仗还是讲话，总像是打了鸡血，所以拓跋珪不仅让他带兵，也让他兼任外交大使。

王建见到慕容垂后说："库莫奚野蛮部落不识德义，扰乱松漠地区，触犯了大燕皇帝的天威。现在皇帝您忙着平定中原的乱贼，所以魏王拓跋珪愿为您平定北方。"

很明显，朝拜慕容垂的意思——一是表示臣服，像现在年轻人的"比心献爱"，说明拓跋珪没有二心，一定会替你看好北大门；二是请命，北方现在还有点乱，我替你去平定，请燕主恩准。

史载，慕容垂听了王建这一段热情洋溢的发言，见他"辞色高亢"，"壮之"。外交成功。

得了慕容垂的尚方宝剑，拓跋珪、王建于第二年先东进赤城，又北跨松漠，大破库莫奚，抢夺了牛羊牲口十余万，然后班师回返。

被抢劫的库莫奚不服气，居然在这年七月从后面追上来。拓跋珪回师反攻，又大胜，将库莫奚四部将帅全部杀掉，部众全部遣散。

这一战为几百年后留下了后遗症。被驱逐遣散的部族中，有一支契丹人的祖先逃向北方，后来建立辽国，让大宋头疼不已。

言归正传。却说拓跋珪七月东征大胜，八月马上又派九原公拓跋仪出使中山，再次"比心献爱"，向慕容垂请命西征。慕容垂再次准许。

这是拓跋珪和慕容垂的蜜月时期。此后两年间，这成为一种模式，每次拓跋珪要远征，都要提前向慕容垂请命，时不时地，还要借点兵。

拓跋仪出使归来，于这年冬天随拓跋珪西征解如部，抢夺了男女奴隶和牲口共十余万。第二年，也就是389年正月，拓跋珪又大举北征高车，一直打到今蒙古乌兰巴托一带。

这就有意思了。拓跋珪先是东征，然后又西征、北征，把贺兰部左右上三个邻居打得七零八落，意图已经很明显了。更何况，解如部原来是贺兰部的附属，拓跋珪把人家的人马都抢过来，是明着拆墙了。

几次远征，引起了贺讷和贺染干兄弟的不满。贺讷、贺染干本来不和，因为此事，开始联起手来。于是，389年阴历二月，拓跋珪的远征军在返程途中再打贺兰部的附属叱突邻部的时候，贺讷和贺染干终于忍无可忍，联合对抗拓跋珪。他们不是拓跋珪的对手，被击走。

自此，贺讷兄弟和拓跋珪撕破了脸皮。

对此，拓跋珪早有心理准备，既然迟早有兵刃相见的一天，不如直接来一票大的。

389年阴历五月，拓跋珪又让陈留公拓跋虔出使中山，请命再次西征高车袁纥部。这一次，拓跋珪还让拓跋虔捎了一封信。信的大意是：慕容麟老哥，我与你分别很久十分想念。现在我有大事需要你帮助，你帮我一起出兵，南北夹击攻灭贺兰部。事成之后，少不了哥哥的好处。

他们相约，在灭了袁纥部之后，两军合围共同讨伐贺兰部。

一切准备妥当，390年阴历三月，拓跋珪大军直插西北，在鹿浑海（今蒙古鄂尔浑河畔）大破高车袁纥部，抢得马、牛、羊等牲口二十余万。

拓跋珪醉翁之意不在酒，大军返回到意辛山的时候，慕容麟的援兵也到了，于是两军合围，对贺兰部、纥突邻和纥奚诸部落进行了猛攻。三部在突袭之下毫无反击之力，纥突邻和纥奚部向魏军投降。（半年后，拓跋珪又北征叱奴部和高车豆陈部，迫于压力，纥奚部大人库寒和纥突邻大人屈地鞬"举部内属"，彻底归化了。）

贺讷、贺染干兄弟呢，被打得慌不择路，仓皇向西南方向逃窜，一直逃到铁弗刘卫辰所辖边境。有趣的事情发生了，神奇的刘卫辰为拓跋珪进行了神助攻，他派自己的儿子刘直力鞮袭击贺讷兄弟，想趁机占点便宜。

贺讷一看，不得了了。外甥打过来，还能留条命；这铁弗刘氏打过来，恐怕小命不保。不得已，厚着老脸向外甥举起了白旗："珪儿……哦不，魏王快来救我，以后我安心做你的臣子便是。贺兰部的地盘是你的了。"

拓跋珪要的就是这句话，他收编了舅舅贺讷，亲自挑选了二十万精兵，对刘直力鞮迎头痛击，刘直力鞮退走。

这一战，拓跋魏国彻底取代了贺兰部在阴山北麓的大哥地位，成为大漠南北诸散落部族的宗主国。对此，拓跋珪得意不已，他带领群臣登上勿居山庆祝，游宴终日，又让张衮专门写赞美诗一篇，"聚石为峰，以记功德"。

慕容麟呢？他相助拓跋珪打了场胜仗，自己却什么也没有抢到。孤军深入不是长久之计，悻悻然带兵回中山了。

拓跋珪将贺兰部人众全部东迁，并派贺讷驻守赤城。毕竟有甥舅之情，拓跋珪还有那么点不好意思："我就是想借舅舅的地盘恢复祖宗的基业，您暂时到东边的赤城驻守吧，还继续统领原来的部众。咱们还是一家人哪。"

贺讷是个老好人，信奉随遇而安的乌龟哲学。既然外甥还给我口饭吃，我听话便是了。赤城在魏国东境，紧邻燕国。不久，燕主慕容垂为了招抚贺讷，封贺讷为归善王。贺讷也不多话，坦然接受：封王就封王，反正我也不向着谁，得过且过罢了。

但是一向野心勃勃的贺染干就不乐意了，他向大哥发起了挑战，想要杀死贺讷自立。于是，两部相争。贺讷打不过贺染干，就向燕主求救，请来了慕容麟的救兵。

其实，慕容麟不请也会自来。

慕容麟最近火大啊，他正在生拓跋珪的气：我三番五次出兵助你，现在你得了地盘得了人马，居然不给我一点好处。你舅舅贺讷，这厮两头讨好，也不是什么好东西。

慕容麟的救兵杀气腾腾北上，不但把贺染干打惨，而且回过头来又围攻贺讷。贺讷吃不住打，又慌忙向拓跋珪求救。

拓跋珪亲自带兵前来。于是，拓跋珪和慕容麟这一对好兄弟，第一次在战场上相见了。拓跋珪击退慕容麟，兄弟从此反目，燕魏两国，也从此有了芥蒂。

说一说贺兰部的结局吧。慕容麟将贺染干击败后，尽数将他的部众内迁中山。而贺讷呢，因为反复战败，颜面尽失，拓跋珪不再让他执掌部落，只给他一个"大人"的虚号。他属下的部众，则分头遣散各处，一部分安置在雁北阴馆一带。

这是对贺兰部"离散部众"的开始，也是拓跋珪"一边打仗，一边改革"策略的实施。此后经过多次运动，贺兰部终于彻底离散，从历史中消失。

而贺讷本人，因为他的好脾气，能逆来顺受，后来继续跟着拓跋珪出生入死，低头当臣子，获了个"安远将军"的虚号，也得了个好结局。

史载："讷以元舅，甚见尊重，然无统领。以寿终于家。"

在本文的结尾，我还想对拓跋珪评价几句。

拓跋珪为了要击败他的敌人，将自己先变成比敌人更残暴的人。

不管后来北魏做出多少贡献，也不管拓跋部成就了多大事业，站在人道主义的立场上，我们必须对拓跋珪对贺兰部所做出的非道义行为，做出谴责。

拓跋珪是个有文明理想的人，但在他的早期历史中，我们也见多了打打打，抢抢抢，杀戮，灭族，阴谋，利用，他早期的奋斗史，就是一部草原强盗野蛮掠夺的血腥发家史。

当然，我们可以说好听点：

他是将大漠南北分散的各游牧部熔铸到一个大熔炉里，促进了民族融合。

河西圆梦：从千里奔袭到绝地反击

兼并贺兰部、征服高车诸部后，拓跋珪将矛头对准了拓跋部的世仇——铁弗刘卫辰。

此时后燕慕容垂正被中原的丁零翟氏搞得焦头烂额，没有时间对付拓跋珪，两家仍维持着表面上的和平关系。因此，拓跋珪正好集中精力向河西拓展。

而河西的铁弗部也不安分。391年阴历七月，拓跋珪正在牛川"讲武"练兵，忽然收到前线战报：铁弗刘卫辰派儿子刘直力鞮跨过椆杨塞，入侵黑城。

刘卫辰的运气真的是不好。七月对汉人来讲，是浪漫的"七夕"，是花前月下谈恋爱的日子。对拓跋氏来说，却是讲武练兵，舞刀弄枪大聚会的日子。这是从拓跋什翼犍时候定下来的。当年的"讲武大会"在参合陂，拓跋珪复兴后，又把"讲武"地点挪到了牛川。

听闻刘直力鞮入侵，拓跋珪从牛川移军纽垤川（今内蒙古达茂旗北），这是魏军西征时的一处行营地。九月，拓跋珪折而南下，杀入椆杨塞。椆杨塞是五原郡北部的长城边塞，也是铁弗部和拓跋部势力范围的分界线。拓跋珪大军冲破椆杨塞挥军直进，将刘卫辰在五原的屯田军马全部杀尽，顺便收割了几万亩庄稼。

自苻坚灭代以来，黄河河套南北就被刘卫辰占有。五原地处河套平原腹地，北倚阴山，南临黄河，土地肥沃，正好用来耕种，等于是游牧部落的粮仓。自此，五原这个"河套粮仓"归拓跋氏所有，刘卫辰偷鸡不成，把自己的饭碗也弄丢了。

拓跋珪在五原抢得了一年的粮食，心情大好，专门在椆杨塞北树了个碑，记下了这件大事。

如果给这场战役取个名字，可以称为五原"秋收大捷"。

"秋收大捷"之后，拓跋珪趁着兵精粮足，又进行了一次远征，去收拾铁弗部的小弟——柔然。

说起这柔然，跟拓跋氏还有一段过往。

拓跋力微在世的时候，一个部属在打仗中抢到一个小奴隶。这个奴隶发型特异——自眉毛以上全秃，像顶个亮堂堂的锅盖，主人就给他取名"木骨闾"。意思接近于今人所谓"秃瓢"。小奴隶长大后，被赦免奴隶身份，成为一名骑兵，自此繁衍后代，有了"木骨闾氏"。

拓跋猗㐌时，"木骨闾氏"因延误军机被问罪，带百余人西逃，独立生存。到拓跋什翼犍时代，他们部众渐多，自称"柔然"，成为代国的附属部落之一。拓跋珪复国前后，柔然依附于铁弗部，东西两部分别由匹候跋和缊纥提兄弟率领。这两个家伙很不安分，以前拓跋仪和拓跋虔攻打黜弗部的时候，他们就曾捣乱。

因此，拓跋珪在攻打铁弗部之前，决定要先把柔然制服，以孤立铁弗部。

391年阴历十月，拓跋珪北征柔然。柔然作战灵活，两军刚一接触，东西部主匹候跋和缊纥提就退逃，不见踪影。拓跋珪提兵直追，又向前追了五六百里，一直追到大碛南床山下（今蒙古南部阿尔泰山系），"大破之"，柔然两部一半人马被俘虏。但匹候跋、缊纥提和部帅屋击带着残部逃走了。

诸部将帅都对拓跋珪说，大王，咱们已经胜利，穷寇莫追嘛。再说，粮草也都吃光了，大军饿着肚子怎么打仗？

拓跋珪不同意。他说："柔然已经逃亡多日，疲惫不堪。我们要吃饭休息，他们也要吃饭休息。况且，他们带着畜产家小，到了有水的地方必然会停留。我估算了下，我们再有三天时间就能追上他们。"

于是，他下令"杀副马为食"，继续追击。

副马，相当于备用马，长途奔袭可用来替换。古时征战，战场上"杀马而食"的，一般都是因为走投无路，不得已而为之。拓跋珪为了追敌，竟然甘冒奇险，其作战之猛可见一斑。

拓跋珪自领一支轻骑兵，另派长孙嵩和长孙肥两员虎将，三路骑兵简装追击。

长孙嵩的轻骑连追三天，到平望川，大破柔然，斩了部帅屋击。

长孙肥连追三天到涿邪山（已经深入阿尔泰山了），匹候跋举部投降。缊纥提的子侄，包括社仑、斛律等宗党数百人全部投降。

缊纥提率残部西逃，准备去投奔刘卫辰。拓跋珪亲自率轻骑追击，一直追到跋那山，缊纥提投降。

大胜回朝！谋臣张衮对拓跋珪的胆略十分佩服："圣策长远，非愚近所及也。"

这是柔然兴起后，拓跋和柔然的第一次正面作战，柔然迫于武力臣服拓跋。此后十余年，柔然叛了降，降了叛，新部主社仑最终远遁漠北，侵占高车旧地，建立起一个庞大的草原帝国。这是后话，暂且不表。

却说拓跋珪大破柔然，回师纽垤川。长孙嵩、长孙肥也各自散去，大家都准备好好休息一下。

没想到，拓跋珪一口奶茶还没喝完，刘直力鞮又打过来了。

刘直力鞮不仅是想报"五原抢粮"之仇，而且是想趁着拓跋珪远征疲惫，来一个大反攻。因此，拓跋珪大军还在路上的时候，刘直力鞮就渡过黄河，潜伏在椆杨塞。拓跋珪刚回到纽垤川，刘直力鞮大军就威逼过来了。

当时拓跋珪手头只有五六千禁兵，而对方大举入侵，兵力却有近十万人。兵法云："十则围之"，刘直力鞮兵力是拓跋珪的十几倍，自然围了个铁桶。

如果拓跋珪是一般人，这一战将是他的结局。

但拓跋珪不是一般人。拓跋珪十三岁从军，十五岁组团，十六岁带兵，此时年方二十一，却已是久经沙场的老将，什么阵仗没见过？

对付刘直力鞮的十万围兵，拓跋珪用的是"坦克战"。他下令将战车合围成方阵，战车在外，骑兵和箭手在内配合，且战且走，集中力量向椆杨塞长城方向直线挺进。

这是一场苦战，从十一月十六一直撑到十一月十九，刘直力鞮始终无法攻破拓跋珪的"坦克方阵"。到十一月十九这天，拓跋珪见围兵已经疲惫，命令将方阵放开一角，骑兵如洪流般涌出，瞬间将围兵冲开一个口子。

这时候拓跋仪、拓跋虔、王建已经率援兵出现在刘直力鞮后方，长孙肥、尉古真等猛将打头阵已经杀将过来。拓跋珪突围后，又转过头来了个"回马枪"，两军夹击，刘直力鞮大败，只一人一马逃回黄河以南。而铁弗部在黄河以北的所有牧场，包括五原的耕地和奴隶，还有二十余万牛羊，全部为魏国所有。

拓跋珪突围地，在椆杨塞长城沿线的铁歧山南，所以这一战可称为"铁歧山突围"。

拓跋珪以极为坚忍的意志和理性的布局以少胜多，其战神光芒，如利斧之光，令铁弗部胆寒。

刘卫辰在黄河北岸的防线全线崩溃，拓跋珪则乘胜追击，于六天后越黄河金津渡口南下，直插铁弗部心脏。铁弗及各路杂胡早已丧失斗志，部众四散奔逃自相践踏，刘卫辰、刘直力鞮父子难以制止，而魏军则如入无人之境，攻破铁弗王庭悦跋城（代来城）。

这一战的惨烈非言语可以形容，拓跋珪积攒了新仇旧恨，彻底成为一个杀人恶魔。刘卫辰的家属族人被俘虏后，五千余人全部被屠杀，尸首投入黄河，连河水都变成血色。

刘直力鞮在木根山（朔方郡的木根山，不是东木根山）被擒获，其部众被收编。

原来依附刘卫辰的山胡酋大幡颓、业易于等率三千余家降附，拓跋珪将他们迁到马邑，原来独孤部的地盘。

刘卫辰在逃亡路上被部下所杀，拓跋仪走小路搜寻，最终找到刘卫辰的尸体。拓跋珪亲眼见到刘卫辰已死，大为解恨，为此给拓跋仪记大功一件。

铁弗，亡。

但铁弗刘氏的血脉并未就此断绝。刘卫辰的幼子勃勃（北魏蔑称其"屈子"）居然在混乱中成功逃脱，后来寄身薛干部（宁夏固原一带），重召部众，改姓"赫连"，建立大夏国。其后人定都统万城，称皇帝，盛极一时，直到431年，才被拓跋焘的铁蹄攻灭。

这是后话，也不在本书的探讨范围。

咱们只说这划时代的一战及其影响。

此后，河套以南铁弗部属地尽归拓跋氏所有（那四百万头马、牛、羊的战利品，当然也十分重要）。自拓跋什翼犍以来，拓跋氏始终不能真正突破黄河，这成为一块心病。经此一战，河套南北，混为一统，黄河上游成为魏国的内河，东西彻底贯通，什么凉州，什么西域，都进入拓跋氏视线之内。

392年，拓跋珪在河套南部建筑"河南宫"。从此，河南宫成为拓跋珪帝国直刺西域的一个重要行宫。此后，拓跋珪常常"幸河南宫"，威慑甘肃一带的诸部，连年征讨、扩张，那些打打杀杀的事情，咱们就不再多讲了。

关于"河南宫"的名称，有必要解释几句。站在中原的坐标点上，这地方应该叫"河西宫"才对。但拓跋氏的老根据地在盛乐，站在盛乐的坐标点上，当然是叫"河南宫"了。可千万不要以为，"河南宫"在今天的河南。中间差好几竿子哪。

值得一提的是，从394年开始，拓跋珪派拓跋仪屯田于五原，五原及五原以北自此被进一步开垦，进行垦殖的别部奴隶有三万多人。"自五原至稒杨塞外，分农稼，大得人心"，"息众课农"的改革，拓跋珪毕竟没有忘记。

慕容垂问马，拓跋觚惊士

慕容垂和拓跋珪都是英雄。英雄重英雄，因此他们两人的较量，很少动真格，倒像是太极推手。

怎么说，拓跋珪也是慕容垂一手扶植起来的。所以慕容垂经常想拿这个说事儿，时不时敲打敲打。389年，拓跋仪出使中山，慕容垂问：

"我外甥拓跋珪为啥不亲自来？他可是我亲封的西单于、上谷王。"

拓跋仪回答："代王之爵，是晋帝所封，乃中原正朔。代国、燕国世为兄弟，兄弟之间怎能互赠封号呢？"

对此回答，慕容垂并未生气。此后，该帮的忙继续帮。

391年，拓跋、慕容联军击败贺兰氏，又对贺讷、贺染干两部进行了抢夺。慕容垂抢到了贺染干，拓跋珪抢到了贺讷。双方干了一架，算是过了蜜月期，但还不至于撕破脸。

拓跋珪毕竟不好意思，这年阴历七月，派自己的幼弟拓跋觚到中山城送礼。慕容垂又将一军，对拓跋觚说：

"这点礼物，也太不把我大燕国看在眼里了吧？"

拓跋觚惊问："大王还想要什么，我回去跟我哥哥说了，再给您送来。"

慕容垂道："麟儿对我说，他从草原回来的时候，见你们山谷间有很多抢来的名马，浑身雪白，能日行千里，叫什么'明驼'的，该给我们进贡了吧。"

慕容垂问马，意思就是要拓跋珪感恩：我助你打下北方那么多部族，抢了那么多名马，你难道没有一点感恩之心吗？给多给少，总得有所表示吧？

其实，慕容垂这些话，并没有强求之意。古时的战马，尤其是名马，相当于今天的作战机甲，那是武器啊，拓跋珪怎么会说给就给，最多是意思意思，给个面子，维持个表面和气。因为慕容垂明白，当下南有翟魏捣乱，西有西燕未平，还不到和魏国撕破脸的时候。

于是，他让拓跋觚打点行装，带上他的嘱托回国。

如果故事就照这个节奏进行下去，慕容垂就还能和拓跋珪多玩几把太极推手。

可是剧情并没有按照我们所想的那样发展，有人出来捣乱了。"垂末年，政在群下，遂止觚以求略。"

这时候太子慕容宝执政，朝野中的太子势力都属于强硬派。慕容垂谈到"名马"，本来是半开玩笑半认真的。在太子党听来，那可是"哎呀，乖乖不得了"：老皇帝说得不错哦，我们帮他打出那么多地盘，抢了那么多马，这马他必须给！

说起马，我忽然想起大宛的"汗血宝马"。当年汉武帝刘彻为了抢马，硬是远征西域，把大宛国拿下。

还有刘显，也是亡于马。他半路抢劫了刘卫辰进贡给燕国的三千战马，终于引来慕容麟的复仇之师。

至于慕容垂所说的塞外名马"明驼"，那也不是信口胡说。胡人常称马为驼，《宋名臣言行录》云："西夏……有骏马曰赤驼。"《太平御览》载《后魏书》原文："高祖不饮洛水，尝以千里足名驼，更牙恒川取水，以供赡焉。"可见这明驼不仅速度快，而且耐力强。所以北魏真人代歌《木兰辞》里也出现了"愿驰明驼千里足"这样的诗句。

有"明驼"的诱惑力，慕容宝和太子党们决定扣押拓跋觚。

他们派兵将拓跋觚的使馆团团围住，阻止他回国。同时，派使者传话给拓跋珪：不交来三千匹明驼，就不放你弟弟回家。

对于扣押使者这种违背游戏规则的行为，拓跋珪坚决不能容忍，哪怕对方用自己的弟弟做人质，也绝不妥协。他的回答就是：不给，一匹也不给，除非你先把我弟弟送回来。

双方就此僵持。一方不放人，一方不给马。

可怜了拓跋觚夹在中间，成了牺牲品。

拓跋觚文武双全，"勇略有胆气"，这一夜悄悄盗马夜逃，带领数十骑随从，杀了守将向北奔去。慕容宝哪能放过，亲自带骑兵追击，又把拓跋觚擒回。

这时候慕容垂已经知道了儿子干的好事。可是事已如此，难以挽回。只好美宅珍馐，厚待拓跋觚。拓跋觚除了不能回国，日子过得倒也滋润。

从使者变成人质，拓跋觚的思想发生了巨大转变。他不再抗拒天命，开始安心读书。

据说，监狱是搞学术的好地方，陈独秀曾把牢房当作研究室，而柏杨的《中国人史纲》也是完成于监狱之中。

质馆比监狱宽敞多了，自然也是读书的好地方。当年在长安时，拓跋觚年纪太小，只识了几个字。现在被困中山，满眼都是经史子集，他忽然像是发现了宝贝，家也不想回了，贵族的酒宴也不参加了，每天宅在馆里闭门读书。虽不至于像传说中吕蒙那样衣衫不整、蓬头垢面，但他的学习成果也是惊人的。

《魏书》上说，拓跋觚"诵读经书数十万言"，一时名动京师。

慕容氏一向以儒雅好学自居，现在开始对拓跋氏刮目相看。

回绝后燕之后，拓跋珪开始与山西的西燕结盟，一起对抗后燕。他派张衮为使出使长子，西燕国主慕容永则派大鸿胪慕容钧奉表劝进，敦促拓跋珪赶快称帝。总之呢，是互相吹捧，表示友爱。

慕容垂的后燕和慕容永的西燕，在当时的国号都是"燕"。慕容垂的意思是，天下不能有两个燕国，灭了你，我才是正统，所以他要在打拓跋珪之前，先一举灭了西燕。

　　394年秋，慕容永被慕容垂大军围困于长子，眼看就要城破，派人找到魏王拓跋珪求救。拓跋珪的两员大将拓跋虔、庾岳正镇守朔方，拓跋珪就派他们东渡黄河救援。援军还没到，慕容永就城破被杀。已经过河的拓跋虔大军屯兵秀容（今忻州），顺势攻破了原属西燕的类拔部，将其部众掳掠回国。

　　拓跋珪在西燕的"抢食"行为，让后燕和魏国的矛盾进一步升级。公元395年阴历七月，慕容宝举兵伐魏，魏军反击于参合陂。自此，双方展开了持续两年多的大决战。

　　决战一起，在中山为人质的拓跋觚是再也没有可能回来了。

　　公元396年阴历三月，慕容垂发动了第二次参合陂之战，拓跋珪险胜，并制订了南下进攻中山的计划。拓跋珪的母亲贺氏思念幼子拓跋觚，这时已忧虑成疾。当年她带着几个孩子依附慕容垂，一手策划了复国大计，却不料拓跋珪和慕容垂最终会兵刃相见。

　　一切都是命数啊！贺氏知道再也难以阻挡拓跋珪南下，弥留之际以手指心，眼往南方。

　　拓跋珪会意，对母亲说了最后一句话：

　　"母亲放心，在进攻中山之前，我一定先跟他们谈判，把弟弟交换出来。"

　　贺氏崩，谥"献明太后"。

　　献明太后一生从未为自己而活，临死仍牵挂远方的幼子。

　　拓跋珪没有食言，半年后他威逼中山，围而不攻，与慕容宝和谈，双方约定：释放拓跋觚，平分燕国。

　　可是人算不如天算，此后慕容麟自立，拓跋觚竟死在慕容麟手里。

　　拓跋觚死后，拓跋珪"闻之哀恸"，平定中山后，将慕容麟从棺材里挖出来，"斩其尸"。当年一起喝酒骑马的小伙伴，弄了个生死仇怨的收场。

　　这，就是战争的残酷和无奈。

　　战争时期，哪有什么平静的书桌？拓跋觚本来极有可能成为拓跋氏第一学者，将来在皇族子弟中讲经论道，发扬汉学，结果，他自己却成为一本没有结尾的小说。

一战参合陂：慕容宝的轻狂与失策

专门抽出一章，来聊聊参合陂之战。

所谓参合陂之战，就是公元395年，后燕慕容宝率十万大军气势汹汹伐魏，又莫名其妙在参合陂惨败的一场战役。

这一战过于经典，过于奇怪，剧情反转之处太多，所以很多人站在不同的立场，用不同的感情谈到过它。或者兴奋拍案，或者悲情叹惋。我想从慕容宝的角度（当然也得结合上帝视角）来捋一捋，他是怎么一步一步陷入困局，最后一头扎进绝境中的。

首先从出发点上讲，慕容宝西征，本质是一场政治上的豪赌。

出征前，慕容宝已经以太子身份监国十年。到慕容垂晚年，国家政令基本上都出于太子党。作为太子的慕容宝，表面风光，实际上忧患重重。他至少有两个政敌，叔叔慕容德和五弟慕容麟。在立皇太孙的问题上，慕容宝又与父亲产生分歧，导致慕容垂对他有些看法。这都是将来继位的不利因素。慕容宝最担心的是，自己没有军权。在灭翟魏、伐西燕、围长子之战中，慕容德、慕容农、慕容麟等人均立下累累战功，实力壮大。当时朝野内外都认为，只要慕容垂一死，燕国肯定会发生内乱。

所以慕容宝的想法是：趁着慕容垂还活着，赶紧干一件大事，巩固自己的地位。这个想法似乎没什么大错，慕容垂也同意他伐魏，等于给他的一次证明自己的机会。慕容垂当时已经70岁，随时可能挂掉。所以慕容宝拿全部身家当筹码，压在"征魏"这一注上。他算准了，这一仗会赢。不但会赢得声威，也会赢得军权。

慕容宝为什么这么自信？在当时看来，燕军西征攻魏，有"五必胜"：

燕军装备精，名将多（这一战中，横扫中原的名将几乎全部出动，堪称豪华阵容），职业军人多；魏军装备差，菜鸟多，几年前，还不时来找慕容麟搬救兵。这是战斗力胜。

燕军横扫中原辽东，熟悉各种战争，尤其是围城战和大决战。而魏军装备差，数年来只是打一些游击战，正经战役见都没见过。这是作战经验胜。

燕国富，魏国穷。魏国曾向燕国借粮，说明他们常常吃不饱。这是财力胜。打仗也是拼钱嘛。

燕军发精兵十万，集中火力西征，而魏国各部帅则向来分散驻牧，可以各个击破。从作战兵马数量上来讲，也应该是燕军占优势。

燕军不宣而战搞突袭，魏军毫无准备。这又是一胜。

慕容宝本来就轻狂，有了这"五必胜"，难免膨胀轻敌。既没有派兵提前出去侦查，也没有考虑任何应急措施，就轻率地出兵了。

慕容宝的盘算是这样的：沿草原西进，遇魔杀魔，遇鬼杀鬼，然后直捣盛乐老巢，将拓跋珪和王室主力一锅端掉。然后，收编草原各部的乌合之众。

但战场上发生的事情，全部出乎慕容宝的预料。慕容宝五月从中山发兵，到幽州再次集结兵力后，沿上谷、广宁进入平城以北的草原，一路长驱西进，七月就抵达盛乐。他一路未遇到任何有效的抵抗，到盛乐后，发现只是一座空城。

拓跋珪和他的百官部众，统统都不见了。

哈哈，整个草原都是空的。这仗跟谁打？

于是继续西进，在五原终于俘获了三万余家"别部"人众，顺便收割了庄稼，收获糜谷百万斛。上亿斤粮食，三万家人口（应该有近十万人），算

是大捷吧。可是慕容宝这仗打得并不痛快，因为根本就没打嘛。他俘获的那些人众，是种地的农奴。

本来算准了一路上要遇到抵抗甚至埋伏，结果，出乎预料地顺利。

本来算准了在盛乐一举歼灭拓跋珪，结果，连个鬼影也没见。

这就有意思了，让人想到二战开头，英法联军的"静坐战争"。拓跋珪葫芦里卖的什么药？

《魏书·张衮传》里明确这是张衮的策略。衮言于太祖曰："宝乘滑台之功，因长子之捷，倾资竭力，难与争锋。愚以为宜羸师卷甲，以侈其心。"

"羸师"就是示弱，"卷甲"就是游击战。这其实也没什么奇怪，北方游牧民族的战争习惯本来就是这样：打不赢就跑，跑远了，伺机回来再打。而且跑的时候，是人马牲畜一个不留，全部带上。这又可称为"坚壁清野"。

咱们站在上帝视角再看，慕容宝沿草原直奔盛乐的时候，拓跋珪的各部都在干什么？

拓跋遵驻守在阴山以东，东木根山以西，听闻慕容宝大军到来的时候，一面派出信使通报拓跋珪，一面主动北撤，避其锋芒。

拓跋珪五月的时候还在今宁夏境内的盐池，六月返回"河南宫"，这才听说慕容宝入侵。慌忙下令清空盛乐城，盛乐部众全部西渡黄河回避，此时他亲领的人马只有两三万。不得已，派文臣许谦向关中的后秦求救（实际是结盟，避免后秦趁机夹击）。

拓跋仪本来是带着部众在五原屯田的。见慕容宝从盛乐杀来，拓跋仪撤下耕地的农奴，慌忙撤到阴山以北。慕容宝这才有了所谓的"五原大捷"。

此时还有拓跋虔的一支队伍，因远征柔然别部还没有回来。

总结，慕容宝一路西征，魏国主将拓跋仪和拓跋遵都在逃跑，魏王拓跋珪亲领的两三万人则困守在黄河南。

那时候没有卫星搜索，拓跋各部玩起了"捉迷藏"游戏，也让慕容宝彻底慌了。他没想到草原这么大，这么空。率众在五原附近来回横扫几次，还是什么也没见到。这时他才知拓跋珪在黄河以南，于是回兵到黄河北岸。

这就尴尬了，他本来想在盛乐一举击溃拓跋珪，没想到扑了个空。扑空也就罢了，又被一条黄河挡住。秋天的黄河水势凶猛，慕容宝所带骑兵又不习水战，渡不了河，打不了仗。只好让将士们先造船。这时候慕容宝刚收割了五原的粮食，吃喝管够，他也就不再理会身后的运粮通道，一门心思造船，导致后路被拓跋遵封死。

造船需要时间，于是打仗变成了打鱼，够郁闷的。

黄河南的拓跋珪呢，其实也很无奈。在联络上拓跋仪和拓跋遵之前，他得先把黄河守住。于是在黄河南岸"讲武习武"，也就是进行演习，对慕容宝进行威慑。阴历九月的时候，在黄河南岸临河筑台，举行"告津"仪式，沿河旌旗连属，东西千余里。"告津"仪式是什么意思？就是向慕容宝喊话：你在河对岸等着，看我兵强马壮，我就要打过来啦。

拓跋珪根本就不敢渡河决战，只是摆个样子。旌旗千余里，也只是旌旗而已，人马没那么多。他的目的只有一个：拖。拖累你，拖垮你，拖来拖去就有机会了。

于是整个九月，双方陷入了僵持。

在这样的僵持中，慕容宝又犯了另一个错误：死等。

本来，深入敌方腹地却顾头不顾尾，就容易被敌人切断，包了饺子。他还陷入长时间的消耗对峙，并毫无作为，变主动为被动。

慕容宝料想拓跋珪的主力定在黄河南岸，还是一门心思想着渡河决战。对自己背后空阔的草原，仿佛视而不见。

趁着慕容宝发呆，拓跋珪秘密令几员大将集结部队。拓跋仪从阴山召集人众五万，拓跋虔从朔方一带召集人众五万。拓跋遵则带领七百轻骑兵（另一说是七万，我认为是吹牛），在广宁到平城一带巡回，以阻断慕容宝与中山的联系。后秦姚兴的救兵也到了。到九月底，一个很大的口袋已经布好。

而慕容宝犹在梦中。劳师袭远，最怕的就是长时间不动。你不动，敌人就动了；即使敌人不动，内部也会动乱。在黄河两岸僵持一个月，将士们情绪就上来了，嚷着想回家。当然，也免不了有猪队友煽风点火。

就在这时候，拓跋珪又下了一步暗棋。

利用一个月对峙的时间，拓跋珪派出一支特种小分队，专门在慕容宝的来路上抓捕燕国信使。燕国的信使毫无漏网，全部落入拓跋珪囊中。这导致慕容宝与后方完全断了联系，一个月没有任何京城的消息。而他之后收到的第一个消息就是：慕容垂死了！

这是拓跋珪的计策。拓跋珪将燕国的信使抓回来后，逼迫他们在黄河岸边向对岸齐声喊话，传播谣言：太子啊，燕王慕容垂驾崩啦，你还不赶快回家！

燕国信使的话，燕军不能不信。因为大军出发的时候，慕容垂正生着病。于是一时间乱了套，军心浮动，将领各怀异心。慕容麟的几位部将决定拥立慕容麟为帝，在军中阴谋作乱，事情泄露，被慕容宝抓住杀死。慕容宝怀疑这事就是慕容麟指使的，两人自此相互猜疑，更无心作战。慕容宝眼看不是个事儿，决定撤军，回家与兄弟们争皇位去。

十月初一，慕容宝下令烧船，连夜撤退。这正是秋冬之交，黄河还没有结冰。慕容宝做出另一个错误的判断：拓跋珪无法很快渡河。所以十万大军是有条不紊，徐徐退却。

对慕容宝来讲，这一支队伍是回京夺位的筹码，所以安定军心为第一，也决不能有败退的嫌疑，不能慌张。

这一路又是没遇到任何堵截，是一场轻松愉快的战略撤退。将要到参合陂的时候，大军背后刮起了一阵黑风。随行的僧人昙猛说："这是凶兆，追兵要来！"慕容麟大怒，说昙猛扰乱军心，要把他杀掉。慕容宝也不信，但杀僧不祥，便制止了慕容麟。出于谨慎，也出于对慕容麟的猜忌，他命慕容麟率三万骑兵在后方掩护。慕容麟当然不会听话，他一边行军，一边率部下打猎，没有任何戒备。

慕容宝大军顺利走了九天，在十月初九晚上抵达参合陂，当夜背靠山坡，在水边扎营。大军连走几天都累了，而且部队已经接近燕国边境，大家都高高兴兴起锅造饭，免不了还喝点酒。喝点酒之后呢，倒头便睡。

这一夜，参合陂出奇地平静。谁也没有意识到，这平静背后潜藏的危机。

十月初十破晓，参合陂山头上忽然出现了拓跋珪的大队骑兵，乌云似的翻滚下来。值班将士揉揉眼睛，搞不清楚山上到底有多少人马，都以为是神兵天降，仓促间相互传递矛盾的消息。慕容宝大军骤遭强袭，衣甲不整，瞬间崩溃。措手不及的燕军争相涉水逃命，数万人马自相践踏而死。被擒获的将士也有四五万人。慕容宝仅率数千骑逃走。

参合陂之战，慕容宝几乎全军覆没。

那么，拓跋珪大军从何而来？

奇怪的战争，总会有奇怪的事情发生。拓跋珪这次得到了老天的帮忙。

慕容宝十月初一撤军，十月初三忽然刮来一阵北风，将黄河冰冻了。冻得虽不深，但拓跋珪命兵士结草为绳，与浮冰冻结成一块，架起了天然浮桥，顺利通过。这种渡河的方法，拓跋什翼犍曾用过，是拓跋家族祖传工艺。

拓跋珪亲率两万骑兵，抛掉所有辎重，轻装向东追击。

拓跋虔率五万兵马渡河后，驻军雁北，以避免慕容宝从雁门关南下突围。

拓跋仪率领五万大军从阴山南下到黄河北岸，镇守朔方到盛乐老巢。

拓跋遵的七百骑兵则早已候在慕容宝的归路上，只等着与拓跋珪会和。

所以参加参合陂战役的，魏军只有拓跋珪的两万人和拓跋遵的七百人。两万人是拓跋珪的禁军骑兵精华，拓跋遵的七百人则是他的飞虎队，都是以一当十。

至此，拓跋珪才充分展示了他的作战天赋。他和拓跋遵合兵后，于十月初九夜抵达参合陂（此时慕容宝已经睡熟）。拓跋珪命令士兵口含木片，战马绑住马口，毫无声息地从山坡西面上了山。第二天一早，拓跋珪两万多大军从山头冲下，有如神兵从天而降。这天降神兵在数量上并不占优势，慕容宝的将士们，实际上大多数是吓死的。这就是，兵熊熊一个，将熊熊一窝。

最后一个问题，参合陂到底在哪？

这个问题众说纷纭。有人说在内蒙古凉城以西的岱海附近，有人说在今阳高县北。

我认为这个问题不重要。其实嘛，过了一千六百年了，地理环境发生了很大变化，不好考证。中庸的说法是，早期的参合陂在今阳高县北，后来迁到凉城以西。

这事谁干的？我猜是拓跋珪。根据《魏书》这本皇家正史所记的片段，参合陂应是拓跋氏的福地，是开全民大会的地方，军事演习的地方。参合陂也是拓跋珪出生的地方，扭转魏国、燕国局势的地方。

拓跋珪将自己的出生地和重大战役发生地命名为参合陂，无疑就跟祖先扯在了一起。此后，大魏国的参合陂就被"转移"到了内蒙古凉城一带。

对于拓跋珪来讲，名正，言也顺。

二战参合陂：慕容垂的豪情与眼泪

慕容宝一战失利后，老英雄慕容垂决定亲自上场。在老英雄上场前，咱们先回顾下参合陂战场的打扫情况。

公元395年阴历十月初十，拓跋珪在参合陂大败慕容宝。慕容宝只带数千人脱身。陈留王慕容绍战死。四万余人投降，降将中包括鲁阳王慕容倭奴、桂林王慕容道成、济阴公慕容尹国、北地王世子慕容钟葵、安定王世子慕容羊儿，还有文武将官数千人。

如何处置这些降将降卒？拓跋珪和王建两个人分别采取了不同的办法。

魏王拓跋珪第一时间在俘虏中找人才。早在中原流浪的时候，拓跋珪就听说过很多名士的声名，可惜那些名士都为慕容垂所用。他知道这次太子慕容宝西征，随军一定会带一些有名的谋士，便亲自到俘虏营中探看，果然大有收获。

贾彝，汉代名臣、大文豪贾谊的后代，出征前，担任燕国骠骑长史兼昌黎太守。被俘。

贾闰，贾彝的从兄，出征前担任代郡太守。被俘。

晁崇，著名天文学家，出征前担任太史郎。被俘。

拓跋珪对这三位名士待之以礼，授之以官。后来，贾彝和晁崇都立有大功。

有个词叫什么呢？叫求贤若渴，似乎古往今来的明君都适合这个词。而这个词也确实成为魏王拓跋珪的标配，在此后的战争中，无论战前还是战后，寻觅、招揽人才，都成为他的习惯性动作。好像是，恨不得天下士子都能为我所用。

这才是格局。拓跋珪始终没有忘记自己的汉化理想，他胸怀的天下，是胡汉融合在一起的天下。塞外的豪爽健朗，中原的儒雅通达，都是他所欣赏的。

挑完人才后，拓跋珪准备将这些俘虏都放了。毕竟，中原普通士卒都是平民，被征来打仗也是被迫的。拓跋珪说："当兵不容易，给他们点衣服干粮，让他们各自回家去享受天伦之乐吧。这样，中原人民也就都知道咱魏国是仁德之邦。"

放俘虏是大事，拓跋珪就交给群臣商议。这时候反对派王建站出来了，他说："慕容氏惨败，国内空虚，咱们应该趁机南下一举捣破燕国。好不容易抓住的敌人轻易放了，会对我们不利，不如把他们全部杀掉。"

拓跋珪摇头："如果杀掉俘虏，恐怕会激起仇恨和恐惧，将来咱们征讨燕国的时候，民众不服啊。"

王建是前代王拓跋什翼犍的女婿，在军中多年，颇有威信。诸将表示，还是王建大人说得有理，不能放，要杀。

拓跋珪怕冷了诸将的心，一时难以决断。就说："咱们再议。"

而王建是个狠人，趁着拓跋珪犹豫之际，私自下令将四万余俘虏全部活埋，包括慕容皇室诸王公。

王建的屠夫行为，影响了后来两件大事。直接影响到的人，就是慕容垂。

慕容宝丢了九万大军，逃回中山以后，慕容垂没有责怪他。让儿子轻率出兵，自己也有责任。但这口气他是咽不下去的。

纵横一生，慕容垂已是战神一般的存在，岂能让毛头小子拓跋珪一仗就打怕了？论实力，燕国的根本并没有动摇。哀兵必胜，此仇非报不可。

396年阴历三月，慕容垂举全国之力，大举复仇之师。

这一次，慕容垂做了精心准备，改变策略，兵分两路。太子慕容宝引兵继续上次路线，从北路西进。而慕容垂则率慕容农、慕容隆走中路直接从太行山小道秘密潜入雁北。慕容农和慕容隆为前锋，领的是慕容垂亲自调教出的精锐部队——"龙城骑兵"，直杀向平城。

驻守平城的是有张飞之猛的拓跋虔。拓跋虔这个人自恃勇猛，向来不重视防务。燕军已到城下，拓跋虔还毫无准备，连征兵都还在进行中，只好仓卒应战。《魏书》评价拓跋虔"勇而轻敌"，虽然勇猛，他还是在这一战死去。作为拓跋宗室成员，拓跋虔地位尊、封爵重，居然在作战中亲冒矢石战死，算是稀有。

平城就此落入慕容垂手中。慕容垂的这一步棋很厉害，表面是出奇兵，实际上稳扎稳打，占了平城，就可以收编整个雁北各部，与上谷、大宁、代郡连成一片，成掎角之势。

拓跋虔一死，拓跋珪失去了一条臂膀、三万精锐，也失去了战略要地。消息传来，拓跋珪大为惊恐。诸部听说慕容垂亲征，拓跋虔战死，也不知所措，毫无战心。不得已，拓跋珪重复上次的伎俩，赶紧躲到黄河以西避难。

慕容垂这时已71岁，还带病在身。但他老当益壮，稍事休息就麾军西北，准备经参合陂与慕容宝的北路军汇合。

参合陂是慕容氏的伤心地，这里有四万余燕国将士的冤魂哪。慕容垂专门从此地经过，目的就是顺便祭吊死难的同胞。

兵法有个说法叫"哀兵必胜"。或许，慕容垂是想通过祭吊，化悲愤为力量，让将士们同仇敌忾、奋勇杀敌。

但是，如果悲伤过度呢？

此时距离上次参合陂的惨败还不到半年，山坡下尸骨蔽野，阴风阵阵，犹闻慕容皇族那些死难王公最后的哀号。随行的燕军看到死去兄弟的残骸，都放声大哭，声震山谷。

慕容垂看着眼前的惨烈场景，忽然大吼一声，口吐鲜血，就此病倒。

主帅生病，燕军只得回师平城。住了十几天，又听说拓跋珪就要趁势追来，于是在平城附近的羊水（今淤泥河北岸）筑燕昌城（俗谓老公城），一边驻守一边养病。奈何慕容垂病情加重，不得已东归，最终在返回上谷途中死去。

哀兵必胜，可哀之极必伤。慕容垂的一腔豪情，成为燕国的一场大梦。

儿子不争气，下坏了一盘棋。老子倒是能干，却敌不过贼老天。时也，运也，命也。

一个参合陂，成为慕容氏世世代代的阴影。金庸先生就此历史事件，在《天龙八部》中塑造了一个慕容垂的后人慕容复。慕容复在江南建"参合庄"，就是为不忘慕容氏之耻。

慕容宝担心拓跋珪追赶，秘不发丧，回到中山即位燕帝。此战之后，燕国才真正元气大丧，陷入内部的派系争斗之中。

两次大捷，拓跋珪士气猛涨。收复平城之后，拓跋珪于阴历六月派王建攻广宁。独孤残部刘亢埿时任太守，被斩获。所领独孤部全部被迁到平城。这是独孤别部的最后结局。

上谷太守听说广宁没了，主动弃郡逃走。

396年阴历七月，拓跋珪上尊号，建天子旌旗，算是称帝。然后当月，便亲率六军四十余万，南出马邑，过雁门，直指晋阳。

他手下的大将，无论是美髯公拓跋仪、心狠手辣的王建，还是常胜先锋李栗、飞将军长孙肥，也都像打了鸡血，在南下东进中原路上，攻城略地，光彩照人。

史称拓跋珪"旌旗骆驿（络绎）二千余里，鼓行而前，民室皆震"。并州牧慕容农见兵临城下，居然带着妻子儿女乘夜色弃城逃跑，于是，两个月内，拓跋珪占领了整个并州。

十月十五日，拓跋珪从阳泉过娘子关，东出井陉，派冠军将军王建、左军将军李栗率五万骑为先驱。十一月初一，拓跋珪开始横扫河北，从真定（今河北真定）到常山（石家庄）以东，各郡长官全部弃城逃亡。慕容宝留在手里的，只有中山（今河北定州）、邺（今河北临漳）、信都（今河北冀县）三城。

397年，经过十个月艰苦的战斗，信都、中山先后攻下，慕容宝逃走，慕容麟兵败被杀，燕国的皇帝玉玺也失去。第二年，邺城也落到魏军手中。

至此，后燕败亡，中原大部，落入魏国手中。此后短暂兴起的南燕、北燕僻居一隅，已经算不上什么威胁。

关于拓跋珪的中原之战，相关著述有很多，大同作家庞善强近作《道武帝拓跋珪》，内容基本出于史实，又趣味盎然。推荐诸君去读读他的这本书。对于这场艰难复杂的战争，本文不再一一详述。

名剑风流：北魏开国武将，谁最猛？

打天下还是要猛将。拓跋珪从386年复国，到398年正式称帝，其间征高车、驱柔然、战参合，又出井陉、平中山、定中原，那么大地盘，毕竟不是单靠文士的嘴皮子说出来的。

所以，有必要盘一盘北魏的开国猛将们。盘点标准：

第一，要属于"元从二十一人"创业团队。

第二，在398年定都平城之前要有明显战功的。有些名将，主要事迹在定都平城之后，就不在此范围内。

第三，从武力值和智计、管理才干多方面考核。

北魏开国猛将很多，下面简单罗列几个有特色的。

NO.10

孤胆特工：穆崇、安同

这两人的主要功绩不在带兵打仗，但他们依靠勇武和智计，为几次军事行动获取了重要情报，为最后的获胜起到了不可替代的作用。武将中，排名并列第十。

拓跋珪复国，穆崇功劳仅次于长孙嵩。此人号征虏将军，参与征高车、平中山等战役。他的主要功劳在于孤胆救国。385年，刘显要杀拓跋珪，穆崇和梁六眷合演了一幕苦肉计，剧情精彩，前面细谈过。386年，在拓跋窟咄和刘显的合攻下，拓跋珪不得不避难阴山。此间，特工穆崇秘密潜回盛乐（此时已成为"白区"）敌营中获取情报。半夜火光下，穆崇被认出。紧接着，穆崇完成了藏匿、窃马、逃奔一系列动作，夜宿湖边，最后跟着一匹白狼逃归。特工穆崇凭胆识和忠心深得拓跋珪珍惜，后来封他为"丁公"，谥号还是皇帝亲选的。配飨太庙。

特工安同为了搬救兵，则是一路跋山涉水，兵马凶险中往复几次，终成大功。号广武将军。安同的事迹，见《最后争锋：独孤与拓跋》一章。

NO.9

典韦、许褚式的肉搏之将：尉古真、尉诺。

尉古真、尉诺兄弟，以忠勇著称。这二人都早期追随拓跋珪，相比其他名将，地位不算最尊贵，但很有些类似典韦、许褚的"蛮劲儿"。早年，贺染干密谋行刺拓跋珪时，尉古真第一时间密告拓跋珪。贺染干得知后对他用刑，加了手镣、脚镣，用两个大车车轴夹住脑袋，尉古真"伤一目"，仍直立如常。贺染干佩服他的勇猛，且无实据，便放了他。尉古真跟着拓跋珪征高车、救贺兰、破铁弗、战参合、平中原，一贯作战在前，称建节将军，封侯。

尉诺封东平将军，围攻中山城时，身先士卒，第一个登上城头与敌搏斗，也是被"伤一目"，仍奋勇杀敌。此人后来屡立战功，被封辽西公。

两人都"伤一目"，又让人想到"拔箭啖睛"的夏侯惇。拓跋珪有这样不怕死的部下，何愁大事不成？

因未担任过大战役主将，两人并列第九。

NO.8

于禁式的治军名将：庾岳。

庾岳家是草原富豪，早年曾资助拓跋珪，但对拓跋珪一向尊重有礼。大小战役他大多参与，但最著名的是阴馆平叛。397年阴历二月初，拓跋珪在攻中山城时，一度困于柏肆。当时有人传言拓跋珪已死，内迁到朔州一带的贺兰部众趁机反叛。南安公拓跋顺来征讨，吃了败仗，几千人战死。危急之下，庾岳率万人一举平叛。离石和西河的内迁诸胡叛乱，清河太守傅世叛乱，也是他讨平。所以他的名号是"征虏将军"，封西昌公。

庾岳算不上勇猛，但擅长管马，治军清整，公正谨慎，很受部下信服。这一点，有点像于禁。史载："常以少击多，士众服其智勇，名冠诸将。"在中原任行台、刺史时，则"公廉平当，百姓称之"。

NO.7

唯一的汉人将领：李栗。

李栗的才干将略是很受拓跋珪认可的，所以立国之初，此人能以非亲非故的身份成为爪牙心腹。李栗在南征慕容宝的大会战中，表现可用"卓越"二字来形容，他率军五万出井陉平定河北，"军之所至，莫不降下"。被封"左将军"不是偶然的。可惜此人过于骄纵失礼，最终被拓跋珪斩掉了。

NO.6

"吾之黥彭"：于栗磾

于栗磾武艺高超，骑马疾驰中能左右开弓，立了不少战功，被拓跋珪称为"吾之黥彭"，夸他是汉高祖麾下黥布、彭越式的人物。大家知道，拓跋珪平中山定中原，走的一条重要道路是太行山"井陉"。太行虽有八个出口（八陉），但古时出入太行并不是那么容易。所以396年冬，拓跋珪出井陉前，先派于栗磾率步兵两万去开路。于栗磾完成得非常漂亮，他过太原向东南，从韩信故道开井陉路，平平整整修了一条官道。这真的是，为拓跋珪车驾下中原铺平了道路。

于栗磾不是空有蛮力，智计也过人。拓跋珪平定中山后，车驾返回平城白登山，置酒高会。这时他发现山上有五六头熊，便对于栗磾开玩笑："你能徒手抓了这几头熊吗？"于栗磾正色道："天地之性，人为贵。若博之不胜，岂不虚毙一壮士？"于是指挥士兵将熊擒获。敢于和皇帝叫板，胆识也是过人的。他老早就称"冠军将军"，和王建齐名，封公爵。

NO.5

坑人将军：王建

作为代王的表哥，王建的身份地位仅次于拓跋仪、拓跋虔几个宗亲。这老兄打仗厉害，领兵破北方二十余部，破刘卫辰，功劳是大大的，号"冠军将军"。但他也是个十分自负的狠人，主要是用来坑人。

他坑哥哥：曾上奏本告发哥哥、侄子违法，导致哥哥被满门抄斩。

他坑燕军：参合陂之战后，不听拓跋珪的话，硬是将四万燕军全部坑杀。

他坑慕容垂：害得慕容垂吐血，当然，这个貌似还算功劳。

他坑得最厉害的是拓跋珪，中山城十个月攻不下，主要有赖于王建的"功劳"。

咱们看看这个镜头：397年阴历三月十四夜，慕容宝从中山城逃走，城防空虚，正是破城的良机。王建却对拓跋珪说："现在攻进去，士卒会盗乱府库，咱们天明再打吧。"不知为啥，拓跋珪居然又听了他的话。

哈哈，打仗还等天明，天明菜都凉了。等了一夜，城里头又立了新皇帝，重新布置了城防。于是，这中山城又打了半年。

半年后城破之日，拓跋珪问燕国降将："慕容宝都跑了，你们还守啥城呢？害死这么多将士？"

降将答："臣等知道王建喜欢坑人，不想重复参合陂的悲剧。"

于是，戏剧性的一幕出现了：这时拓跋珪攒足了一口唾沫，劈脸朝王建吐了过去。

吐归吐，毕竟皇亲国戚，依旧封公。

因为王建善于坑人，功过相抵，只能排在第五名。

NO.4

会师第一将：长孙嵩

拓跋珪复国的第一支主力部队，就是长孙嵩拉起来的。所以开国第一功，应该归属长孙嵩。此人不但功高，而且带兵、管兵、杀敌各方面属性也都很强。

刘显篡位，长孙嵩能拉起一支七百余家（约三千多人）的队伍，自己寻找出路。这说明他不但头脑清楚，而且很有号召力。

跟着拓跋珪击柔然，杀马而食后，三天三夜追敌到平望川，斩了屋击。这说明他有杀敌之勇。

他"宽雅有器度"，十四岁就代父统军，代国复兴后任南部大人，说明他有镇军之才。

拓跋珪最危难时候，北部大人率众逃亡，长孙嵩却忠心卫主，说明他有"泰山压顶而不惊"的大勇。

长孙嵩活了八十岁。拓跋嗣在位时，他是"八公"之一；生前就封王，死后谥号为"宣王"，配飨庙庭，了不得。

NO.3

"卫王弓，桓王槊"之：拓跋虔

江湖传言：卫王弓，桓王槊。使槊的人，力气都是奇大。拓跋珪这个族兄——陈留桓王拓跋虔，武力值堪列北魏开国猛将前三名。

他力气大。他用的武器叫槊，本来已经比常人的粗大，他还嫌轻，在上面挂个铜铃。打仗时候，经常刺中人就将槊高举起来。他拉的特制强弓，弓力也是常人的几倍。有一次，他带少量兵士被大军追击，危急之间，大喝一声将槊深深插到地上，骑马退却。追上来的兵士想把槊取出，十几人连摇带拔，还是不能取出。此时拓跋虔射出一箭，连穿三人。一箭射出，能把三人串成羊肉串，敌人见对方如此勇猛，惊惧之下退去。

他打仗勇猛，冲锋陷阵，无人能近身。贵为王公，总是带头杀敌。生前诸次战役，敌人都闻风丧胆。

唯一的缺陷是"勇而轻敌"，死于平城守卫战。扣分，名将中屈居第三。

NO.2

魏国"追将军"：长孙肥

不能不提长孙肥。《魏书》评价长孙肥："勇冠诸将，每战常为士卒先，前后征讨，未尝失败。"

此人我称之为"追将军"，可与汉代"飞将军"李广一比。他擅长闪电战、追击战、逆击战。作为拓跋珪早期随从，参与了很多重大战役。

391年征柔然时，他和拓跋珪一起杀马为食。长孙肥轻骑一举击溃两部，匹候跋和缊纥提大部投降，只跑了个缊纥提本人，又被拓跋珪追上。君臣都很勇猛。

394年，柔然部曷多汗与社仑率部众再次叛逃，长孙肥又率轻骑追击，在跋那山全部歼灭，够狠的。

396年打并州，并州刺史慕容农弃城逃跑，长孙肥再次长途追击，没追到慕容农，但俘获了慕容农的儿子。定河北时，他追慕容宝到范阳；率七千骑兵奇袭中山，败慕容麟。仇儒和赵准煽动常山、巨鹿、广平三郡叛乱，长孙肥只靠三千骑兵，就斩仇儒，擒赵准，威名震京师。

长孙肥是拓跋珪亲信，名义上管辖一半禁军，其实充其量是拓跋珪亲随副将，很少有机会掌管上万大军，一般都是两三千骑兵。

拓跋虔、拓跋遵、王建等毕竟是宗亲，常常统帅大几万部众。长孙肥以少量骑兵常胜，其勇猛绝不亚于以上三人。

《魏书》编撰者称他有"关张万人之敌"，武力值不亚于拓跋虔。开国猛将，他可当第二。

生前封公，后降为侯。谥号"武侯"，这个"武"字，当之无愧。

NO.1

"卫王弓，桓王槊"之：拓跋仪

立国之初，拓跋珪自然信赖拓跋家的这些兄弟，给重兵，给重权，封高爵位。但与卫王拓跋仪相比起来，什么拓跋遵、拓跋顺等人，就弱得多了。

前面讲过，拓跋仪很像汉末的关云长。除了胡子很像之外，其他几点也很像。

第一，武功高。拓跋仪"少能舞剑，骑射绝人"，所用强弓"弓力将十石"，一千多斤的力气。光是膂力而言，也不输于拓跋虔。

第二，有文才，也有谋略。他能与文臣坐而论道，出使慕容垂，不辱使命。深受张衮、许谦赞叹："平原公有大才不世之略。"拓跋珪因此任命他为丞相。

第三，能打仗，能镇守，能开拓。打仗就不用说了，重要战役都离不开拓跋仪，邺城都是他拿下的。他的绝世才干在于，能够独立镇守一方。河北屯田，"大得人心"；镇守中山，"远近怀附"。

文武双全，绝世才干，拓跋仪当第一猛将，当之无愧。

下面，我们开始颁奖！哦，等等，差点忘了一个人，天字第一号猛将：拓跋珪。我们的特等奖颁给他。

无论军事战略、对阵谋略，拓跋珪都不输于任何人。那么阵前杀敌呢，他算不算猛将？咱们试举几个比较漂亮的阵仗来看看。

391年阴历十月，拓跋珪北征柔然。敢冒奇险"杀马为食"，古今第一猛。

394年，以几千骑兵布铁桶阵，击溃刘直力鞮几万人。猛。

最猛的一战，也是最凶险的一战发生在397年阴历二月。当时，中山城数月拿不下，拓跋珪驻扎在柏肆坞。半夜，慕容宝大军偷袭，兵马已经进了他的行宫。拓跋珪在睡梦中忽然惊醒，见外面人仰马翻，手下将士被围攻，已经完全乱了套。这时候，只见拓跋珪临危不惧，衣服也顾不上穿，几乎是裸着身子，赤着脚擂鼓。战火缭绕，箭矢如雨，拓跋珪须发皆张，站如天神，鼓声如雷，中军将士见此大受鼓舞，纷纷回身杀敌。他又临时布阵，在营外布满烽火，自己带着卫队纵马往返冲杀，慕容宝兵众以为中了埋伏，自相践踏，反而大败。这一战，杀敌万余，擒获四千，扭转了战局。

古来亲自领兵打仗的有那么几个厉害人。李世民算一个，赵匡胤算一个，北魏道武帝拓跋珪，绝不亚于此二人。

名士风流（一）：拓跋珪的"猎头行动"

北魏建国前，出国"留过学"的拓跋王室子弟中，我在心中偷偷有个排名：沙漠汗风度第一，什翼犍宽容第一，拓跋觚文才第一，拓跋珪"重士"第一。

"士"这个群体，两晋时期还是普遍存在的，不像明亡后，士子大多落入酱缸。

因为吃喝不愁。"士"们，大多是世家子弟，或者世家疏族。进能为官、为朝臣，退能寄情山林酒肆。北方有些豪族，战乱时自建堡坞，重重壁垒里，也有不少名士。慕容垂的朝臣郡守中，名士当然也不会少。

拓跋珪六岁入长安，十四游中原，虽然年少，又难免"荒俗"，但名士的风流故事，还是听得到。他自己爱不爱读书且不论，至少是长了见识。

他是王族子弟，对于国家如何治理，不可能没有思考。朝廷里的文士们不是摆设，治理国家，光靠武将不行；地方的教化管理，没有世家名士撑持，也会散架。这就是那时候的情况，不像明以后，自上而下一张大网，府县各个链条上，不过是些上传下达的机器。

一个人的成长，光靠读书不行，还得行万里路。这就是拓跋珪少年时所学，这就是为什么，在建立国家的过程中，拓跋珪的选择，就和他的父祖们大不一样。

今人说起拓跋珪，好谈他弓马娴熟，谈他的赫赫武功，谈他的臭脾气。可是"好黄老，喜读佛经"是明明白白写在正史上的。《宋书·索虏传》称他"颇有学问，晓天文"，如果不是长安求学的经历，恐怕他不会"颇有学问"。如果不是"颇有学问"，恐怕他也不会那样重视名士。

所以我读拓跋珪的史料，不看他如何能打，而是着迷于他与名士们的交道。

拓跋珪早期重用的两个名士，是张衮和许谦。

许谦是前代老臣，拓跋珪不嫌老，重用之。张衮是上谷名士，来加盟时绕过拓跋珪，先去拜访拓跋仪。拓跋珪对此也一笑置之，照样封他为左长史。

张衮有点像曹魏创业之初的荀彧，有远谋，也很能推荐人才，"率心奉上，不顾嫌疑"。不顾嫌疑的意思，就是拓跋珪每问起中原文士的情况，张衮总是知无不言，大胆推荐。于是在参合陂第一战之后，他协助拓跋珪开展了"猎头行动"。

第一次猎头行动，是在参合陂大捷之后。

大家记得，参合陂战后俘虏了四万多人。将军王建是急着要把这些人尽数坑杀，拓跋珪和张衮却是急着抢救人才。比较著名的三个，是贾彝、贾闰和晁崇。

贾彝是汉代名臣、大文豪贾谊的后代。对于此人，张衮曾多次跟拓跋珪提及。慕容垂在世的时候，拓跋珪曾厚着脸皮跟慕容垂讨要这个人才，慕容垂当然舍不得给。所以俘获贾彝后，拓跋珪立马任命他为尚书左丞。平定中原期间，贾彝辅佐和跋镇守邺城，又拉拢了不少中原士子。

晁崇是著名天文学家，拓跋珪封他为太史令。后来定都平城，令他"造浑仪，考天象"，相当于清朝的"钦天监"。

第一次猎头行动抢救出来的人才，绝不止这三人，而是一个像模像样的文臣团队。

有了张衮、许谦、贾彝、贾闰、晁崇为首的文臣团队，拓跋珪开始让他们制定"宪章"，按照中原皇帝的建制，进行编制和礼仪改革。

他们为拓跋珪做了两件大事。

第一件，是于第二年（396年）正月举办"大蒐礼"。"大蒐礼"是《周礼》中记载的一套祭天、誓师礼仪。一群汉臣把汉人祖宗的《周礼》拿出来，目的就是要确立魏王拓跋珪的正统性。

这，就拉开了拓跋氏依照儒家典籍《周礼》创制皇朝的一个序幕。

紧接着，同年阴历七月，右司马许谦领衔上书，劝拓跋珪进"皇帝"尊号，"建天子旌旗"，出入仪仗，完全按照晋王朝的规制。同时，改元"皇始"，向世界宣布：

英明神武的拓跋珪从此是皇帝了！

拓跋珪皇帝是姬轩辕的后裔，也是周王姬昌、姬发的后继者！

拓跋珪称帝后，声威大震，两个月之后就攻下并州，并大张旗鼓地进行了第二次"猎头行动"。

396年阴历九月，拓跋珪建立"晋阳行台"。

行台相当于战时临时中央机构。在张衮等人的谋划下，拓跋珪置百官，封拜公侯，赏赐将军、刺史、太守。这时候的"魏国"的政治机构，不再像登国初年那样简陋，算是建立起了比较完备的国家机器。

接下来，拓跋珪就发布了"高官厚禄，虚位以待"的人才招聘广告，等于是推出"一揽子人才计划"：

第一，尚书郎以下职位，全部由文人充任。注意，是"全部"。

第二，凡是来投诚、拜见的士子，拓跋珪一概亲自接见。只要有一点专长，"面试"之后都能委以官职。

大手笔啊，诱惑力不可谓不大。这是"文治"的开始，也是拓跋珪麾下人才大爆炸的开始。

于是，就像唐太宗李世民开科取士之时一样，拓跋珪终于可以骄傲地说：天下英雄尽入吾彀中矣。

人才李先就是这样来的。

396年阴历十月，拓跋珪车驾从井陉入河北的路上，颇有先见之明的李先就主动来加盟了。

《魏书》上录下了拓跋珪面试李先的全过程。这可能是拓跋珪招聘人才的标准套路，值得一观：

拓跋珪："你是哪里人啊？"（问籍贯，面试的常规开头。）

李先："赵郡平棘人。"

拓跋珪："我听说你们相邻的中山郡地盘大，财富足，是不是呢？"（问见闻见识。）

李先："臣年轻时候在长安和并州长子当过官，后来还乡居住。以臣所见，中山确实富有。"（回答中顺便给自己做了广告。）

拓跋珪："我听说长子慕容永麾下有个叫李先的，就是你吗？"（追问。）

李先："就是小臣。"

拓跋珪："你认识我吗？"（问诚意。）

李先："陛下圣德膺符，泽被八表，龙颜挺特，臣安敢不识？"（这个是原话，恭维。）

拓跋珪："你的父辈当过什么官？"（问家世，魏晋时候，这一点很重要。）

李先："伯父李重，担任晋平阳太守、大将军右司马。父亲李樊，在石虎手下当过乐安太守、左中郎将。小臣自己，当过苻丕的尚书右主客郎，慕容永的秘书监、高密侯。"

（李先这段回答的措辞很聪明。对拓跋珪来说，西晋是中原正统，所以李先称"晋"。而石虎、苻丕和慕容永，虽然都是国主，在这里却都直呼其名，显示其非正统。）

拓跋珪："呵呵，看来你是资深名士啦，擅长哪方面的经学啊？"（看学问。）

李先："臣年少时读过几本书，现在忘得差不多了，五经之学，十犹通六。"（意思是原来是五经全通，忘了半天，还剩六成。其实一点也不谦虚。）

拓跋珪："懂兵法吗？"（问专长。）

李先："曾经学习过兵法，但还差得远呢。"（在战神面前，不敢逞强。）

拓跋珪："你跟慕容永的时候，有没有当过军队参谋？"

李先："臣当时担任重要职位，军事行动都是参与的。"

面试合格。拓跋珪任命李先为丞相卫王府左长史。卫王拓跋仪是拓跋珪左臂，让李先辅助拓跋仪，这说明拓跋珪对他的面试十分满意。而李先也没有辜负这份信任，拓跋仪远征中原路上，李先"每一进策，所向克平"。这军师当得，颇有点郭嘉、许攸的水准了。

拓跋珪的第三次猎头行动，是在打入河北之后。这次，他一出手就猎到一个大人物。

396年阴历十一月初，拓跋珪刚攻下常山就急急询问："崔玄伯何在？"

拓跋珪所关心的这个崔玄伯，正是出身"清河崔氏"的崔宏。崔宏名气之大，天下皆知。他少年时号称神童，苻融、苻坚都曾把他当宝贝，被誉为"王佐之才，近代以来从未有过"。崔宏当时的职位是高阳内史，拓跋珪打到常山之前，崔宏就弃郡逃走，带着老婆孩子，向东一直跑到海边。他的打算，是从海上南下，投奔南朝。

拓跋珪当然不会放过他，下令手下快马去追。

这是一次紧张刺激的"猎头"行动，快马从常山出发，越山过河，向东直追七百里，居然真的把崔宏给逮住了。没办法，崔宏名气太大。

将士们也不客气，二话不说把崔宏绑了回来。

拓跋珪一见惊魂未定的崔宏，马上舒了口气。"引见与语，悦之"，封他为黄门侍郎。黄门侍郎是皇帝内臣，这说明拓跋珪是打定主意要重用他的。

崔宏刚上任，就遇到一件大事：东晋新皇帝司马德宗派使臣来了。这是东晋第一次对拓跋珪的正式外事访问，等于是承认拓跋珪这个国家的合法性。这个外事访问给了拓跋珪一个难题：他虽自称"魏王"，但当年复兴的是"代国"。所以一直以来，群臣也好，部众也好，都习惯于自称是"大代"子民。"魏"这个说法，还没有通行。

拓跋珪想趁机探讨国号问题。至少，接见东晋使臣的时候，总得有一个

确定的名号吧。

大是大非面前，轮上崔宏说话了。

面对百官群儒，崔宏引经据典，从三皇五帝、虞夏商周说到汉高祖，他还用《诗经》里说周文王的"周虽旧邦，其命维新"来对比当下，还有金木水火土五德之论，最后说明了：建国号"魏"，才是正统。

崔宏的一番大论，拓跋珪听了是从头到脚舒服。从神元皇帝拓跋力微开始，拓跋氏就对中原魏国大有好感，拓跋氏的第一个留学生拓跋沙漠汗早期为"魏宾之冠"。洛阳也好，邺城也好，也都是拓跋珪梦寐以求的地方。叫"魏国"，就少了"代"的束缚，可以理直气壮地一统中原了。

一锤定音：就叫魏国。

此后一年半，拓跋珪在定都平城之前，再次召集群臣议定国号，也只是走了个形式。有了崔玄伯先生严密的论证，"大魏"这名称叫得理直气壮。

话说拓跋珪在常山得了崔宏，张衮也就多了个知音。拓跋珪命二人"对总机要，草创制度"——眼看中原就要平定了，你二人该考虑后面的事情了。

崔宏自然不辱使命，此后拓跋珪前方打仗务实，崔宏、张衮后方务虚，终于务出一个能堂而皇之载入二十四史的，与南朝宋齐梁陈并称的"北朝"。

名士风流（二）：面朝中原，春暖花开

《魏书·儒林列传》："太祖初定中原，虽日不暇给，始建都邑，便以经术为先，立太学，置五经博士生员千有余人。天兴二年（399年）春，增国子太学生员至三千。"

不知道为什么，我读拓跋珪旧事，看到他"营宫室，建宗庙，立社稷"，尚不觉得十分激动，看到他立太学兴办教育，便觉浑身舒泰得不行。

拓跋珪396年阴历七月刚称帝的时候，麾下还满是武夫，之后平并州、定中山、克邺城，到398年阴历七月迁都平城，整整两年时间，文臣儒士就列满朝堂，溢出来的五经博士，就足够建一所不亚于汉晋的大学校。这岂是"华丽蜕变"四个字可形容的？

确实，这两年是拓跋珪生命中的高光时刻。他"南收燕赵，网罗俊乂"，一手用武，一手招揽名士，行军打仗途中，还不忘跟崔玄伯学习《汉书》。这个时候的拓跋珪，既不像早年那样信奉强盗法则，又不像晚年那样多疑残暴，而是昭告天下"民俗虽殊，抚之在德"。完全是一个有德仁君的形象。

所以中原名士们虽然不能很快放下"华夷之防"，但毕竟会慢慢认同。

名士崔玄伯归魏后，拓跋珪尊才爱士的名声，已经到处流传。很多士人主动来投奔。

397年正月，拓跋珪车驾抵达鲁口时，博陵太守申永等人已经都逃了。但有个小小的县令没逃。不但没逃，他还鼓动属下和城中百姓，说魏帝拓跋珪是天命所归，他的百万大军是"汤武之师"，号召大家一起归顺。

此人叫屈遵，博学多才，名气也不小，在西燕慕容永手下当过尚书仆射。但是慕容垂灭西燕后，只让他当了个小小县令。可见慕容垂是看走眼了。当然，屈遵相信，拓跋珪一定是识货的。

屈遵猜得不错。拓跋珪对他厚加礼遇，任命他为中书令，当时的中书令相当于皇帝的秘书长，皇帝的法令诏令，都得出自他手。所谓"良禽择佳木而栖"，屈遵的子孙们后来封公封侯，得益于他当时的这个选择。

另一个主动投诚的名士叫王宪。拓跋珪一见王宪，就脱口而出：

"这不是王猛的孙子吗？"

拓跋珪在长安时，久闻王猛大名，于是对他的孙子也厚加礼遇，任命为本州中正，主管干部的选拔和考核。让人才选拔人才，滚雪球般拉拢士人，这也是拓跋珪的高明之处。之后王宪又担任上谷太守，史称此人"清身率下，风化大行"。可见拓跋珪确实有识人之明。

拓跋珪挺近河北之后，在攻城略地的同时，对人才基本上是一路收割。名气大的比如崔玄伯，是抓也要抓回来。主动来投诚的，给以重用。即便是死扛到底，直到城破之后才投降的，也妥善安置，继续让他们管理地方政务。

拓跋氏毕竟是北方部族，骑在马上治天下，治理原晋朝的地方，尤其是治理河北等名士辈出的地方，那是不行的。拓跋珪委任这些归顺了的大族名士，正是要利用他们在宗族乡里的声望，保障地方上的安定团结。

根据正史记载，拓跋珪前面打仗，后面有不服气的汉人搞叛乱搞独立，这事情也是有的。但由于拓跋珪手下的汉臣越来越多，大家也慢慢发现，这个异族皇帝还是有点文化的。

比方说，拓跋珪准备在甲子日与慕容麟决战，太史令晁崇进言："商纣王是甲子日亡的，说明甲子日不吉利。"

拓跋珪哈哈大笑："商纣王是甲子日亡的，周武王不正是甲子日胜的吗？"又对他讲了些"桀纣位高而薄，周公位卑而尊，取天下关键在用德"

之类的话。晁崇目瞪口呆，群臣则心服口服。

大家还发现，这个异族皇帝不但有点文化，而且还关心农业林业基本建设。

攻中山期间，军队的粮食吃光了，拓跋珪问群臣怎么办。刚投诚过来的崔逞建议道："可以吃桑葚。《诗经》里面有记载：飞鸮食葚而改音……"

崔逞有点像杨修，不能好好说话。这"飞鸮食葚而改音"的说法，出自《诗经·鲁颂·泮水》中的"食我桑葚，怀我好音"，暗指夷狄异族因怀德而归顺。拓跋珪读过《诗经》，当然听出他不怀好意。但眼下肚子要紧，只能姑且用此下策。

崔逞又补了一句："可以让将士们进林子里自取，否则过几天桑葚就落尽了。"

这句话惹怒了拓跋珪。拓跋珪说："现在是用兵期间，你让将士们脱下盔甲进林子采食，是什么用意！"于是作罢。

士兵不能随便进林子里取食，农民把谷物藏起来不交，拓跋珪也不强收。拓跋仪攻邺，王建、李栗攻信都，拓跋珪都明确军令："军之所行，不得伤民桑枣。"

连年征伐，到处是饥饿和瘟疫，军苦，民亦苦。尽管如此，拓跋珪还是争取约束部队，莫要横行抢劫。"诏郡县赈恤之""所过存问百姓""诏大军所经州郡，复赀租一年，除山东民租赋之半"……这里面有专门做样子的成分，也有对农耕文化的基本尊重。煌煌北魏早期的意识形态基础，就此慢慢奠定。

397年阴历二月中旬，慕容宝的尚书闵亮、太常孙沂、殿中侍御史孟辅等一干士子投降。三月，慕容宝逃走。此后平中山、定中原，拓跋珪又得了高湖、封懿、宋隐、董谧、张蒲、邓渊等名士。中原人才，尽入拓跋珪掌中。

高湖是又一个主动投诚的名士。他的祖上，历朝都是大官，他自己则先后担任后燕的散骑常侍、征虏将军、燕郡太守。395年慕容宝北伐前，高湖当面指着鼻子数落慕容垂的不是："燕国、魏国向来和好，你强行把魏王的弟弟拓跋觚扣押，又让太子慕容宝出兵攻魏，这是你不对。太子慕容宝轻敌好胜，出兵必败，这是你糊涂！"

可见此人不仅文韬武略，而且也是鲜有的头脑清醒的人。

397年阴历三月，高湖"率户三千"归顺拓跋珪。不但主动投诚，还带来重礼，可见他是铁了心认定拓跋珪是真命天子了。拓跋珪当然识得英雄，"赐爵东阿侯，加右将军，总代东诸部"。上来就是封疆大吏。你文武双全，一方安定就靠你，我信得过。

史称："帝初拓中原，留心慰纳。"这"留心"二字，充分说明了拓跋珪对人才的态度。身边人张衮是个知无不言的人才库，哪个州郡里有哪些人才，拓跋珪早就心里有数。中山城里有一个大大的忠臣叫张蒲，为官清正廉明。打下中山之后，原来一干慕容宝的臣子们，任用的时候都降了级，只有对张蒲，拓跋珪亲自发话：这个人不能降级，原来是什么官，现在还是什么官。仍让他担任尚书左丞。

有才的用其才，有德的用其德。

定天下就如同打牌。以文臣而论，拓跋珪原来手里只有两张牌，"大王"是张衮，许谦充其量算个"老K"。拓跋珪一路下中原一路摸牌，终于集齐了"小王"崔玄伯，"红心A"邓渊等全套好牌，什么"流星""炸弹"，均不在话下。

谁说拓跋珪是马上打的天下？没有马下这一群文士的烘托，北魏充其量不过是前赵、后赵的翻版。

众星拱月之后，拓跋珪终于回到平城。文臣们大展才干的时候也到了。

"尚书吏部郎中邓渊典官制，立爵品，定律吕，协音乐；仪曹郎中董谧撰郊庙、社稷、朝觐、飨宴之仪；三公郎中王德定律令，申科禁；太史令晁崇造浑仪，考天象；吏部尚书崔玄伯总而裁之。"

作为灵魂人物的崔玄伯"总而裁之"，大魏国的建制，自此才算完备。

拓跋氏自称为黄帝之子昌意的后代，崔玄伯根据邹衍"五德始终说"，认为拓跋氏的魏国既然是黄帝之后，当属"土德"，服色尚黄。其实，出于拓跋珪对曹魏的偏爱，拓跋魏的土德，无意中借鉴了曹魏政权的土德礼制。同时，把黄星和神兽作为北魏的土德祥瑞，以此宣传君权神授思想。

398年阴历十二月己丑，拓跋珪在平城天文殿登基，百官山呼万岁。一个自称中原正统的大魏国，从此站起来啦。

定都平城之后，拓跋珪对李先"十犹通六"的经学水准仍念念不忘，专门找他谈话。

拓跋珪问："这普天之下什么书最好，可以提升人的精神智慧？"

李先答："只有经书。《诗》《书》《礼》《易》《乐》，这都是三皇五帝教化天下的典籍。"

拓跋珪又道："天下书籍到底有多少，我想收集天下经籍，越全越好。"

于是，李先领命，让各州各郡的书生们进献藏书，几年下来，终于有了一个像模像样的皇家图书馆。原本"荒俗"的北魏王朝，此后书香气息渐浓。

拓跋氏从嘎仙洞南迁以来，始终未能创制文字，祖先的种种事迹传说，都编成各种民歌、史诗在贵族和民间流传，后来邓渊将其结集整理，是为《代歌》。又在《代歌》的基础上修撰《代记》，记录的正是北魏建国之前的历史。

此后多年，崔浩、高允等修国史，早期历史又以《代记》为本。可惜发生了"国史之狱"，而《代歌》《代记》也逐渐失传，拓跋氏的早期历史，就此湮没，只留下《魏书·序纪》中不足七千字语焉不详的记录，供后人猜测。

但一个民族的记忆会真的消失吗？那些颠簸的寻求，那些沟壑一样漫长而深邃的岁月，那些野蛮与文明的交织，那些饥饿、掠夺、杀戮，那些反思、渴求、融合，真的会只剩下时间的灰尘吗？

拓跋氏，不仅是一个部落，而是你我身上正在发生的历史。

你我身上的每一个原子，都留有时间的记忆。

结语：北魏，公元五世纪的光荣与梦想

有一座城，承载着公元五世纪，亚欧大陆的光荣与梦想。

这座城，不是在日耳曼马蹄下瑟瑟发抖的罗马，不是雄伟而迷惘的君士坦丁堡，也不是长安，不是洛阳，不是建康。

这座城就是北魏都城——平城。

因为从北魏平城的样子里，最能看出当时世界的样子。

一

平城成为北魏的都城，并不容易。

最初，拓跋珪是想把都城建在邺的。公元398年正月，拓跋珪登上刚刚攻下来的邺城城楼，拍遍栏杆，抚叹不已。他又是恤灾民，又是免租赋，准备这辈子就在这里住下来。

但最后他还是回到了平城，而且，回得还挺着急，"发卒万人治直道，自望都铁关凿恒岭至代五百余里"，当月就返回恒山。还是当月，迅速定都平城，移民山东六州近五十万人口"以充京师"。

没办法，邺城是个好地方，但平城更重要啊。

这地方是个要冲：上接蒙古高原，可威服夷狄；下通三晋、河北，可兼融华夏。要胡汉一碗水端平，平城是个稳定的支点。在这个支点上，北魏皇族在复杂的国内、国际环境中，巧妙地维持着平衡。

这地方又有个天然盆地——大同盆地，既方便驻牧狩猎，也能发展农耕，兼容了帝国的多种生产方式，大家各得其所。

向西过黄河，经河西走廊，可沟通西域和中亚；向东南走官道过灵丘，则是富庶的河北粮仓。

儒家讲求"中"。在当时来看，平城所居的地位，正好是"中"。

于是，从拓跋珪开始，经过几代北魏皇家的努力，平城被建设成一个东西交融、南北贯通的国际化大都市。

北魏时候的平城到底是什么模样？参考当今学者的著述，我想简要介绍几句。

有多大呢，简单地说，它北有宫城，南有郭城，外有外城，"周回三十二里"，今天的御河水，当年就是城中之河。东郭外有东苑，"东包白登，周回三十余里"。西郭外是郊天坛，郊天坛西是西苑，有很多珍禽猛兽；西苑再西，便是闻名遐迩的云冈石窟，当时叫灵岩石窟。北郊是鹿苑，皇家最爱的狩猎和度假地；平城以南的㶟源川，则又建有㶟南宫和皇家苑圃。

有多繁华呢？平城仿照邺城而建造，除了天文、天华、太和等几十个宫殿，还有五级大寺、永宁寺、天官寺等百余所寺庙，而安置居民的规整的"里坊"，棋盘式纵横分割，开启了后代都城布局风尚。

根据史籍记载，平城"里宅栉比，人神猥凑"，这就说明人口是十分稠密的。那么，人口有多少呢？根据记载，仅道武帝拓跋珪时期的七次人口迁入，核算下来就有150万之多。

所以有人就据此说，当时北魏平城的规模，是唐长安城的两倍，是举世闻名的君士坦丁堡的五倍。这或许有些夸张，但平城里坊制格局的创举，被后来的长安与北京城所沿用，日本的奈良，也与魏都平城有着显而易见的传承关系。从邺城到平城，再到长安、北京，再到日本的奈良，是一条文化传承的清晰线索。循着这一条线索，我们有理由认定，北魏王朝在中国文化发展史上，正是连接汉唐、兼容印欧、文化交融的重要文明载体。

所以我们有理由相信，平城在当时的地位真的是无可替代的。

二

如果你走在八世纪的长安城，会发现和五世纪的平城同样的景象：碧眼白肤的西域舞伎、满脸硬须的波斯商人、褒衣博带的中原士子、金发的雕工、黑发的画师，都行走在同一条街道上，大家操着不同的语言，或者说着夹生的汉话与鲜卑语，交错成一幅亚欧各族大联欢的图景。

我常常想，大唐的风流和开放，正是源于北魏那略显粗糙、原始的包容和平等心。

余秋雨用两个词描述了北魏的气度：浩荡之气和旷野之力。因为没有什么人种差别的先入之见，所以"他们因为较少排他性而成为多种文化融合的'当家人'。于是，真正的文化盛宴张罗起来了"。

这盛宴首先是对自我的改造。在平城京畿，拓跋珪"计田授口"，发展农耕，改变了草原诸部聚落而居的习惯。正是在此基础上，产生了对后世影响深远的"均田制"。其实，这种对自我的改造，真正起源于定都之初浩大的民族迁移，"徙山东六州民吏及徒何、高丽杂夷三十六万，百工伎巧十万余口，以充京师"。前面说了，仅拓跋珪在位时就迁入各族人口150万。在鱼塘中放入更多的"鲶鱼"，以实现平城居民的大换血，以刺激拓跋氏对自我的雕凿。

大量迁入的中原豪族、士子，带来了典雅、博深的华夏传统文化，他们办学、编书，用汉字记录鲜卑的历史。他们教会拓跋氏礼乐、建筑、雕刻、绘画、诗文，同时也带来了儒佛合一的思想和道家文化。

与中原士子们的传道同时发生的，是以昙曜为代表的西域僧侣团，对佛教文化的一次世俗化改革。

对这些，北魏皇族照单全收。固然，发生过"兴佛""灭佛"之争，但最后的成果，确是"儒释道"合一在北魏平城的成功试验。

一向主张儒佛调和的慧远大概没有想到，他的思想会在北方的平城得到印证。对于北魏来讲，这些舶来的思想文化体系，无论儒家也好、道家也好、佛家也好，都可以自由地发出自己的声音。我让你们争吵，也不妨碍你们融合，我只是搭起一个戏台让你们唱，最后，文化大同。

今天，我们走进位于大同浑源境内的恒山悬空寺，还可以看到代表"儒释道"三教合一的三教殿。这座1500年前的玄妙建筑，见证了北魏平城时代的文化影响。

在魏都平城，没有人种的优劣之分，甚至，西域的圣僧和中原的名士，反而更受尊崇。也没有文化的优劣之分，我看你花开得繁盛，拿来栽种，便是我花。

我们常讲"百家争鸣，百花齐放"，这八个字，放在北魏平城时代，当是不言自明的宇宙定理。

三

从大同西出杀虎口，经君子津渡黄河，过河西走廊连接西域、中亚，这条路，是汉唐两代之间的混乱期，东西方商贸文化交流的重要通道。今天的学者，称之为"平城时代的丝绸之路"。

北魏太武帝拓跋焘即位后，先后击败柔然，灭了夏、北凉、北燕，将长江以北广袤土地纳入北魏的版图，统一了北方。北魏政治的稳定、经济的繁荣、大量的移民，加上拓跋民族开放兼容的胸怀和外交态度，使得魏都平城成为中华民族文化大融合时期的国际性大都市。

"丝绸之路"是否可以在广义上延伸到平城？无论学界有哪些争议，有一点是不可否认的：北魏确实开辟了一条以平城为中心，西接伊吾、东到辽东的东西国际交通路线，并与外部有着频繁的文化、经济交流。

所以，我们如果身处公元五世纪的平城，真的能够看到当时世界的样子。有器物为证：

那些鎏金高脚酒杯、仿波斯银盘、镶宝石金戒指、波斯银币，还残存着中亚商人因烈日暴晒淌下的汗珠。

那些中亚伎乐俑、牵骆驼的俑、壁画中的箜篌演奏图，记录了西域艺术东传的浪漫之旅。

印度桑奇塔的狮子造型，变成了北魏的胡人驯狮石灯。

雅典卫城的胜利女神神庙样式，舶来平城后，造就了云冈石窟五华洞的爱奥尼亚柱式。

…………

汉代以降，丝绸之路一度中断，而北魏定都平城以后，不但恢复汉代与西域的通道，而且跳出了皇家外交的羁绊，整个社会直至民间，都有了与西方交流的机会。波斯、焉耆、车师、鄯善、龟兹、疏勒、遮逸、粟特、渴盘陀（一作揭盘陀）、破洛那、悉居半、乌洛侯、浮图沙、员阔、罽宾、于阗、阿袭、普岚、悉万丹、西天竺、舍卫、吐谷浑……这些出现在史籍中的国度，不但将西来的工艺、器物、宗教、文化带入平城，而且源源不断传入中原。北魏平城这种承接作用，有力地促进了中原与西域的交流，使东西交往达到高峰。

学者王银田如是论断："在汉唐之间，平城时代的丝绸之路开启了北魏洛阳时代以及隋唐时代丝路文化的先河，在中西交通史上具有重要意义……在吸收外来文化的基础上充分发展的北魏平城美术，以及长江流域的建业建康美术，构成了中国隋唐以前美术的主流意识，也成为唐代艺术文化的重要基础，为唐代艺术的发扬光大奠定了雄厚的基础，成为中华民族文化的重要组成部分。"

北魏疆域最大的时候，管辖范围东至今渤海和黄海西岸，西至乌鲁木齐西南焉耆回族自治县西的天山山脉与昆仑山脉之间，西南至青海湖以东的湟水与洮河流域，南部西段以嘉陵江上游和秦巴山地为界、东段以淮河为界，北部至今蒙古戈壁阿尔泰以南、大兴安岭以西一带。如果算上臣属部族范围，则疆域更大。（参见北岳文艺出版社出版、杜士铎主编的《北魏史》第122页。）

如果说北魏平城是北方草原文明、西域诸民族商业文明，以及长江、黄河流域汉族农耕文明融合汇聚的核心地带，那么，平城时期雕凿的云冈石窟则是这段灿烂文明的历史见证者。

这份见证，汲取了游牧文明、印度文明、希腊文明和中国汉文明的营养，成为世界历史上的石窟造像奇观。

四

公元四、五世纪，中国北方响彻着两种声音。一种是五胡诸国的厮杀之声，一种是掺杂其间，由西向东而来的传经、诵经之声。这后一种声音，让冰冷的历史多了几分暖意。历史十分幽默，魏晋南北朝的皇帝们爱动刀兵，动刀兵的同时又常常崇尚佛法，甚至为了一位大师（比如鸠摩罗什）争来争去，干戈不休。北魏太武帝灭北凉后，也曾将凉州僧徒三千人，宗族、吏民三万户迁到平城，其中不乏长于造像的工匠和著名的高僧。

昙曜是这些僧侣中的一名。他们从龟兹、克孜尔、敦煌，到远在丝绸之路最东端的平城，往来频繁。他们与王公贵族打交道，也与普通的善男信女打交道。他们出世，也入世。他们奉小乘，行的却是大乘。他们传播佛教，却不小心将整个亚欧大陆置于一种艺术文化的统一体之中。而这个统一体，在云冈石窟的宏大巨制上得以体现。

以昙曜为代表的僧侣们从西而来，他们带来了亚历山大东征时，马背上携着的地中海风格，带来了犍陀罗风貌，经过西域诸国的同时，顺道带来了古丝绸之路的风情。对这些东西，兼容并蓄的北魏王朝一概收纳，再加点中原气象，便成就了云冈石窟。

起源于佛教哲学或信仰的一系列活动，最后成为了洲际间的大文化交流。而哲学本身，在这之中也得以证得。

那便是：众生平等，无我无他。什么胡，什么汉，什么正统，什么蛮夷，什么王公贵族，什么平民百姓，最后终归于一。

开凿于拓跋宏时代的云冈石窟第5至15窟，已经反映出这一时期的繁华与思考。那是一幕文化、艺术、宗教、民族大融合的场景。东方的廊檐结构、方形的窟制，希腊的柱式、西域的风情，以及石壁间或消瘦、或圆润、或高鼻深目、或面阔目细的形象，无不展示出一个自信、开放、自由的乐土。

它像一个亚欧大陆各民族艺术的大派对。这场派对，已狂欢了1500多年。这种自由开放，无我无他的包容，达到一种真正的，精神层面的大一统。而这种精神，一直传到大唐。

这是一个大狂欢的时代，也是一个大迷惘的时代。拓跋成就了北魏，但北魏，仅仅是拓跋吗？仅仅属于拓跋氏吗？

我是谁？我又能成为谁？

我相信，定都平城80年后，当少年拓跋宏站在平城的一座山头，他的心头胀满了永恒的梦想。这梦想，一半来自祖先，一半来自未来。

那是他那些曾经也是少年的祖先的梦想。从拓跋沙漠汗、拓跋什翼犍到拓跋珪，拓跋鲜卑民族始终有一个中原梦，一个中国梦。这个中国梦是用汉文化改造自我的梦，是民族融合的梦，文化交流一统的梦，是华夏文化发扬光大的梦。

这个中国梦经过140多年持续发酵，在少年帝王拓跋宏手中，最终酿造出一杯文化的美酒。

梁启超说："少年强则国强。"少年为什么强，因为他的学习能力和兴趣，他的勇气和精力，远远高于老年人。他不故步自封，甚至莽撞。但历史偏偏反复证明，这种莽撞又常常会成为一种刚健，比如秦皇，比如汉武。少年拓跋宏亲政的时候，拓跋旧部势力和守成思想已尾大不掉，它们就像锈迹，腐蚀着北魏这个刚刚壮大的王朝。这时候，需要一种刚硬的东西，也需要一种胆略，就是勇敢地放弃自己：

南下吧，让胡和汉的血液流在一起。让我变成你，让你成为我。

于是，再次迁都。于是，彻底汉化，放弃自己的姓氏，放弃自己的血统，直到鲜卑的血液完全与汉民族融为一体。

鲜卑的魏王朝，要等到公元557年北周代魏，才算真正结束。魏结束了，随之而来的却是隋唐盛世。

其实呢，自西晋灭亡以后，五胡十六国时期，这些建立国家的所谓五胡都有一个中国梦，无论是匈奴人建立的汉，羯族人建立的赵，氐族人建立的秦，还是鲜卑慕容氏建立的燕国，无不在实施汉化改制。但最后真正成功的只有鲜卑拓跋氏。

因为拓跋氏跟其他几个族群是不同的。他们不是利用汉文化，而是从骨子里亲近汉文化。他们不是利用汉族制度来对抗汉人王朝，而是主动地自我同化、融入华夏大家庭，甚至不惜放弃自己的姓氏。

勇敢地放弃自己，这是一种智慧。

我融入你，你融入我。我成为你，你成为我。血缘一统，文化一统，天下大同。

可以说，正是因为拓跋鲜卑"华夏文化认同的高度自觉"，前仆后继对自身的改造精神，以及对优秀文化的继承和包容，最终让中华文明走向一个新的巅峰。

附

拓跋氏大事年表（220年—398年）

时间	拓跋氏大事	外部势力情况
220年 曹魏黄初元年	拓跋力微继任部族首领。	曹操死，曹丕废汉称帝，三国开始。
258年 曹魏甘露三年	拓跋力微率部众迁居盛乐，并与曹魏通好。	魏蜀吴三国并立。 司马昭封晋公，加九锡，专权魏政。
261年 曹魏景元二年	拓跋力微遣长子拓跋沙漠汗入质曹魏。	
267年 西晋泰始三年	拓跋沙漠汗从洛阳返回草原。	晋代魏，晋武帝司马炎执政。 蜀汉被晋攻灭，晋、吴对峙。
275年 西晋咸宁元年	拓跋沙漠汗再次赴晋，在返回途中被晋征北将军卫瓘扣留。	
277年 西晋咸宁三年	拓跋沙漠汗自晋返回阴馆被杀。	西晋大破河西鲜卑秃发树机能，收降20万人。
295年 西晋元康五年	拓跋氏"分国三部"。 拓跋猗卢徙并州杂胡于云中、五原、朔方。	280年，西晋统一三国。 晋惠帝司马衷在位。 291年，西晋发生"八王之乱"。
296年 西晋元康六年	拓跋猗㐌召开草原大会（葬母），西晋使者参加。	
304年 西晋永兴元年	拓跋猗㐌赴并州救司马腾，破刘渊。	西晋"八王之乱"继续。"五胡十六国"开端。 匈奴刘渊在山西起事，建汉国，史称汉赵。氐族李雄于成都称成都王，其政权史称成汉。
305年 西晋永兴二年	拓跋猗㐌再助司马腾攻刘渊，被西晋授"大单于"。	
308年 西晋永嘉二年	拓跋猗卢统一拓跋三部。	西晋末年，诸王割据。 匈奴刘渊正式称帝。 鲜卑慕容氏在辽东崛起。

续表

时间	拓跋氏大事	外部势力情况
310年 西晋永嘉四年	拓跋猗卢助西晋刘琨破敌，被晋帝封"代公"。拓跋部民十万家迁徙到雁北居住。	西晋末年。 匈奴汉国刘渊死，刘聪篡位。 鲜卑慕容氏立辽东郡。 铁弗刘虎率众移居黄河以西。
313年 西晋建兴元年	拓跋猗卢造盛乐、平城、小平城"三都"。	晋帝封鲜卑慕容廆"大单于"，慕容廆推辞。 匈奴汉国反复攻打西晋。
315年 西晋建兴三年	晋帝封拓跋猗卢为"代王"。代国建立。	
316年 西晋建兴四年	代王拓跋猗卢被太子杀死。	匈奴刘聪破长安，西晋灭亡。
318年 东晋大兴元年	铁弗刘虎攻打代国西部，败。刘虎之弟刘路孤归附代国，自称"独孤部"。	西晋亡，东晋偏安江南。 匈奴刘曜在长安称帝，改汉国国号为"赵"，史称"前赵"。
321年 东晋大兴四年	祁氏击杀拓跋郁律，自专国政，时称"女国使"。	羯族人石勒在河北建割据政权，史称"后赵"。 张氏在凉州建立政权，史称"前凉"。
327年 东晋咸和二年	后赵石勒跨过雁门关北击代国，拓跋部王庭迁往大宁。	后赵、前赵交战。
329年 东晋咸和四年	拓跋翳槐在贺兰部支持下夺得代王位。拓跋什翼犍入质后赵。	后赵攻灭前赵，成为中原最大政权。 东晋、后赵、成汉、前凉并立。
335年 东晋咸康元年	拓跋纥那重登代王位，拓跋翳槐出逃到后赵邺城。	后赵石虎迁都邺城。 前凉收复西域。 东晋、后赵、成汉、前凉并立。

续表

时间	拓跋氏大事	外部势力情况
337年 东晋咸康三年	拓跋翳槐在后赵帮助下重登代王位，拓跋纥那出逃。	鲜卑慕容皝在辽东建立燕国，史称"前燕"。前燕吞并鲜卑段氏，成为代国东北部重要割据力量。
338年 东晋咸康四年	拓跋什翼犍从邺城归国，即代王位，年号"建国"。	东晋、后赵、成汉、前凉并立。
339年 东晋咸康五年	拓跋什翼犍娶前燕慕容皝妹妹为皇后。	东晋册封慕容皝为"燕王"。前燕击败后赵二十万大军，东破高句丽，攻灭宇文部残部。东晋、后赵、成汉、前凉、前燕并立。
341年 东晋咸康七年	在旧盛乐城南筑新城。 铁弗刘务桓主动与拓跋什翼犍和亲，什翼犍嫁女给他。	
344年 东晋建元二年	拓跋什翼犍再娶前燕公主。同时，嫁侄女给慕容皝。	
351年 东晋永和七年	拓跋什翼犍召集会议准备下中原攻冉魏，众人谏止。	350年，冉闵诛灭后赵石氏，改后赵国号为"魏"，史称冉魏。 氐族人苻健在长安建立割据政权，史称"前秦"。 东晋、前凉、冉魏、前秦、前燕并立。
354年 东晋永和十年	前凉遣使结好代国。	前凉张祚称帝。 352年，前燕击败冉魏，占有河北。 东晋、前凉、前秦、前燕并立。

续表

时间	拓跋氏大事	外部势力情况
356年 东晋永和十二年	平定铁弗部反叛。拓跋什翼犍答应前燕慕容儁求婚。	前秦苻坚在政变中登位。 铁弗刘卫辰在政变中登位。 代国与前燕继续保持良好外交关系。 前燕进攻东晋。 东晋、前凉、前秦、前燕并立。
359年 东晋升平三年	铁弗部新首领刘卫辰遣使朝贡。	
360年 东晋升平四年	铁弗刘卫辰与拓跋什翼犍和亲。	
362年 东晋隆和元年	前燕慕容暐嫁女给拓跋什翼犍作为妃子。	
363年 东晋兴宁元年	代国征伐高车及没歌部。	前秦在苻坚改革下开始国富兵强。 东晋、前凉、前秦、前燕并立。
365年 东晋兴宁三年	铁弗刘卫辰东渡黄河攻代国，在代国反击下逃走。	前秦遭遇"五公之乱"。苻坚遣使与代国通好。
366年 东晋太和元年	代王什翼犍遣左长史燕凤出使秦王苻坚。	前燕反复击败东晋，控制中原，但内部政治腐败，369年，前燕皇族慕容垂率众归附前秦。 东晋、前凉、前秦、前燕并立。
367年 东晋太和二年	拓跋什翼犍征讨铁弗刘卫辰，大胜之。	
370年 东晋太和五年	拓跋什翼犍大破高车部。	前秦、前燕交战，前秦灭前燕。 东晋、前秦、前凉并立。
376年 东晋太元元年	前秦以铁弗刘卫辰为向导，率众二十万进攻代国。代国亡。	前秦将领毛当、苟苌灭前凉。 前秦统一北方。 东晋、前秦对峙。

续表

时间	拓跋氏大事	外部势力情况
376年—385年 东晋太元元年至太元十年	代王拓跋什翼犍之孙拓跋珪随母流亡。	383年，前秦在淝水之战中兵败，帝国溃散。 384年，慕容泓在山西建立西燕。 385年，慕容垂在河北建立后燕。 385年，前秦皇帝苻坚被杀。 385年，乞伏鲜卑在甘肃建西秦。
386年 东晋太元十一年	拓跋珪在贺兰部支持下兴复代国，年号"登国"。四月，拓跋珪称"魏王"。	羌族姚苌在长安称帝，史称后秦。 吕光建立后凉。 前秦苻延残喘。 东晋、后燕、西燕、前秦、后秦、后凉、西秦并立。
387年 东晋太元十二年	拓跋珪击败独孤部刘显，收编独孤部。	
388年 东晋太元十三年	拓跋珪北征库莫奚。	
389年 东晋太元十四年	拓跋珪远征高车诸部。	
390年 东晋太元十五年	拓跋珪与后燕慕容麟合击舅氏，吞并贺兰部。	
391年 东晋太元十六年	拓跋珪北征并大破柔然。拓跋珪攻灭铁弗部。	394年，后燕灭西燕。 394年，后秦、西秦灭前秦。 东晋、后燕、后秦、西秦、后凉等国并立。
395年 东晋太元二十年	后燕太子慕容宝举兵入侵代国，拓跋珪在参合陂大败慕容宝。	
396年 东晋太元二十一年 北魏皇始元年	慕容垂北征途中病死，拓跋珪大败慕容宝。拓跋珪称帝，建天子旌旗，大举进攻后燕。	

续表

时间	拓跋氏大事	外部势力情况
397年 东晋隆安元年 北魏皇始二年	拓跋珪攻克后燕都城中山，后燕分裂。 北魏据有山西、河北大部。	秃发鲜卑在青海建南凉。 汉人段业建北凉，定都姑臧。 后燕、后秦、西秦、后凉、南凉、北凉并立。
398年 东晋隆安二年 北魏天兴元年	拓跋珪定国号"魏"，定都平城。北魏平城时代开始。	慕容德建南燕。 东晋、后燕、南燕、后秦、西秦、后凉、南凉、北凉并立。
439年，北魏统一北部中国。		

　　注：上表依据《魏书》《晋书》《资治通鉴》《北史》等笼统罗列，非学术研究，仅供参阅。

后记

一

我读历史，纯是因为好奇。或者说，是为了整明白。越难懂的地方越想整明白。

一部中国古代史，要论最难解、头绪最乱、民族成分最杂的部分，恐怕非两晋十六国时期莫属。因为好奇，我就很想搞清楚，两晋十六国时期，中国北方到底发生了些什么？永嘉之乱，"五胡"并起，北方先后出现二十多个割据政权，最后统一北方的为什么是鲜卑拓跋氏的北魏？那么，北魏又从哪里来？鲜卑拓跋氏从大兴安岭一路南下到定都平城，前后几百年间到底经历过什么？

北魏上承魏晋、下启隋唐，是中国多民族融合、东西方文化交流的重要历史时期。这么一个重要的朝代，源起却是十分模糊。一部《魏书》近百万字，关于拓跋氏源起，以及北魏前身"代国"的记述，却仅有《序记》中的不足七千字。从神元皇帝拓跋力微开创基业，到道武帝拓跋珪入主中原，将近一百八十年的岁月，在史籍中却是潦草而隐晦。按照《魏书》记载，这段历史原本是有过详细记录的，只不过后来在"国史之狱"中，被人为毁掉了。

　　这被人为毁掉的部分，恐怕不仅有难以启齿的皇族丑闻、阴谋斗争、荒蛮陋俗，也有一个族群珍贵的记忆，那些跋涉和追寻，那些彷徨和迷失，那些历尽九难八阻之后，对自身和世界的问询和思索：我们是谁？我们从哪里来？我们要到哪里去？

　　这份问询也是我的问询。我想梳理清楚，也想以一个文人的立场，走进拓跋氏的心灵深处。这大约是我写这本书的初衷。

二

　　促使我动第一笔的，是我的爱人杨俊芳。

　　杨俊芳是画家，也搞美术考古研究。前些年，大同古城重建，在古城内局部恢复了北魏里坊格局；按照《水经注》的描述，重修了云冈石窟的山堂水殿。2011年，受官方所托，杨俊芳创作了一幅长七米，宽两米的国画《魏都长卷》，在云冈石窟博物馆收藏展出。受此触动，我于2012年创作了一首近三百行的长诗《拓跋》，算是第一次在精神层面遭遇了拓跋氏。之后杨俊芳出版《大同佛教造像研究》，在书稿整理、校对过程中，我对北魏的相关史料又有了进一步的了解。我能完成此书，与爱人给我的给养密不可分。

　　我本中文系出身，对历史产生兴趣，则是受李恒成先生影响。李恒成先生是北师大才子，曾师从启功、赵其昌、白寿彝等名家，著述也颇丰。很幸运，二十年前我在《大同日报》文体部当小编时，李恒成先生正是我的同事。因为近水楼台的关系，先生引导我读了不少国内外史家的作品，比如汤因比、斯宾格勒、斯塔夫里阿诺斯，比如梁启超、钱穆、傅斯年、顾准。先生劝诱我买了中华书局全套《二十四史》《资治通鉴》《续资治通鉴》，以致我逐渐爱史成癖，家中藏书，半壁江山被历史类所占据。我不敢自称李恒成先生的弟子，但先生确实让我由一个糟糕的诗人，蜕变成一个历史爱好者。这是赖不掉的。

　　在写作中，大同这座城市给了我充足的动力。大同曾是北魏都城平城，地上有北魏艺术宝库云冈石窟，地下也密布着北魏墓葬。常常是，某个建筑项目开工，就会挖出一个北魏墓葬群，还总有震惊史学界的发现。随处可见的北魏遗存，比冰冷的史料多了些温度。在我写作过程中，它们经常会在我的想象中复活，给我的文字增添些可触的部分。

三

因为史料的匮乏，有关拓跋氏早期历史的著述，可参考的极少。当代学者们的论文论著是有的，但没有成规模的通述；当代文人们写历史传记，也多是绕开这一块。我想以历史纪实的态度、文学的笔法填补这一块空地，自是要吃不少苦头。

为了能最大限度地忠于史实，我参考了《魏书》《后汉书》《宋书》《南齐书》《北史》《资治通鉴》等典籍。史籍中有相互矛盾的地方，则参照当代史家的论著，比如田余庆、李凭、殷宪、陈琳国等学者的著述，纵横比较定夺。马志强先生主编的《北朝研究》，以及国内学术期刊上新鲜的论文，有很多关于游牧民族的考证，我亦从中汲取了不少营养。

尽管翻烂了不少书籍，用坏了几个打印硒鼓，但我并不想把这本书写成干巴巴的史论。我不是史学家，也不懂考证，只是参照前人的著述，杂而糅之，再按照自己的理解，将一段历史，以故事的形式讲下来。

历史是由人组成的，我想通过合理的想象和描写，写出一些活生生的人。他们的爱恨和悲欢，他们的困惑与选择，他们的梦想和坚持。我和拓跋氏一起，开启了一段寻找自我之旅。在这旅程中，我成为这个族群中的一员，我和残暴而富有激情的拓跋猗卢饮过酒，和风度翩翩的拓跋沙漠汗猎过鹰，和好脾气的拓跋什翼犍探讨过哲学，我目睹过那个被人称作"嫉妇"的女人的眼泪，我见识过那个美貌贺氏的牺牲与勇敢。我和拓跋氏一起，在草原上陪伴着万千生灵的哭声与笑声，一路向南。

确实，写这本书也是一个探寻的过程，思想梳理的过程。我和拓跋氏一样，在这旅途中不断否定着自我，寻找着自我。人从何处来，到何处去？文明从何处来，到何处去？这不是一个容易"整明白"的问题。但至少，我尝试过。至少，对"天下大同"这四个字，有了更深一层的理解。

我的本意，是讲述一段大众都能够读懂的历史故事。所以在文风上，力求浅白、有趣、节奏鲜明，并争取能有一些令人印象深刻的片段。如果读者能够在轻松愉快的阅读中，走进历史，有所思，有所得，那便是笔者最大的欣慰。

最后感谢本书编辑蔡央扬女士和百花洲文艺出版社严格的三审，帮我发现了不少硬伤，并一一纠正。这本书的出版过程是令人愉快的。

石　因

2021年9月8日于山西大同